吞噬星空

典藏版 4

我吃西红柿 著

ARTTIME 时代出版
时代出版传媒股份有限公司
安徽文艺出版社

图书在版编目（CIP）数据

吞噬星空：典藏版. 4 / 我吃西红柿著. — 合肥：安徽文艺出版社, 2020.8（2025.6重印）

ISBN 978-7-5396-6943-4

Ⅰ. ①吞… Ⅱ. ①我… Ⅲ. ①长篇小说—中国—当代 Ⅳ. ①I247.5

中国版本图书馆CIP数据核字(2020)第068686号

TUNSHI XINGKONG DIANCANG BAN 4

吞噬星空 典藏版4

我吃西红柿 著

出 版 人：姚 巍
责任编辑：周 康 周 丽
装帧设计：周艳芳

出版发行：安徽文艺出版社 www.awpub.com
地 址：合肥市翡翠路1118号 邮政编码：230071
营 销 部：(0551)63533889
印 制：湖南天闻新华印务有限公司 电话：(0731)88387856

开本：710 mm × 1000 mm 1/16 印张：18 字数：290千字
版次：2020年8月第1版
印次：2025年6月第10次印刷
定价：32.00元

目录
CONTENTS

第148章

份额

“卡特兰，我的孩子，这次得让你出马了。”一名银发老者笑着说道。

这位老者掌握了波莱纳斯家族的大权。

为首的黑袍人微微躬身，道：“伯父，收到你发来的消息，我第一时间就将我的两位好友一起带来了，我旁边的这位就是全世界名气极大的‘血影’伊凡。”

话落，卡特兰旁边的精瘦男子躬身行礼。

“至于这位，是我的好友‘巨熊’凯塔。”黑袍人说道。

那个野蛮大汉也微微躬身行礼。

“麻烦两位了。”银发老者微微一笑，又道，“卡特兰，你还需要其他人帮忙吗？族中的人……”

“其他人去也是送死！”黑袍人打断了波莱纳斯家族族长的话，不满地说道，“哼！就连李耀都没有能够得到雾岛上的草木之灵，这一趟行程十分危险，波莱纳斯家族供养的战神和族内的战神都去不了，他们的实力都太弱了。”

此话很是狂傲，明显是瞧不起族内外的其他战神。

可是，说这话的是“幻魔”卡特兰，那就两说了。

全世界的众多战神级强者中，卡特兰绝对算得上是大佬级强者，连极限武馆和雷电武馆都千方百计想让卡特兰加入，可是卡特兰是波莱纳斯家族的一员，自然不会加入这两大武馆。

而波莱纳斯家族之所以在HR联盟中拥有极高的地位，主要靠的就是卡特兰。

“伯父，事不宜迟，我们赶紧出发吧！从我得到你的消息到带人过来，已经过去12分钟了。”黑袍人说道，“我们还是马上前往澳洲大陆吧！”

“嗯！我在P基地市等你们的好消息。”银发老者说道。

其他四名老者都一脸笑容。

卡特兰当先转过身朝外走，其他两名超级强者紧紧地跟在他的身后。

若非是卡特兰，波莱纳斯家族想要邀请到“巨熊”凯塔和“血影”伊凡帮忙，那简直是不可能的。

五名老者看着卡特兰等三人离去的背影，沉默许久。

“族长，卡特兰仅仅带着他的两位好友一起去，并没有带上我们家族的人，他们在雾岛中能获得多少草木之灵，我们根本不知道。到时候，卡特兰恐怕会贪图草木之灵，只将少部分草木之灵给家族。”一名光头老者忍不住开口了。

银发老者目光冷厉，淡淡地道：“贪图？卡特兰可是我波莱纳斯家族最优秀的孩子，他的实力越强，就相当于波莱纳斯家族越强。他如果想要当族长，三年前他就能当族长了。”

“记住，对卡特兰不要有防备之心，这会伤害他的自尊。”银发老者缓缓地说道。

其他老者都保持沉默。

……

仅仅片刻——

“嗖！”

一架通体呈黑色的飞碟形战机迅速升空，离开了P基地市，而后化作一道流光，迅速消失在天际。

澳洲大陆，雾岛。

地底的洞穴中。

“差不多了。”罗峰低头看了一下通信手表，“距离李耀通知维妮娜，已经过去1个小时30分钟了。”

“90分钟！李耀，我给了你们足足90分钟的时间，足够你们通知极限武馆了。”罗峰心中暗道。

而后，他从通信手表中调出之前自己专门用来和极限武馆内部联系的一个号码，奖励是通过这个号码领取的，如果有重要的事情，也是通过这个内部号码联系的。

没错！罗峰决定主动通知极限武馆。

其实刚刚听到李耀打电话的时候，罗峰的确有野心，试图占有这些宝物，后来在地底的洞穴中，看了那些帖子之后，他明白了一件事情。

即便他能将这些宝物夺到手，也没有实力守住。

这可是大量的珍贵的草木之灵，绝对不是一名高级战神级武者有能力守住的，如果自己太贪婪，后果可能很惨。

更何况，他和李耀正面战斗都落败了，一旦李耀找来更加厉害的帮手，他取胜的希望就更渺茫了。不但没有能力得到宝物，在那么多强者的围攻下，自己还有可能丧命。

他仔细思考一番，觉得如今最佳的方法只有一个——通知极限武馆！

极限武馆可是有着极大的势力，极限武馆的大人物一旦出马，一定能将雾岛上的宝物弄到手。而且，极限武馆是非常讲原则的，此次是罗峰发现了雾岛的宝物并且将消息传回去的，极限武馆若是得了草木之灵，肯定会分一点给罗峰，否则极限武馆怎么服众？

当然，什么时候通知极限武馆，是一门学问。时机是很玄妙的。

如果罗峰第一时间就将此事通知极限武馆，而最近的极限武馆就在洪宁基地市，洪宁基地市离雾岛比较近，到时候极限武馆恐怕会比波莱纳斯家族早一些派人赶到雾岛，这样一来，HR联盟的人就要扑空了，他们估计也不敢和极限武馆的人争夺宝物。

如此一来，李耀肯定早被吓得立即走人了，罗峰就没办法借刀杀人了。

最好的办法是让波莱纳斯家族的人先来到雾岛，在雾岛上努力地采摘草木之灵。要知道草木之灵可不是想采摘就能采摘到的，就连罗峰和李耀都在柳树王面前吃了亏，可想而知采摘草木之灵的难度极高。

而后，极限武馆的人到来，两方开始厮杀、抢夺，极限武馆的人肯定能让波莱纳斯家族的人让出草木之灵。

"我给了他们90分钟的时间，是不是太短了？"罗峰看着通信手表上的号码，暗暗思忖，"我可不想看到，波莱纳斯家族的人还没到，极限武馆的人就到了。"

为了谨慎起见，罗峰又等了30分钟。

"现在差不多了。整个雾岛遍布浓雾，探察起来是非常麻烦的，要探察遍整个雾岛，一天的时间恐怕都不够。"

罗峰轻轻按动通信手表上的一个按钮。

"嘟——"

"你好！"一道低沉的声音传来。

"你好，我是精英训练营的罗峰。"

"有什么事？"那道低沉的声音没有丝毫起伏。

罗峰连忙禀报道："事情是这样的，我在澳洲大陆的一个神秘的岛屿中发现了大量草木之灵，如今发现的草木之灵就超过了12个，其中一个柳树类的草木之灵的直径就超过三米。"

"草木之灵？！"对方显然有些惊讶，随即说道，"很好！你发现了这样一个宝地，还能及时通知极限武馆。按照极限武馆的规矩，发现宝地并且传回消息者都有重赏，一旦确认，可以得到武馆所得宝物的10%的份额，而去开采宝物的人员一共有30%的份额，剩余的60%的份额归极限武馆集体所有。"

"请将雾岛的坐标告诉我。"那道低沉的声音再次响起。

……

罗峰回了一些讯息后，很快，电话就挂断了。

“没想到，极限武馆已经形成定规了，10%的份额归发现宝物的人员，30%的份额归开采宝物的人员，剩余的60%的份额归极限武馆集体所有。”罗峰点点头，“10%的份额足够了，那9个柳树类的草木之灵的10%的份额就很珍贵了，足以让我得到一个千年柳木心，恐怕还有剩余。”

一个小时后。

罗峰悄悄从一处草丛中探出头来。

“嗯？李耀呢？”

此时正值夜晚，周围都是浓雾，但是9个柳树类的草木之灵周围的雾淡了很多，罗峰大概能看到200米外的地方，并没发现李耀的身影。

“慢慢等吧，待会儿他们肯定会来这一带。”罗峰看向远处的九棵柳树，耐心地等待着。

他的精神念力散开来，覆盖了周围100米的范围，时刻警戒着。

过了许久——

“轰隆隆！”一道音爆声在高空响起。

罗峰猛地抬头看向高空。

一架飞碟形战机出现在雾岛的上空，舱门直接打开了。

“嗖！嗖！嗖！”

卡特兰、凯塔、伊凡三人直接从半空中一跃而下，迅速朝下方坠落。

“波莱纳斯家族的人终于到了。”罗峰的脸上露出一丝笑容。

在波莱纳斯家族的人抵达雾岛的时候，一架血红色的三角形战机正以不可思议的速度在高空中飞行。

三角形战机中一共有两个乘客，都穿着作战服，其中一人长得非常帅气，只有三十几岁，眼神深邃，嘴角带着一抹笑容。

他就是极限武馆五大巡察使之一——柳巡察使。

“此次馆主竟然将你派遣过来，看来是真的很重视这个岛屿上的宝物。”柳巡察使看着身侧的人，笑着说道。

他旁边的人脸上戴着金色面具，看不到模样。

“柳巡察使，我们若是将雾岛上的草木之灵全部采摘，你可以获得草木之灵总量的30%。”戴面具的男子声音低沉，“我是不在乎这些的。若非必要，我不会出手，不过我一旦出手，这30%的份额你我就要平分了。”

柳巡察使一听，不禁大喜。

对方竟然说若不用他出手，愿意将草木之灵的30%的份额全部给自己。

那些可都是极其珍贵的草木之灵啊！

那是连洪都很重视的宝物啊！

“哈哈！放心，我可不信那个雾岛上有什么是我都摆不平的。”柳巡察使笑道。

他可是超越战神的存在！

他跟随了洪那么久，手段很多。放眼全世界，能让他吃瘪的人和事是极少的。

“轰！”

血红色战机载着两大绝世强者疾速朝澳洲大陆赶去。

第149章

千年柳木心

罗峰竖起耳朵听着，果然听到了一阵轰隆声。

“波莱纳斯家族的人从半空中的飞机上跳下来了。”罗峰推测着，同时迅速收敛精神念力。

精神念力覆盖的范围从周围100米收缩到仅仅周围30米。

罗峰心里很清楚，精神念力扫过高级战神级强者，高级战神级强者是有感应的。

忽然，罗峰听到远处传来一阵微弱的谈话声。

“卡特兰，前面就是9个柳树类草木之灵的所在之处。”李耀说道。

“草木之灵的攻击力一般不强，李耀，你怎么会对付不了它们？”一道幽冷的声音响起。

话落，四个人从浓雾中走了出来。

罗峰透过杂草的缝隙看过去，为首的人身穿一袭黑袍，颇为诡秘。

一旁的李耀轻声说着，看李耀的态度，地位明显低人一头。

黑袍人的身后跟着一个壮硕的野蛮大汉和一个白皮肤的精瘦男子。野蛮大汉和精瘦男子对李耀的态度并不恭敬，显然并不害怕李耀。

“看样子，四人中最厉害的是黑袍人。”罗峰嘀咕道。

远处四人的身影逐渐变得清晰。

“那柳树王的直径达到3米，当年有着千年柳木心的柳树类草木之灵的直径只有1米，那柳树王可要厉害得多。此外，它的一根根淡金色柳枝都非常坚硬，一旦被柳枝捆缚住，就连我都必死无疑。”李耀指向远处的9个柳树类草木之灵，“就在那里！”

李耀等四人当即大步走向9个柳树类的草木之灵。

此时是黑夜，雾很大，再加上罗峰只在草丛中冒出半个头，李耀等四人根本没有注意到罗峰的存在。

“就凭他们四个也想对付柳树王，笑话！”罗峰默默地看着。

李耀等四人站在距离9棵柳树大概50米处，其中那个野蛮大汉沉声说道：“你是说这九棵柳树都是草木之灵？”

“不相信的话，你可以再靠近一些感应一下。”李耀嗤笑一声。

“卡特兰。”李耀又郑重地说道，“你看，9棵柳树中，处于核心的那棵最粗的柳树王是最厉害的，它的淡金色柳枝足以覆盖周围的其他柳树，所以，我想要攻击其他柳树根本没有办法。”

卡特兰仔细观察一番，问道：“淡金色柳枝在哪里？”

“看，那些淡金色柳枝都缠在主干上。”李耀指着柳树王说道。

“哦！”卡特兰感觉到这柳树王很不一般。

“柳树的攻击能力只有一种，就是用柳枝将人给勒死。它的主干是无法移动的，而根部深植于地底吸收营养，也是无法发出攻击的。”李耀说道，“这跟当年那有着千年柳木心的柳树的攻击手段一样。”

卡特兰点点头，道：“想要杀死柳树王只有两种方法，第一种就是将它的根部给全部毁坏，第二种就是将它的主干给砍断。”

旁边的李耀听了，道：“没错。不过，那些淡金色柳枝有两三百米长，足以伸入地底，保护好根部。而且，这么大的一棵柳树，它的根系肯定很发达，要毁坏它的根部可比砍断主干要难得多。”

“柳枝有两三百米长？！”卡特兰眉头一皱。

卡特兰沉思片刻。

“哗！”

只见卡特兰身上的黑色长袍瞬间收拢而后消失，露出了里面的一套黑色作战服。

他的长裤外面别着12把黑色的匕首，而他的作战背心后面插着6杆标枪，宛如一面盾牌。

“他竟然也有黑神套装？！”远处正偷偷察看的罗峰大吃一惊。

卡特兰身上的黑袍瞬间收拢而后消失，只有一个可能，那就是黑袍是由黑神套装变幻而成的。黑神套装可以根据主人的意愿变幻成各种各样的形状。

“他的兵器是标枪和匕首。”罗峰眉头微皱。

……

此时的卡特兰表情冷淡。

那一杆杆银灰色标枪和一把把黑色匕首都让罗峰心惊胆战。

旁边的李耀眼睛微微眯起。

“柳树王交给我来对付。”卡特兰冷冷地下令，“待会儿我就进攻柳树王，李耀、凯塔、伊凡，你们从外围进攻旁边的其他柳树。记住，保障自己的安全是最重要的。待那柳树王被我完全牵制住，你们再全力砍掉其他柳树。”

“明白。”凯塔回道。

“嗯！”伊凡微微点头。

“好！”李耀点点头。

卡特兰见状，微微一笑。

“哧哧！”

只见他的身体迅速被黑色皮膜给覆盖住了，包括他的脸都被遮得严严实实。也就是说，他的眼睛、鼻子、嘴巴都被封住了。

可以说，他现在不惧怕任何战神的锐利攻击。

“精神念师闭着眼睛，也能战斗。”李耀看到这一幕，心中感叹。

“好，开始吧！”卡特兰一声大喝。

“嗖！”卡特兰直接冲向柳树王，速度极快，几乎是眨眼的工夫就距离柳树王不足10米的距离了。

而柳树王被惹怒了，开始发出了攻击。

大量的柳枝疯狂地攻向卡特兰，那一根根淡金色的柳枝迅速地加入战斗。

“嗖！嗖！嗖！”

李耀、伊凡、凯塔三人瞬间化作残影，一起攻向一棵直径大约一米八的柳树。

李耀和伊凡的身体都被黑色流光覆盖住了，显然他们都拥有黑神套装。正因为拥有黑神套装，所以他们都没有使用盾牌。

“四个人中，竟然有三个人拥有黑神套装！”远处偷看的罗峰心中大惊。

敢来雾岛的都是战神中一等一的高手，须知连李耀都受了重伤，如果其他三个高手自认比不上李耀，哪里敢来这里啊？全世界拥有黑神套装的人极少，每一个都拥有惊人的实力。

“卡特兰是精神念师？！”罗峰的眼睛瞪得滚圆。

只见卡特兰的两手各持一把匕首，同时他的面前还悬浮着9把匕首。

“哧哧——”那些匕首斩断了一根根柳枝。

下一瞬，大量的淡金色柳枝向卡特兰笼罩而来，而整个人都被黑神套装给覆盖住的卡特兰根本不是靠眼睛战斗，而是靠着散开来的精神念力观察一切，从而进行战斗的。

“淡金色柳枝的威力极大，不好惹啊。”远处的罗峰心中暗道。

果然——

“哧哧——”那悬浮着的9把匕首艰难地斩断了淡金色柳枝。

“哼！”一声冷哼响起。

卡特兰双手持着的两把匕首以惊人的速度接连斩断数十根淡金色柳枝，瞬间突围。

看到这一幕，李耀震惊了。

而在远处偷看的罗峰完全惊呆了。

“那可是柳树王发出的淡金色柳枝，每一根柳枝都非常坚韧，我当初斩断一根柳枝就立即后退，而后钻进地底了。”

罗峰和那些淡金色柳枝战斗过，自然知道那些淡金色柳枝很是坚韧。

“即便是李耀，也不可能一下子斩断数十根柳枝。卡特兰双手持着的匕首的威力到底有多大啊？不过，他控制那9把匕首斩断淡金色柳枝时非常吃力，看来他的精神念力比我的强不了多少。”罗峰心中暗道，“不过，他双手握着的匕首的威力大得多，说明他的身体爆发出的力量很惊人。”

高级战神级武者的身体素质很强，比如一些达到巅峰的高级战神级武者，蛮力就可以达到四五十万千克，身体发出的力量是之前的两三倍，一拳的力量能达到百万千克。

“他的身体素质很强，他应该是高级战神级武者，身体发出的力量也很强，再加上他也有精神念力……”罗峰暗自点点头。

卡特兰将身体力量和精神念力结合在一起，而后爆发出来，所以实力才这么惊人。

卡特兰冲出柳枝的包围，靠近柳树王的主干。

“啊！”卡特兰大喝一声。

他手中的匕首狠狠地袭向柳树王的主干。

“哧哧！”那匕首仅仅刺进主干六七厘米，就刺不进去了，主干上缓缓地渗出了绿色的液体。

原本还分散淡金色柳枝去攻击其他人的柳树王，彻底怒了。

近万根柳枝疯狂地飞舞着，从四面八方包围卡特兰。

“嗖！”卡特兰猛地往外冲去，同时双手猛地一挥。

“呼！呼！”他的双臂瞬间变成七八米长，分别抓着匕首，朝柳枝一挥。

仿佛掀开门帘一样，那黑色双臂竟然将大量的柳枝直接分别挥到两侧。

“嗖！”卡特兰则迅速地蹿了出去。

那些淡金色柳枝立即包裹住他的黑色手臂。

然而，他的黑色手臂宛如面条一样滑溜，瞬间从大量淡金色柳枝的包围中逃出来了。

“好！主干够硬的！”

卡特兰站在距离柳树王大概百米处，沿着其他柳树绕了一个圈，在绕圈的同时，他的手中出现了一杆银灰色标枪。

“破！”卡特兰发出低沉的怒吼声，面目变得狰狞。

他单手持着银灰色标枪，整个人瞬间呈弓形，右边肩部的肌肉鼓起，很是凶悍。

那银灰色标枪的枪尖有着一圈圈螺纹，随即他快速奔跑起来，同时猛地一甩标枪。

“嗖！”那标枪闪电般地射了出去。

大量淡金色的柳枝欲要阻拦，可是标枪的速度实在是太快了，快得超出了想象。

只有三根柳枝勉强碰到了标枪，随后这杆标枪狠狠地刺在柳树王的主干上。

“嗡——”一阵仿佛电钻刺破木板的声音猛地响起。

“哧哧！”

整杆标枪都没入了柳树王的主干，甚至于标枪的枪尖从主干的另一面冒出来了一点。

“卡特兰的‘幻魔眼’和‘幻魔一击’不愧是闻名全球的两大绝招。”李耀看到这一幕，不由得心中一惊，“他结合身体力量和精神念力创出的幻魔一击的威力简直不可思议，这一招的威力估计和超越战神的存在的攻击威力差不多了。”

远处的罗峰倒吸一口凉气。

他从来没想过，战神中还能有实力这么强的武者。要知道，刚才卡特兰手中的匕首仅仅刺入柳树王主干六七厘米。而柳树王的直径是超过3米的，可是卡特兰的标枪竟然刺穿了柳树王的主干。

卡特兰的实力太可怕了！

“轰隆隆——”柳树王不禁震颤起来。

那些淡金色柳枝疯狂地舞动着，一起围攻卡特兰。

“攻击其他柳树。”卡特兰怒喝道。

“是！”

李耀、凯塔、伊凡连忙围攻旁边的一棵柳树。

没有了柳树王的帮忙，这棵直径只有一米八的柳树怎么可能抵挡得住三大强者的围攻？仅仅一会儿，“轰隆”一声，那棵巨大的柳树轰然倒塌。

“快取千年柳木心。”李耀、凯塔、伊凡三人同时迅速地轰击柳树的主干。

“轰——”碎木片四处飞散。

下一瞬，一个动人心魄的绿色晶体飞了起来。

“是千年柳木心！”李耀等三人大喜。

罗峰一眼就看到了那个绿色晶体。

只见李耀等三人不再轰击柳树的主干，而是疾速冲向那个绿色晶体，罗峰判断出那就是千年柳木心。更何况，他在战神级武者的论坛上看到过千年柳木心的照片，有些印象。

“千年柳木心能提高细胞活性和增强身体素质。”罗峰的眼中闪过一道精光。

“那是我的！”

“嗖！”一道精神念力瞬间延伸出去。

精神念力延伸的速度极快，瞬间就包裹住了千年柳木心。

罗峰的精神念力侵入了卡特兰的精神念力扩散的区域，被卡特兰发现了。

“嗖！”那道将绿色晶体包裹住的精神念力陡然往回收。

“精神念师？！”卡特兰的精神念力发现了不对劲。

待他反应过来现场有精神念师时，那绿色晶体距离罗峰只剩下80米的距离了。

“回来。”卡特兰当即通过精神念力欲要将绿色晶体抢回来。

“砰！”两道精神念力发生了碰撞。

“嗖！”那绿色晶体直接落到罗峰所在的草地上。

罗峰以最快的速度瞬间朝地底钻去。

“千年柳木心！”李耀、凯塔、伊凡三人都冲了过来。

卡特兰也飞奔过来。

四大强者呆呆地看着草地上的一个不起眼的窟窿。

“千年柳木心被抢走了。”凯塔等人都很是气愤。

“这个雾岛怎么还有其他人？”卡特兰怒视李耀，冷冷地道，“而且对方还是精神念师，其精神念力恐怕都接近高级战神级了。”

“是罗峰，一定是罗峰。”李耀连忙说道。

“罗峰？你是说精英训练营的那个罗峰？”卡特兰问道。

“对，对，就是他。他杀了我的儿子，其实这次我来这里就是追杀他，只是没想到，会在无意中发现雾岛有这么多草木之灵。”李耀回答道。

卡特兰的脸色很是难看。

“卡特兰，你也是精神念师，你应该能抓住他吧？”

“他已经钻进了地底，而且他是高级战神级的精神念师，我哪有那么容易抓住他？”卡特兰瞥了李耀一眼，冷冷地道，“你以为精神念力是那么好修炼的？这么多年来，我的身体素质都达到高级战神级的巅峰了，精神念力的进步却缓慢得很。”

精神念师的身体素质有一个急速提升期，卡特兰年轻时，身体素质急速提升到了初级战神级，就停止了。之后，得靠他自己修炼了。

可惜……

精神念力的修炼难度是身体素质修炼难度的数倍。这么多年来，卡特兰的身体素质都提升到了高级战神级巅峰了，可是精神念力还只是中级战神级巅峰。不过，精神念力和身体力量的结合，令他拥有极为可怕的实力，从而成就了幻魔之名。

“想要去地底抓精神念力达到高级战神级的精神念师，这可是不容易的。即便是超越战神级武者的存在，也不敢说这个大话。”卡特兰低喝一声，“凯塔，你现在负责巡视周围，不允许那人再靠近这里。李耀、伊凡，你们和我一起迅速搜集草木之灵。”

"是！"几人都点点头。

李耀只能咬牙忍下这口气。

"不好。"卡特兰脸色一变，"罗峰刚才肯定听到我们说的话了，他应该知道这些都是草木之灵，一定会将此事通知极限武馆。"

"极限武馆？！"

在场的几人都脸色大变。

卡特兰看了李耀一眼，很是恼怒。

"极限武馆的人赶过来起码需要三个小时，大家快点搜集草木之灵，为了安全起见，我们必须在两个小时内离开。"卡特兰郑重地说道，"不管搜集了多少草木之灵，两个小时内，我们必须离开。"

"是。"

这时候，李耀也不敢多说什么。

第150章

暗金色圆球碎了

另一边，罗峰以惊人的速度往岩石层中钻着。

“千年柳木心！”罗峰手握千年柳木心，热血沸腾。

他穿透地底的岩石层，不断地往下深入，已经完全超过之前休息的洞穴的深度，还拼命地往下冲。当他穿过岩石层后，被他挤开的岩石和泥土再度合拢。

旁人很难根据轨迹来探察罗峰的踪迹。

“那卡特兰的实力很强，我还是钻到地底更深的地方，让他找不到我比较好。”罗峰想着，继续往下冲。

“不对。之前我争夺千年柳木心时，我的精神念力和卡特兰的精神念力发生了碰撞，他的精神念力似乎比我的要弱一些。”罗峰想到这里，不由得减缓了速度。

“砰”的一声，地底两三千米处的暗河上方的罗峰撞破岩石，直接坠入暗河中。

“呼！”罗峰一跃而起，落到地底暗河旁边的一块岩石上。

“地底深处竟然有一条暗河。”罗峰站在岩石上，朝暗河的两旁看去。

周遭黑漆漆的，暗河足足有五六丈宽，河水汹涌，旁边的通道很窄，几乎没有落脚点。

“这地底暗河内似乎没有怪兽。”罗峰心中暗道，“不知道这条暗河通往哪里。”

随后，罗峰不再多想，撞在旁边的岩石壁上，直接撞出了一个大窟窿。

三把黑色飞刀在他的前面开路，他迅速地凿出了一个洞穴。

这个洞穴距离地底暗河只有二三十米远。

“千年柳木心。”罗峰张开一直紧握的左手，露出了鸡蛋形状的绿色晶体。

这个绿色晶体的构造很是奇特，里面仿佛有着荡漾的绿色液体，单单用肉眼看就不由得心动。

罗峰感觉到一阵阵清凉沁入皮肤，整个人神清气爽。

千年柳木心可以提高人的细胞活性，还能增强人的身体素质。

对于如今的罗峰而言，这是极佳的宝物，因为罗峰正好需要它。

不过，若是比这些更珍贵的宝物，对于罗峰就是浪费，因为罗峰距离达到战神级武者的巅峰不远了。即便是万年柳木心，最多也只能让罗峰达到战神级武者的巅峰，无法再突破。

从战神级武者成为超越战神级武者的存在，这一步要跨过去是非常艰难的，这也是不少高手的修为一直停留在高级战神级武者的原因。

“这千年柳木心怎么使用？”罗峰心中很是困惑，“帖子中记载了千年柳木心是用来口服的，可是，这到底是真是假，没有人能确定，那帖子说不定是用来唬人的。”

千年柳木心本身是无比坚韧的，用利剑砍劈都难以毁掉，这样的东西怎么可以口服呢？

“就拿龙血来说，是万万不可口服的，一旦口服就会丧命。那千年柳木心究竟该如何使用呢？”罗峰眉头紧蹙。

得到千年柳木心是一件好事，可是还要懂得如何使用千年柳木心，如果千年柳木心使用的不对，不仅不会带来好处，反而会带来灾难。

罗峰迟疑片刻，低头看向通信手表，而后拨了一个电话。

“嘟——”

不一会儿——

“喂。”一道低沉的声音响起。

“你好，我是精英训练营的罗峰。”罗峰当即说道。

这个号码正是罗峰专门用来和极限武馆内部联系的号码，他索取巨额奖励也是通过这个号码。现在他不懂千年柳木心怎么使用，思来想去，还是决定询问一番。

反正他使用千年柳木心后，实力就会大大提升，此事是瞒不住的，到时极限武馆就会知道自己使用宝物的事。既然如此，那么就没必要掩饰了，反正他是从别人那里抢来的。

“有什么事？”那道低沉的声音再次响起。

“我想问问，千年柳木心该怎么使用？”罗峰问道。

电话那边的人沉默了。

罗峰心中有些忐忑。

许久，那边才再次传来声音。

“千年柳木心表层的晶体外壳坚韧无比，内层的液体才是精髓，使用方法就是刺破表层的晶体外壳，而后将内层的液体口服。切记，不可将晶体外壳吞下肚。”

罗峰长松一口气。

幸好他问了使用方法。战神级武者论坛中的帖子记载着千年柳木心是口服的，却没写究竟该怎么口服，如果自己傻乎乎地将整个绿色晶体吞下肚，那可就惨了。

“服用的过程中，会非常舒服，不会有痛苦的症状。实力提升的程度不同，蜕变过程的用时就会长短不一。”那道低沉的声音又一次响起，“你还有其他的事情吗？”

“没有了，谢谢先生。”罗峰连忙道谢。

“先生？！”电话那边的人不禁笑出了声。

“咔！”

而后，电话就挂了。

黑漆漆的洞穴中，在通信手表的微弱光芒照映下，罗峰的眸子前所未有的明亮。

"相较于拥有黑神套装的李耀，我的实力还差一些。不过，一旦使用了千年柳木心……"罗峰心中很是期待。

当年，李耀夫妇公布天价悬赏之后，他就不敢有一丝松懈，长期以来，他的压力很大，所以一直拼命地修炼。

说起来，他能在短短时间内得到极限武馆的青睐，获得龙血等奖励，也有李耀夫妇的功劳。若不是他们出天价悬赏捉拿他，他哪会这么拼命修炼啊？

"秃鹫、毒蝎，以后不是我害怕你们，而是你们害怕我了。"罗峰得意扬扬。

"呼！"那个绿色晶体悬浮在半空中。

罗峰心念一动，一把SS级飞刀闪电般地刺在绿色晶体的表面。

"哧！"在罗峰的飞刀的攻击之下，坚韧的晶体外壳直接被刺破了。

绿色晶体里面的液体缓缓流出。

这些充满生机的绿色液体受到了罗峰的精神念力的控制，在罗峰的眼前悬浮着。

"来吧！"罗峰大喝一声，张开嘴巴。

"嗖！"这些绿色液体直接飞入了罗峰的口中。

虽然说整个绿色晶体足足有鸡蛋大小，可是晶体里面的液体只有一个小酒杯的量。

罗峰一口就将绿色液体吞下肚，这些绿色液体沿着食道流入他的体内，顿时一股清凉、舒适的感觉弥漫全身。

"刚刚电话中的神秘人说，服用千年柳木心的过程中没有一点痛苦，反而会非常舒服，果然不假。"

罗峰一动不动地躺在岩石洞穴内，清楚地感觉到身体的细微变化。

当初他使用龙血时极其痛苦，他可忘不掉。

能使得实力大大提升，而且还无须经历痛苦，罗峰当然心情愉悦。

"好舒爽！我感觉全身的筋骨和皮肉都在进行蜕变。"

罗峰借着通信手表的一丝微弱的光芒，看到手部的皮肤正在快速地小幅度地震动，在这种状态下，一些灰黑色物质通过毛孔渗透进了皮肤。

这种感觉很是奇妙。

罗峰的全身都很是清凉，同时全身的皮肤隐隐地持续不断地震颤，仿佛得到按摩一样。

此时，千年柳木心中蕴含的精髓几乎瞬间就融入了罗峰身体的每一处，这股充满生机的能量让罗峰的筋骨和肌肉都发生了惊人的变化。

这一刻，罗峰体内的无数个细胞都在发生着惊人的变化，他的基因更是不断地完善，淘汰无用的基因，将良好的基因进行完美的整合。

细胞活性在飞速地提升，而后，他的筋骨发生了变化，肌肉和皮肤也在发生着惊人的变化，然而这种变化没有带给他丝毫痛苦，反而像得到按摩一般舒坦。

……

罗峰的识海中，那颗暗金色圆球正在迅速地旋转，同时不断地释放出能量。整个识海中一片浓雾，在这无尽的浓雾中，一滴滴液体不断地产生，仿佛露珠一般。罗峰的身体素质在增强，因此，他的精神念力也在不断地提升。

罗峰的身体素质大大增强了，从初级战神的底线（拳力是6.4万千克左右），达到了初级战神的一般水准（拳力是9.6万千克左右），之后达到了初级战神的巅峰（拳力接近12.8万千克），而后达到了中级战神的水平……

当他的身体素质达到中级战神级的瞬间，他的识海中的暗金色圆球猛地膨胀起来。

“咔咔咔！”整颗暗金色圆球直接龟裂开来，精神念力的能量直接散开来，充斥了整个识海。

中级战神级武者的身体素质已经能够承受战神境界中近乎极限的精神念力了。

罗峰的精神念力仍旧在暴增，身体素质依旧在增强。

半晌——

一切变化终于停止了。

罗峰静静地平躺在暗河旁边的洞穴中。

“暗金色圆球……碎了……”

当年，他一夜觉醒，成了精神念师，拥有大好前程。不过，他一直很担心，他不知道暗金色圆球能支撑自己到什么时候。要知道，很多精神念师达到高级战将级或者初级战神级的境界时，修为就停止提升了，那是因为耗光了暗金色圆球中蕴含的能量。

能急速提升到中级战神级的精神念师是屈指可数的。

“我的识海……”

罗峰的意识沉浸在识海之中，之前他勉强成为高级战神级精神念师，识海中有一滴滴液体。而现在，无尽的识海中雾气弥漫。

雾气在罗峰的识海中弥漫开来，雾气蕴含的精神念力很是惊人。

蕴含着大量精神念力的雾气当中，还掺杂着一些暗金色的碎片。

第151章

战神罗峰

片刻后，罗峰终于睁开了眼睛。

“此次蜕变，前后仅仅耗费半个小时。”罗峰低头看了一眼通信手表上的时间，脸上露出一丝笑容。

半个小时前，他是战神圈子内一等一的强者，可是，“幻魔”卡特兰的实力比他还要强。

而现在——

“轰！”罗峰随意地挥出一拳，响起了音爆声。

“我随意挥出一拳，拳力都比得上过去爆发时的拳力了，现在我的身体素质起码达到了中级战神级，甚至很可能是高级战神级。”

罗峰凭借模糊的感觉确认自己最起码是中级战神级武者了，至于是不是高级战神级武者，还需要靠仪器来测试。

他不太确定自己的身体素质达到了什么水准，不过，他能百分百确定精神念力的境界了。

“我成了高级战神级巅峰的精神念师。”罗峰笑着说道。

如今他能操控的精神念力的强度比之前强太多了。要知道，之前他算是勉强达到了高级战神级的底线，现在精神念力大大增强了，当然是高级战神级巅峰的精神念师了。

“全世界武者都公认一点，就是高级战神级巅峰的精神念师是战神中无敌的存在。”罗峰露出一丝笑容，“嗯，我先去清洗一下，然后去看看李耀和卡特兰他们，顺便和李耀了结一下这么多年的仇怨。”

“唰！”罗峰直接沿着通道，冲到旁边的暗河旁的岩石上。

他用精神念力控制着一个巨大的水球，使之悬浮在面前，迅速地清洗了一下全身，还有作战服。

“走！”三分钟后，罗峰猛地冲天而起。

“轰隆隆——”他疾速冲破一层层岩石，迅速往地表冲去。

雾岛。

此时正值黑夜，雾气弥漫。

罗峰冲出地表后，脸色一变。

“那边有打斗的声音。”他弓着身子，一步步地轻轻走向九棵柳树所在的位置，“没想到，已经半个小时了，他们还没有将柳树全部砍掉。”

这次他从地表冒出来后，藏身的位置离那九棵柳树有近千米远。

安静的雾岛上，卡特兰、李耀等人正疯狂地攻击那些草木之灵，从而产生了阵阵音爆声。

罗峰很容易就找到了他们。

“嗯？”罗峰当即朝那边看去。

此时已经有八棵柳树倒塌了，主干都有一个洞，显然是被取出了千年柳木心，只剩下那棵柳树王了，其主干上已经被刺了六杆标枪，然而柳树王并没有倒下，它竟然用数百根淡金色柳枝重重卷住那六杆标枪。

“卡特兰的六杆标枪都卡在柳树王的主干里了。”罗峰在远处默默地看着。

此次服用千年柳木心后，他的视力变得更强了。

“标枪卡在柳树王的主干内，又被那些淡金色柳枝给卷住了，很难抽出来。”

此刻，拥有黑神套装的卡特兰、伊凡、李耀这三人正疯狂地攻击着柳树王。

“柳树王的主干受创，实力大减，快，一举将其解决了！”卡特兰的嘴角有着血迹，仍不停地攻击着。

他双手持着两把匕首，疯狂地挥舞着。

那些淡金色柳枝的攻击速度比之前慢了很多，大量的淡金色柳枝被卡特兰斩断了，不过，还剩下不少淡金色柳枝。

“破！”李耀大喝一声。

“啊——”伊凡嘶吼着，疯狂地攻击柳树王。

顿时，一些淡金色柳枝断裂了。

柳树王的主干受创，淡金色柳枝的攻击速度大大减慢，束缚力也被削弱了，只是依旧比较坚韧。

对于卡特兰、李耀、伊凡这三人而言，只要有足够的时间，他们就能将所有的淡金色柳枝都砍断。这些淡金色柳枝虽然很长，但是一旦被砍断，就会流出液体，并且威力大减，连普通柳枝都不如。

“快，抓紧时间。”卡特兰急切地大喝道，“砍掉柳树王后，我们还要去搜集其他草木之灵。”

“好的！”

“明白！”

李耀和伊凡迅速砍断一根根淡金色柳枝。

至于凯塔，则在周围巡视着。

只是此时正值夜晚，雾气弥漫，罗峰又有心躲藏在草丛中，而且距离这里近千米，凯塔根本发现不了他。

“哈哈，断了，全部断了。”

“哈哈！成功了！”

一阵大笑声响起。

原来，柳树王的那些淡金色柳枝架不住三名高级战神级武者疯狂的砍伐，都断裂了，断开后的截面都流出了液体。

这些淡金色柳枝的威力锐减，对于高级战神级武者根本没有威胁了。

“进攻主干！”

卡特兰、李耀、伊凡三人疾速冲过去。

“凯塔，过来。”卡特兰大声喊道。

“来了。”凯塔当即顾不上巡视了，冲过去，一起攻击柳树王。

那巨大的柳树王毫无还手之力，又无法移动，只能任凭这四名高级战神级武者攻击。

卡特兰拔出了六杆标枪，而后用标枪刺向柳树王主干上的窟窿，显然从内部攻击更容易。

随着一次次攻击，柳树王的主干的坚韧程度也在减弱。

“哧哧！”

原本繁茂的淡金色柳枝迅速枯萎，柳树王的主干也迅速失去生机，防御能力明显减弱了。

“轰！”巨大的柳树王缓缓地倾倒，还砸死了旁边的一些树木花草。

“哈哈，终于成功了。”

“快，快挖出万年柳木心。”

卡特兰等四人都激动万分。

为了砍掉柳树王，他们耗费了很多精力，这比毁掉其他八棵柳树都要难得多。

远处的罗峰仍旧默默地看着。

“啧啧！幸好我的身体蜕变只耗费了三十分钟，这才能看到他们砍伐柳树王的一幕。”罗峰心中暗自思忖，“既然极限武馆的人还没到，正好我先出手。”

罗峰的实力大增，现在正是一展身手的最佳时刻。

“轰隆”的声音不断响着，那群人仍旧在劈砍柳树王的主干。

“快，快点找。”他们正在找柳树王的万年柳木心。

“嗯？”卡特兰扩散开来的精神念力感应到有人闯了进来，不由得一惊。

他当即转头看去，只见罗峰穿着作战服，背着盾牌，手持血影战刀，从雾气中缓缓地走出来，而后朝他们走过来。

凯塔、伊凡、李耀三人也都发现了罗峰。

“罗峰！”李耀眼中涌现出杀气。

“好久不见。”罗峰笑着看向李耀。

卡特兰看着罗峰，露出一丝冷笑，道：“罗峰，你如果躲在地底，以你这精神念师的能力，我抓不到你。然而，你竟然主动出现在我们面前，真是愚蠢。”

旁边的凯塔和伊凡都露出了冷笑。

他们三人的实力都很强，没有一人比罗峰弱，再加上李耀，简直是如虎添翼，他们根本不用畏惧罗峰。

“除非你服用了千年柳木心，一下子成为高级战神级巅峰的精神念师。”卡特兰说道。

卡特兰是精神念师，他心里很清楚，精神念师本来就非常稀少，而且大多数精神念师的天赋不算高，修为最多能急速提升到高级战将级。

如果能达到初级战神级，就算很不错了，而达到中级战神级的，非常罕见。至于一次性就提升到高级战神级的，简直屈指可数。

放眼整个世界，高级战神级的精神念师到底是一名还是两名，没人知道。

“谢谢你们帮忙砍掉了柳树王。”罗峰微微一笑，“让我省了很多时间。”

话落，他疾速冲向柳树王。

“杀！”卡特兰怒喝一声。

“罗峰！”李耀咆哮着冲了过去。

“嗖——”罗峰的六把飞刀疾速射出。

如此近的距离，飞刀的速度又极快，就连李耀都无法闪躲开来。

不过，李耀也没必要闪躲。只见那黑神套装已经覆盖了他的全身，只有眼睛和鼻孔略微露出了一点缝隙，以他的能力，绝对不可能被飞刀射中。

而想要刺穿黑神套装，就算是王级怪兽都很难做到。杀死穿着黑神套装的战神的唯一方法，是利用极强的冲击力，将其五脏六腑都震碎。

“嗖——”六把飞刀全部射在李耀的身上。

现如今，达到高级战神级巅峰的罗峰拥有了不可思议的实力，当年他使用龙血后，通过了拳力测试机的测试，一把飞刀蕴含了22万千克左右的冲击力，而现在他的一把飞刀的冲击力超过了50万千克。

一把飞刀的冲击力就超过了50万千克，六把飞刀的冲击力加起来就超过了300万千克。精神念师的优势是可以使得对手防不胜防，罗峰达到高级战神级巅峰后，冲击力也已经达到了不可思议的地步，蛮力达到50万千克，发出的力量是之前的6倍。

“轰！”李耀整个人被轰得倒飞开去，同时撞飞了其身后的伊凡。

“嗖——”六把快如闪电的飞刀将一脸惊恐的卡特兰直接轰飞开去。

“哼！”罗峰直接落在柳树王的主干旁，六把飞刀轰击在柳树王的主干上。柳树王的主干生机消失，防御力更弱，很快就炸裂开来。

下一瞬，一个略带金色的绿色晶体冲天而起。

罗峰的精神念力当即将绿色晶体卷住，将它收回到自己的身前。

第152章

打“乌龟”

这是一个足足有拳头大的椭圆形晶体，整个晶体是绿色的，还掺杂着一抹金色。

罗峰定定地看着掌心中的绿色晶体，很是激动。

“万年柳木心！”

罗峰微微一笑，迅速将万年柳木心放入作战服的内口袋。

“李耀，你逃不掉的！”罗峰冷笑一声。

“轰！”一道声音猛地响起。

罗峰以不可思议的速度朝李耀的方向追去。

现如今罗峰的身体极限速度达到了500米/秒，一旦有了达到战神级巅峰的精神念力的辅助，他的速度可以飙升到700米/秒。

远处。

李耀、卡特兰、凯塔、伊凡四人都在飞速地奔跑。

“罗峰追来了。”卡特兰脸色一变。

“罗峰！”李耀心中很是气愤。

他怎么都没想到，当年那个像一只蚂蚁一般可以轻易被捏死的罗峰，一下子就成长到了这等地步。

“卡特兰，我们四人联手解决罗峰吧！”李耀说道。

“抱歉。”卡特兰微微一笑，而后朝旁边的凯塔和伊凡使眼色。

他们三个人一起经历了很多次战斗，彼此之间早已有了默契，当然明白彼此的意思。

“嗖！嗖！嗖！”

卡特兰、伊凡、凯塔几乎同时朝左边飞奔而去，一下子就和李耀离得很远了。

要知道他们的速度都超过了600米/秒，待李耀反应过来时，双方的距离已经超过了五六百米。

而罗峰已经追上来了。

“浑蛋！”李耀心中咒骂道。

此时，罗峰正在飞速靠近。

“罗峰的速度竟然……竟然比我还要快一些。”李耀咬牙切齿地道。

……

而已经和李耀分道扬镳的卡特兰等三人的速度开始减缓。

“还好。”卡特兰长松一口气。

“罗峰真的去追李耀了，没有追我们。”卡特兰看了看身后，说道。

他的精神念力覆盖了周围一百五十米的范围，并没有发现罗峰的身影。

旁边的伊凡冷笑一声，道：“哼！李耀可怪不得我们，他是自找苦吃！”

远处传来一道道气爆声。

“卡特兰，我们为什么不帮李耀？”凯塔皱眉道。

“我们为什么要帮他？”卡特兰嗤笑一声，随即他的表情变得凝重，“凯塔，就算我们想要帮他，也根本没有能力帮他。你要知道罗峰可不是一般人，他很可能是高级战神级巅峰的精神念师，高级战神中无敌的存在。”

凯塔和伊凡都震惊地看向卡特兰。

伊凡忍不住说道：“卡特兰，连你也不是他的对手吗？”

“我的幻魔一击倒是很强，但是精神念师只需用精神念力从侧边推开标枪，自然就能破解这一招。至于幻魔眼，这属于精神类的攻击，对于比我的精神念力还要强大的罗峰根本没什么作用，我根本伤不到他，反而会让自己的精神受创。”卡特兰的脸色很是难看。

“我们可以联手啊！”凯塔说道。

“对，我们联手拼一把吧！”伊凡附和道。

“对付精神念师，人再多根本没用。”卡特兰轻轻摇头，“我已经确认，罗峰的确是高级战神级巅峰的精神念师，以后不可招惹他。”

“嗯。”凯塔和伊凡都点点头。

“我们抓紧时间，赶紧再去弄点草木之灵，然后立即乘坐飞行战机离开。”卡特兰低声说道，“记住，走路不要太快，不要发出大的声响，以防被罗峰听到声音，追过来。”

凯塔和伊凡都郑重地点点头。

卡特兰心中暗叹：“世界上的战神圈子中估计又要出现一名无敌战神了。”

无敌战神是对战神圈子中的特殊强者的尊称。卡特兰在战神圈子中的地位极高，比李耀还要高得多，可是，他还没得到“无敌战神”这个尊称。而李耀等人虽然拥有黑神套装，但仅仅是防御比较厉害，攻击力不够强，是没资格被称为“无敌战神”的。

李耀以极限速度奔跑着，奔跑过处，产生的气浪震碎了一些植物。

“逃！”这是李耀唯一的念头。

自从看到卡特兰被罗峰那六把飞刀击中，他就清楚自己和罗峰的实力差距极大。须知卡特兰的实力是极强的，连卡特兰都不是罗峰的对手，自己不逃又能怎么样呢？

“李耀！”后面的罗峰身体如幻影，速度极快。

下一瞬，六道流光从罗峰的身上飞出，速度比二人的奔跑速度要快得多。

这六道流光根本不容李耀闪躲，就接连轰击在李耀的身上。

每一把飞刀都拥有惊人的穿透力。

李耀身体表面的黑色皮膜只是略微凹陷，并没有被飞刀刺穿，而那六把飞刀蕴含的冲击力是极强的，不容小觑。

“啊！”李耀整个人再一次被轰飞了。

而他借着这股冲击力，再度和罗峰拉开了距离。

“怎么回事？”

眼看双方的距离再度拉开，罗峰脸色一变。

“加上之前我轰击他的那一次，已经三次了。我连续三次轰击，竟然都没能杀了李耀，甚至都没能重伤他。”

这可是六把飞刀啊，每一把飞刀蕴含的冲击力都超过了50万千克，六把飞刀的攻击力超过了300万千克。

在这种恐怖的攻击力的三次连续袭击下，李耀竟然没死。

即便是实力再强的战神，如果用身体硬扛三次，恐怕都会承受不住，至少会身受重伤，可是李耀依旧在飞速奔跑着，速度丝毫没有减缓。

“难道……难道是因为黑神套装的保护？那黑神套装这么神奇！”罗峰眉头一皱。

……

“幸好我有黑神套装保护，否则我早就死了。”李耀心中暗道。

他的嘴角有着一丝血迹。

此刻他的身体在迅速地恢复着。

罗峰的每一次轰击都重伤了他，不过他只需片刻就能恢复大半，直到现在他也只是吐了几口血而已。

“黑神套装的防御力的确不可思议，不愧是连王级怪兽都无法撕破的宝物。”李耀心中暗叹。

黑神套装的确非常玄妙。

它的材质极为坚韧，无论是多么尖锐的利器，都无法刺穿它。不仅如此，任何攻击蕴含的冲击力遇上黑神套装，都会被削弱九成。也就是说，300万千克的冲击力经过黑神套装那层黑色皮膜的传递后，真正作用在李耀身上的只剩下30万千克的攻击力。

而且，这30万千克的冲击力还是分散到李耀全身各处的。

如果30万千克的冲击力集中作用在李耀身体的某一处，对于李耀的伤害也是挺大的，可是一旦分散到全身各处，就几乎没什么影响。

据说穿了黑神套装的战神是极其强悍的，除了超越战神的存在，其他人都无法将其杀死。这就是黑神套装的神效。

当然黑神套装也有不足之处，比如李耀上次穿着它被困在湖底，无法呼吸，时间长一点的话，会活活憋死。

不过，总的来说，黑神套装的保护能力是极强的。

……

六道流光再一次轰击在李耀的身上，这一次李耀竟然没有借助冲击力逃跑，而是猛地一转弯，往别的方向奔去。

而追逐李耀许久的罗峰已经形成思维惯性，他以为李耀会借力往前逃，所以一下子冲出了老远。

待得他折返回来，双方早就拉开了很长的距离，李耀已经超出了他的精神念力覆盖的范围。

“哼！”罗峰怒极。

“那黑神套装的确很是神奇，我虽然能击败李耀，但是想要杀死他，很有难度。”罗峰心中暗道。

“回头，我定做一张SS级材质的网，而后用精神念力控制那张网，直接将李耀给困住。哼，我杀不了他，就困住他，到时候不给他吃，也不给他喝，饿死他，渴死他，我还可以将他丢到水里，憋死他！”罗峰暗自盘算着。

如今他只能想到这些简单的方法。

至于正面击杀穿着黑神套装的李耀，这是很难的，除非李耀主动脱掉黑神套装。

“李耀未免太狡猾了，一点声音都没发出。”罗峰认真地听着，欲从声音中找到一些痕迹。

“嗖！”罗峰一跃而起，同时脚踏盾牌，瞬间就飞到了半空中。

他俯瞰下方，精神念力扩散开来。

“轰！”一道微弱的声音从远处传来。

“嗯？那边有声音？！”罗峰眼睛一亮。

他心念一动，顿时直接脚踏盾牌飞了过去，而后缓缓降落。

此刻，卡特兰、凯塔、伊凡三人正在迅速地挖着两棵金黄色杂草周边的土壤。

“嗨，你们在干什么呢？”一道问话声响起。

卡特兰等三人脸色一变。

他们转头看去，只见脚踏盾牌的罗峰正缓缓地下降，笑着看向他们。

他们心中一惊。

罗峰不是在追杀李耀吗？他们就算是发出了声响，应该也不至于吸引来罗峰才对啊！

他们本不想发出任何声响，可是和草木之灵交手，怎么可能不发出一点声音呢？

“走！”卡特兰大喝一声。

三人立即飞奔而去。

“哼！李耀有黑神套装，他就像缩头乌龟，总是躲在龟壳里，让我无从下手。这三个人中，其中两个也拥有黑神套装，我可以对付那个没有黑神套装的。”

罗峰的目光锁定凯塔，脸上露出了一丝笑容。

“嗖！”

罗峰直接朝凯塔疾速冲去。

第153章

超越战神的存在

“罗峰！罗峰！”凯塔说着蹩脚的汉语。

“嗖！”罗峰立即停下，显得很是惊讶。

他站在凯塔的面前，饶有兴致地看着凯塔。

“你竟然不逃！”

凯塔无奈一笑，道：“罗峰，我的实力不如你，我认输，我愿意将我得到的草木之灵都给你。”

“啧啧！这个凯塔有意思！”罗峰心中暗道。

凯塔的心中很是无奈。

之前他和幻魔卡特兰交流的时候，听说了罗峰已经是高级战神级巅峰的精神念师，堪称无敌战神，如此厉害的强者，在世界上的任何一个区域都是难得的人物。

罗峰要杀他简直是轻而易举。

他那六把飞刀就能要了凯塔的性命，凯塔可没有黑神套装。

“很好，我知道你的背包内一共有两个草木之灵，交出来吧。”罗峰淡淡一笑，又道，“我不会杀你。”

“好！”凯塔完全不惊讶罗峰知道他拥有的草木之灵的数量。

罗峰的精神念力很强，岂会不知道凯塔的身上有多少宝物？

“收好！”凯塔取出两个千年柳木心，直接扔向罗峰。

“很好。”罗峰微微一笑。

他控制着精神念力卷住两个千年柳木心，并将这两个千年柳木心放进了作战服的内口袋。

凯塔微微一笑，道：“那我就先走了，以后到E国的时候，可以找我。下次在虚拟空间的战神宫，我们可要好好喝一杯。”说完，凯塔便飞速离开了。

“他怎么这么热情啊？”罗峰哑然失笑。

“虚拟空间的战神宫？”

在这个世界，只要获得战神称号的，都要加入战神宫。而战神宫是洪和雷神等强者提议建立的。听凯塔所说，原来战神宫在虚拟空间中。

罗峰得了凯塔交出的两个千年柳木心，心情很是不错。

雾岛上空。

脚踏盾牌的罗峰俯瞰着下方的雾岛，同时精神念力扩散开来，想要搜索李耀的踪迹。

“李耀藏得可真是够隐秘的，而且没有发出一点声音，我的精神念力都找不到他。”罗峰皱着眉头。

忽然——

“嗯？”罗峰掉头看去。

只见一道火红色的流光迅速从天际飞来。

在黑夜中，那道火红色流光非常显眼。

“嗖！”

火红色流光在罗峰的前方停下，而后变成了一个穿着作战服的有着棕色卷发的白皮肤男子。

男子悬浮在半空中，周围的空间似乎都有些扭曲，他的周身更是有团团火焰。

身处火焰中的男子遥看罗峰，缓缓地问道：“你是谁？”

罗峰心中一凛。

周身有火焰，还能凌空飞行，这绝对是超越战神的存在啊！

“我是罗峰，来自极限武馆。”罗峰微微躬身，表示敬意。

“罗峰？！”男子很是惊讶。

随即，他猛地大喝一声：“卡特兰，你们四个都出来！”

他那浑厚的声音迅速传遍整个雾岛。

“嗖——”雾岛上当即响起了一阵阵气爆声。

很快，罗峰的精神念力就发现，下方聚集了四人。

正是卡特兰、李耀、伊凡、凯塔。

“法尔议员！”

“法尔议员！”

下方的四人都恭敬地行礼。

卡特兰看着身处火焰中的男子，心中很是惊讶。

罗峰抢走千年柳木心后，卡特兰就立即通知他的老师，请求老师派人来帮忙，他的老师甚至能联系到超越战神的存在。

没想到，竟然这么快，人就到了。

“我刚好在澳洲大陆潜修，收到你的老师的通知后，我就第一时间赶过来了。”法尔议员微微一笑，又道，“草木之灵你们采取得怎么样了？”

“法尔议员。”旁边的李耀大声说道，“我们发现了最珍贵的万年柳木心，可是被罗峰给抢走了，他还抢走了其他三个千年柳木心。”

……

罗峰脸色微变。

“罗峰！”法尔议员看向罗峰，目光变得冷厉，“速速交出万年柳木心和三个千年柳木心。”

“嗖！”罗峰掉头就跑。

“想逃？做梦！”

法尔议员瞬间化作一道火红色流光追了过去。

虽然法尔议员是超越战神的存在，但是现如今所有战神级强者和超越战神的存在都是战神宫的一员。战神宫是有规矩的，即便是超越战神的存在，没有足够的理由，不能杀害其他战神。更何况，罗峰来自于极限武馆。

法尔议员是不敢轻易招惹极限武馆的。虽然他不会杀罗峰，但是他不会放弃万年柳木心和千年柳木心的。

“嗯？”

火红色流光的速度再度加快，可是它和罗峰的距离不仅没有缩小，反而越来越远了。

“果然是这样。”罗峰回头一看，不由得露出了笑容，“法尔议员的飞行速度果然没我快。之前他飞过来的时候，我就感觉他的飞行速度比我的极限飞行速度要慢很多，现在一看，他的速度爆发后，都比我要慢得多。”

……

“轰！”法尔议员急速坠落在雾岛上。

旁边的李耀等四人暗自吃惊。

看样子，法尔议员并没追到罗峰。

“快，我们分头迅速采摘草木之灵，如果有你们对付不了的，立即通知我。”法尔议员喝道。

“是。”卡特兰等四人疾速冲进雾岛深处。

途中，李耀忍不住问道：“卡特兰，为什么法尔议员都追不上罗峰啊？”

“超越战神的存在的确比战神强大得多。”卡特兰沉声说道，“可是，法尔议员在半空中，无处借力。如果在地面奔跑，他的速度快得吓人，而飞行速度要比在地面上奔跑的速度慢得多。”

李耀、凯塔、伊凡三人都恍然大悟。

的确，超越战神的存在是非常强大的。可是，他们也有劣势。

如果在陆地上奔跑，他们能瞬间抓住对手。但若是在空中，超越战神的存在强大的双腿的爆发力没办法发挥，只能靠特殊的能力飞行，飞行速度虽然比大部分精神念师要快得多，可是和高级战神级巅峰的精神念师一比，速度就要慢得多。

罗峰又返了回来，在雾岛上空的三四百米处悬浮着，同时他的精神念力扩散开来。

“呼！”

眨眼的工夫，一道紫红色流光就停在了罗峰的上空，正是一架紫红色的三角形战机。

这流线型的三角形战机和上一次洪乘坐的战机几乎一模一样，只是颜色不一样。

“哗啦！”舱门自动打开了。

两个人从机舱中出来，而后舱门自动关闭了。

“极限武馆的战机？！”罗峰顿时大喜。

“你就是罗峰？”

只见两个人悬浮在罗峰的身侧，其中一人长发飘逸，脸上带着一丝笑容，给人的感觉平易近人，让人很舒服。另外一人则冷若冰霜，脸上戴着金色面具。

“见过两位巡察使。”罗峰连忙躬身行礼。

“下面的情况怎么样？”柳巡察使问道。

罗峰连忙回道：“回巡察使，HR联盟的一位超越战神的存在刚刚抵达这里。如今已经出现了九个千年柳木心和一个万年柳木心，其中六个千年柳木心被他们夺得，我夺得了三个千年柳木心和一个万年柳木心，此外，我已经服用了一个千年柳木心。”

柳巡察使露出一丝笑容，满意地点点头：“万年柳木心？不错！不错！”

“呼！”

这时候，一道火红色流光从下方飞上来，正是法尔议员。

“柳议员。”法尔议员看到柳巡察使和戴着金色面具的男子，很是惊讶。

“法尔议员，整个雾岛上的所有草木之灵都归极限武馆，你没意见吧？”柳巡察使淡淡地说道。

法尔议员脸色一沉，怒道：“柳议员，你可别太过分，这个雾岛是我们的人先发现的……”

“不是你们的人先发现的，是我先发现的。”罗峰插话道，“你可以让卡特兰和李耀他们前来对质。”

的确，罗峰是第一个来到雾岛的，而后他故意打开了通信手表，引得李耀追了过来，若不是李耀追了过来，认出了草木之灵，罗峰还真的不知道这里有草木之灵呢。

“哈哈，听到了吗？”柳巡察使微微一笑，“是我们的人先发现的。”

“哼！”法尔议员冷笑一声，“这个雾岛没有主人，凭什么雾岛上的草木之灵归极限武馆，大家应该公平争夺，谁有本事夺得草木之灵，草木之灵就归谁。”

柳巡察使听了，思忖片刻，点点头：“我答应你。”

法尔议员一怔。

罗峰大吃一惊。

要知道整个雾岛布满浓雾，根本看不清。而且，草木之灵这玩意儿很是神奇，就是在你的眼前，你都未必认得出来。

柳巡察使怎么会答应这个提议呢?

“看你的了。”柳巡察使笑笑，看向旁边的金色面具男子。

第154章

大动静

“嗯。”金色面具男子点点头。

“呼！”他迅速飞到远处，悬浮在雾岛的上空。

随后，这个神秘的金色面具男子竟然张开双臂，闭上眼睛。

只见一股特殊的能量以他为中心，朝四面八方弥漫开去，仿佛探测雷达发射出各种探测波一样。

不一会儿——

“嗖！”金色面具男子宛如一道闪电直接飞入雾岛中。

……

看到这一幕，罗峰和法尔议员都震惊了。

按道理，在浓雾弥漫的情况下，要寻找草木之灵，难度是非常大的。草木之灵如果不主动进攻，就是出现在眼前，一般都认不出来。

然而，柳巡察使信心满满。

看到金色面具男子出手，他们有些明白柳巡察使为何如此有信心了。

“法尔议员，你就在这里陪我，这样的话，你轻松，我也轻松。”柳巡察使看了法尔议员一眼，淡淡地说道。

法尔议员冷笑一声，没有说话。

他可没有寻找草木之灵的特殊办法，还不如在这里牵制住柳巡察使。

忽然，四道人影迅速冲到下方，紧接着，一道人影冲天而起。

罗峰仔细一看，飞上来的正是卡特兰。

卡特兰的双脚上的黑光延伸出来，形成了类似于踏板的东西。他脚踏黑色踏板，直接悬浮在半空中。

“法尔议员，法尔议员。”卡特兰连忙说道，“我们刚才正在挖掘一种未知的草木之灵，可是关键时候，被人给抢走了。对方的速度太快、实力太强，应该是超越战神的存在，我们四个人毫无还手之力。”

法尔议员听了，脸色一变。

“早先时候，李耀发现了草木之灵，待我们过去的时候，已经没了，被人给取走了。”卡特兰道。

“哈哈！”柳巡察使闻言大笑。

法尔议员的脸色铁青。

罗峰却是震惊不已。

那个神秘的金色面具男子竟然有这般能力，能够在无尽的浓雾中轻易地找到草木之灵。

按理说，草木之灵不主动进攻的话，人类根本很难辨认出草木之灵。

“柳议员，不知道那是三大亲卫中的哪一位？冰山吗？”法尔议员缓缓地说道，“真没想到，极限武馆总馆主的三大亲卫之一竟然有如此特殊的能力。”

“你很聪明嘛，的确是冰山。”柳巡察使淡笑一声，“不过，这有什么值得大惊小怪的。突破战神，成为超越战神的存在，每一个人的修炼不同，相应地会具有不同的能力，你的能力是火焰，而三大亲卫之一的冰山拥有你想象不到的能力。”

极限武馆总馆主洪的麾下有五大巡察使。

实际上，只有极少数人知道，除了五大巡察使外，洪的麾下还有三名亲卫，这三名亲卫一直死心塌地地跟随着洪，可以说是绝对的忠诚，洪也是尽心教导这三名亲卫，他们都是超越战神的存在。

人人都说洪麾下的五大巡察使很可怕，然而，很多强者反而更害怕这三名亲卫。除了洪之外，没人知道他们的真面目，只知道他们的代号，分别是“野兽”“冰山”“妖娆”。

“亲卫？！”罗峰大吃一惊，“不是巡察使吗？”

“年轻人。”柳巡察使看了罗峰一眼，笑着说道，“馆主的能力可不是你想象得这么简单，馆主的麾下有三名亲卫，可都是超越战神的存在。在馆主的培养下，每一名亲卫的实力都非常惊人，否则世界上的各大强国和各大组织怎么会这么惧怕馆主？”

罗峰愣住了。

洪竟然亲手培养出了三名实力超越战神的亲卫，这是何等强的实力！

“轰隆隆——”

下方漆黑一片，被浓雾笼罩的岛屿中不时传来一阵阵气爆声，那显然是冰山轰击植物的声音。

半空中。

忽然，一道柔风形成的圆罩将罗峰和柳巡察使都给罩住了。

“柳巡察使？”罗峰惊讶地看向柳巡察使。

“只是一点小手段，不想让那法尔听到我们的对话。”柳巡察使淡淡一笑，又道，“先自我介绍一下，我叫柳河。馆主对你的评价非常高，说你是全世界数一数二的精神念师，你这次服用了一个千年柳木心，你的精神念力达到什么境界了？”

罗峰迟疑了一下。

“高级战神级巅峰。”罗峰说道。

柳巡察使倒吸一口凉气，难以置信地看着罗峰，道：“你今年多大？”

“19周岁。”罗峰回道。

“19周岁，你却已经是高级战神级巅峰的精神念师了！”柳巡察使摇摇头，笑了起来，“传说中的绝世天才很是了不得。大涅槃时期，馆主和雷神议长都是仅仅数年就成了超越战神的存在。短短两三年的时间，达到高级战神级巅峰的，我也见过几个。可是，19周岁的高级战神级巅峰的精神念师，我还是第一次见到。”

柳巡察使看向罗峰的目光柔和了不少。

极限武馆为什么强大？那是因为极限武馆笼络了很多天才强者，而且这些天才强者都很团结。

洪一直致力于培养天才，从而让极限武馆变得更加强大。极限武馆的前辈从不会因为担心被后辈超越，而打压后辈。罗峰一路走来，得到了教官江年、总教官邬通、特使杨辉、老师江芳等人的教导和提携。

自身的天赋很重要，可是外部环境同样重要。

“很好。”柳巡察使点点头，笑道，“你的实力极强，算得上是无敌战神了。你如今可是高级战神级巅峰的精神念师，啧啧，这的确很了不得，你的飞行速度很快，若是钻入地底，会让人很难追到。”

罗峰不由得回忆起之前的一幕。

法尔议员就没能追到他。

“不过，你以后也别大意，在战神中堪称无敌，可是遇到超越战神的存在，就不一定能取胜了。超越战神的存在都拥有一些不同的能力……”柳巡察使淡淡一笑，道，“不同的人的优势不同，比如我，我的飞行速度就比法尔要快得多。”

罗峰点点头。

就拿那神秘的金色面具男子来说，他只是洪的三大亲卫之一，却能够轻易地寻找到大量的草木之灵。

……

“你之前说得了万年柳木心，拿给我看看。”柳巡察使道。

“好的！”罗峰当即从怀里取出万年柳木心。

柳巡察使接过一看，那椭圆形的晶体内荡漾着绿色和金色的液体。

“这万年柳木心不一般啊，我有预感，一个万年柳木心比十个千年柳木心还要珍贵。”

罗峰听了，不由得露出了笑容。

可不是吗？

砍掉九棵柳树可比砍掉柳树王容易得多，柳树王主干中的万年柳木心当然不简单。

“不过，这等宝物不能随意使用，需要给馆主看看，确定如何使用。”柳巡察使郑重地说道，“使用宝物不当的话，很容易丧命的。当年有人服用了某种宝物，身体直接爆炸开来。”

罗峰点点头。

这万年柳木心可比千年柳木心要高级得多，没有十足的把握，罗峰可不会傻傻地服用。

“罗峰，这次你立下了大功。”柳巡察使笑容满面，“你发现雾岛后，就立即上报了，能获得草木之灵总量的10%的份额。此次争夺宝物，你得到了万年柳木心，也算是立了大功。到时候，你还会得一些份额。”

“你如今是高级战神级巅峰的精神念师，估计极限武馆会给你安排事情，你没必要再待在精英训练营了。”柳巡察使笑道，“你这样的人才，馆主怎么会弃之不用？说不定，馆主还会大大奖励你呢，馆主可不是小气的人。”

“柳巡察使……”罗峰有些忐忑。

“嗯？”柳巡察使看着罗峰，“想说什么就说吧。”

“我想问问您，馆主可以奖励我一套黑神套装吗？”罗峰问道。

柳巡察使愕然。

这个小家伙还真不客气啊！

经历了雾岛一战，罗峰真的非常想得到黑神套装，因为黑神套装的效果太好了，比SS级作战服的效果要好得多。

其实，罗峰现在还没获得战神的称号，严格意义上说，他还不是战神。

按道理，罗峰可以继续待在精英训练营，而后靠自己的努力获得第一名，这样一来，就可以获得巨额奖励，从而获得黑神套装了。

“我若是继续待在精英训练营，也是有机会得到黑神套装的。”罗峰说道。

“你这小子，都是高级战神级巅峰的精神念师了，还好意思和那些小家伙争？”柳巡察使哭笑不得，“这黑神套装我还真的做不了主，回头看馆主怎么说吧！”

巡察使很少会和精英训练营的学员接触。

柳巡察使主动告诉了罗峰自己的名字，还和罗峰热情交谈，本来就有结交的意思。可没想到，罗峰明明算得上是无敌战神，绝对是大佬级的人物，竟然和孩子一样幼稚。

当然，罗峰才19周岁，的确只是个小家伙。

“轰——”

黑夜中，整个雾岛陡然震动起来。

半空中的罗峰、柳巡察使、法尔议员都大吃一惊。

“快走！”一道大喝声响起。

金色面具男子狼狈地飞了过来。

“嗖！”紧接着，一根很长的黑紫色藤条腾空袭来。

这根藤条极长，一眼看不到尽头。

在法尔议员火焰的照耀下，罗峰他们能看到的藤条的部分足足有五六百米长，还有未知的部分隐没在浓雾之中。

这根长藤疾速袭向那金色面具男子。

金色面具男子的背包鼓鼓的，显然存放了大量的草木之灵。

第155章

回基地市

“这长藤也太可怕了吧！”罗峰吓了一跳。

那根自远处的雾气中伸出的黑紫色长藤无穷无尽，乍一看仿佛一条大蟒蛇，袭向慌忙逃窜的金色面具男子。

“噗！噗！”

金色面具男子的双手分别持着一把薄如蝉翼的长刀，狠狠地劈向朝他袭来的黑紫色长藤。

顿时，一道道冲击波猛地朝四面八方传递开去，震得下方的参天大树都碎裂开来。

下方的李耀、伊凡、凯塔三人都狼狈逃窜。

一旦他们不小心被波及，恐怕会立即丧命。

“什么！”罗峰瞪大了眼睛。

那根黑紫色的长藤被两把长刀劈中，表面出现了伤口，可是，眨眼的工夫，那些伤口就完全修复了。

“我们走！”柳巡察使一把拉住罗峰。

罗峰也不抵抗，和柳巡察使一起朝远处飞去。

那黑紫色长藤一直死死地追着金色面具男子，并没有去追杀罗峰等人。

“快！上战机。”柳巡察使大喝道。

“嗖！”远处悬浮着的紫红色三角形战机疾速飞了过来，并且打开了舱门。

“嗖！嗖！”

柳巡察使和罗峰化作两道流光，直接进入了三角形战机中。

三角形战机的舱内一片幽暗。

罗峰和柳巡察使透过舱门朝外看去，只见战机迅速地朝远处飞去，和黑紫色长藤拉开了距离。

“哗啦！”舱门关闭了。

“调出冰山的战斗场景。”柳巡察使下令。

幽暗的机舱内，立即凭空浮现出一段视频，视频中正是此刻发生在雾岛上空的战斗场景，清晰度很高。

视频中，雾岛上空只有金色面具男子一人，此刻他遭到了那根黑紫色长藤的攻击，他的速度快如闪电，正往前方飞速奔逃。

“啪！”一道清脆的声音响起。

那长藤竟然凌空一抽，一抽一收之间，产生了不可思议的响声。

罗峰隔着厚厚的机舱门都听到了响声。

“这黑紫色长藤竟然能凌空狠狠地抽人！”柳巡察使忍不住感叹道，“冰山若是被这黑紫色长藤抽中，就完了。”

“柳巡察使，我们就这么看着吗？”罗峰问道。

冰山可是极限武馆的人，他们就这样眼睁睁地看着自己人受到攻击吗？

“罗峰，冰山的实力比我还要强一些，保命能力更是厉害。他可是馆主麾下的三大亲卫之一，馆主传授给他不少保命的技能，我们去只会是帮倒忙。”柳巡察使丝毫不着急，“你放心，这根长藤还……不好！”

柳巡察使的脸色大变。

罗峰紧紧地盯着视频，而后倒吸一口凉气。

“轰隆隆——”

只见整个雾岛都剧烈地震动起来。

那根黑紫色长藤从浓雾中迅速地伸了出来。这一次，可是有两根黑紫色长藤了。紧接着，第三根黑紫色长藤疾速伸出，第四根，第五根……

每一根藤都极长，根本看不到尽头，而且都是黑紫色的，坚韧无比。

就连超越战神的存在都对它们没什么办法。

“麻烦大了。”柳巡察使的脸色苍白。

雾岛的上空，那一根根长藤仿佛雾岛的触手一般，从各个方向疾速而出，围剿金色面具男子。

金色面具男子的速度快得惊人，一闪身，就到了数百米之外。按理说他很容易就能甩掉长藤，可是，长藤实在是太诡异了。

长藤可以随意地扭曲、缠绕，速度极快，甚至能幻化出一道道幻影，根本不容金色面具男子逃离。

视频中，六根长藤在雾岛的上空疯狂地舞动着。

金色面具男子一次次艰难地躲避危险。

“电脑系统数据显示，这六根藤的长度都超过了2000米，可以瞬间伸展、收缩，移动的速度都超过了1000米/秒。”柳巡察使的脸色很是难看，“这些长藤的坚韧程度和一般的王级怪兽的鳞甲不相上下，而且，它的恢复能力极强，伤口瞬间就可以恢复。”

罗峰默默地看着。

那六根长藤配合巧妙，一次次地发出攻击，逼得金色面具男子不停地躲避着。

眼看金色面具男子能够躲藏的空间越来越小。

“轰！”

“什么？！”罗峰和柳巡察使都大吃一惊。

在六根黑紫色长藤的围攻下，金色面具男子竟然瞬间化作一道白色流光，速度极快，几乎是瞬间就逃出了六根长藤的包围圈。

而后，那道白色流光以不可思议的速度朝三角形战机飞来。

“哗啦！”舱门当即打开。

白色流光的速度锐减，化作一道人影，直接撞进机舱，舱门立即关闭。

“回总部。”柳巡察使当即下令。

“嗖！”三角形战机立即化作一道紫红色流光，消失在天际。

雾岛的上空。

那六根黑紫色长藤疯狂地挥舞着，似乎愤怒不已。

……

机舱内。

“冰山，你怎么样？”柳巡察使连忙扶起金色面具男子。

金色面具男子倒在座椅上，闭着眼睛，气息微弱。

他低声说道：“柳河，你放心，我还死不了。只是，我使用了原能禁招，对身体的伤害太大，这次回去恐怕得休养一段时间。”

柳巡察使这才松了一口气。

“冰山，你使用了什么禁招，能不能教我？”柳巡察使忍不住问道。

不是他不懂规矩，刚才冰山逃跑时展露出的速度实在惊人，虽然冰山说使用原能禁招后，对身体的伤害很大，可是这绝对是保命绝招。

“柳河，你可知道，这是我把近五年来累积的宝物都献给了馆主，馆主才耗费不少时间，根据我的原能特性，为我创出的保命绝招。”冰山看了柳巡察使一眼，“你的原能特性和我的不一样，你根本学不来。”

柳巡察使点点头，有些遗憾。

他自然知道，如果能给馆主献上丰厚的宝物，馆主是会帮忙设计绝招的。对于馆主而言，这是要耗费很大精力的，所以馆主提出的要求是很惊人的。

“之前兑换乾坤级的智能战机，就耗费了我不少财富。”柳巡察使说道。

“智能战机？！”罗峰忍不住问道，“难怪这战机不需要驾驶员，就能按照人的意愿行动。”

这未免也太先进了！

他可从来没有见过此等战机，更别说坐了。

之前，他就清楚地感觉到了这架战机的智能性很高。

“没错！这是乾坤级的智能战机，单单耗费的材料就不计其数。”柳巡察使得意扬扬，“关键时刻，我可以操控它抵挡王级怪兽的攻击。也就是说，就算是王级怪兽，也休想破坏这架战机。它通体所用的材料极其珍贵，比SS级兵器的材料还要珍贵。”

罗峰顿时傻眼了。

这架战机的材料竟然比SS级兵器的材料还要好！

他总算是见识了超越战神的存在是何等奢侈了。

“不过，刚才那些藤蔓使出的是缠绕类攻击，我的智能战机不能起作用。”柳巡察使摇摇头。

随即，他看了罗峰一眼，笑道：“罗峰，你这次凭借发现雾岛的草木之灵和得到万年柳木心的贡献，绝对能得到巨额奖励，足够买一架乾坤级智能战机了。说不定，你能够购买最高等级的洪荒级智能战机。洪荒级智能战机可了不得啊！馆主乘坐的那一架就是洪荒级智能战机，防御力极强，甚至还配备了机载激光炮。”

罗峰愣住了。

这次他的收获的确非常大，一个千年柳木心就比一份龙血要贵重得多，更何况是万年柳木心。再加上冰山获得了一背包的草木之灵，到时罗峰得到的份额绝对是一笔巨大的财富，真的要用那些钱去买一架智能战机吗？

“冰山，这次的收获怎么样？”柳巡察使问道。

此时，冰山似乎好了一点。

他缓缓地睁开眼睛，看了柳巡察使一眼，道：“收获非常大。”

柳巡察使忍不住问道：“那我这次应该也算立功了吧？”

“哼！你也就牵制了法尔议员。”冰山冷冷地道，“完成开采草木之灵的任务，一共可以获得总财富的30%的份额，我说点好话，你勉强能分到5%的份额，罗峰贡献出了万年柳木心和两个千年柳木心，勉强能分得5%的份额，我分得20%的份额。”

柳巡察使没有反驳，他的确没有什么功劳。

“万年柳木心加上两个千年柳木心，才分得5%的份额？”柳巡察使又忍不住问道。

“你懂什么！”冰山冷笑一声，“单单我亲自采摘的草木之灵就有92个，比万年柳木心珍贵的就超过六个。”

罗峰和柳巡察使一听，都倒吸一口凉气。

雾岛还真是一个宝岛，竟然隐藏了那么多草木之灵。

“最珍贵的还是那根长藤。”冰山轻声说道，“我本来感应到了长藤的能量，进行攻击，没想到，那只是长藤的一小部分。整根藤的长度超过2000米，我估计，那长藤只是某个草木之灵的一部分。最后，竟然有六根长藤在追杀我。”

“在我看来，整个雾岛上还有一个不可思议的草木之灵。”冰山又淡淡地说道，“那才是最大的财富，我刚才逃亡时，就将战斗场景发送给了馆主，馆主应该会亲自出马。”

“馆主亲自出马？！”柳巡察使和罗峰都莫名有些期待。

的确，如果六根黑色长藤都只是那个草木之灵的一部分，那这个雾岛上的最强草木之灵必定很不好惹，只有馆主此等高手能够对付。

第156章

洪和长藤

湖泊的上方雾气弥漫。

李耀、卡特兰、凯塔、伊凡这四人正站在湖岸的荒原中，都心有余悸地看向雾岛的方向。

悬浮在半空中的法尔议员也看向远处的雾岛，那六根黑紫色长藤仍在肆意地舞动着。

“那到底是什么？怎么这么厉害！”

“太可怕了！连超越战神的存在都敌不过它。”

李耀等四人低声交谈，都惊叹不已。

刚才如果不是法尔议员带着他们一起逃命，加上那黑紫色长藤只顾着追杀冰山，恐怕他们根本逃不掉。

“嗖！”法尔议员缓缓地降落下来。

“多谢法尔议员。”李耀连忙上前感谢。

其他三人也都上前去道谢。

法尔议员看向四人，淡淡地道：“你们把挖到的草木之灵给我！”

卡特兰等四人闻言一怔。

法尔议员让他们交出草木之灵。

这些草木之灵可是他们一起努力才得到的，之前他们担心罗峰会请极限武馆的人出马，所以才请了法尔议员此等超越战神的存在。如此一来，一旦得到草木之灵，这些草木之灵就自然归他们共同所有。

这和罗峰向极限武馆交出万年柳木心和千年柳木心是一样的道理。

不过，和罗峰的情况不同的是，冰山几乎采光了整个雾岛上的草木之灵。而法尔议员一个草木之灵都没弄到，现在要卡特兰等四人交出草木之灵，卡特兰等四人很是吃亏。

“嗯？”法尔议员眉头一皱。

“拿出来吧！”卡特兰轻声说道。

虽然很不甘心，但是卡特兰等四人只能乖乖地交出草木之灵。

他们一共得了六个千年柳木心和两棵灵草。

“放心，到时候我会按照功劳的大小来分配这些草木之灵的。”法尔冷冷地道，“你们来时乘坐的飞行战机在那里，现在你们是乘坐飞行战机回E国，还是在这里等其他议员？”

这次卡特兰通过他的老师请来了不少议员。

超越战神的存在都是战神宫的议员。

“我们不急。”卡特兰笑道。

“对，不着急。”李耀连忙说道。

围观几名超越战神的存在大战草木之灵，这可是很难得的，这种机会怎么能错过呢？

……

许久。

天空中出现了一道流光，那道流光迅速地朝法尔议员飞来，而后悬浮在法尔议员的不远处。

正是一架通体呈黑色的飞碟形战机，此刻舱门打开了。

“嗖！嗖！嗖！”三个人接连飞出。

单看肤色和样貌，其中有两人都是E国的白人，还有一人的皮肤略微偏黑，好像是南美洲人。

三人都疾速飞向法尔议员，这四人都是超越战神的存在。

“老师。”卡特兰连忙飞过去。

“看，后面。”卡特兰的老师喝道。

“后面？”卡特兰一头雾水。

李耀、凯塔、伊凡三人和卡特兰转头看去，只见一架血红色的三角形战机正悬浮在那里。

“哗啦！”舱门打开了。

“天哪！”四人都惊讶地看着来人。

漫天繁星似乎都消失了，天地间只剩下一个人。这人有着一头黑色短发，身穿黑色外套和黑色长裤。

一旦被这个男子紧紧地盯着，就会心生畏惧，不敢有任何反抗的念头。

他宛若天地间唯一的神灵！

“见过第一议长！”法尔议员等四人悬浮在半空中，微微躬身。

来人正是洪！

洪是世界第一强者，还是战神宫的第一议长！

“我之前就发现了你们的战机，猜到你们也是来这里，所以并不急着抢在你们前头。”洪的声音很是冷淡，“我不欺负你们，我给你们一次机会，任凭你们进攻雾岛，能得到什么都归你们。如果失败的话，就赶紧离开。”

洪挺身站立着，有一种高高在上的威严。

自大涅槃时期到现在，洪的实力是最强的，地位也是最高的，这是无可争议的。五大强国的总统等人物的权力是基于整个国家这一强大的后盾，而洪的地位和权力都是基于自身强大的实力。

他一人就抵得上一个强国，甚至比一个强国更强大。

个人的权力已经超越了世俗的限制，所以他被捧上了神坛。在这个世界上，凡是和洪合作的国家，都会主动帮他推广极限武馆。事实上，洪也的确算得上是神灵般的存在。人类社会之所以能够延续到现在，洪的功劳是极大的。

“多谢第一议长。”另外四人微微躬身。

随即——

“嗖——”四人化作四道流光，疾速飞向远处的雾岛。

而洪就这么悬浮在半空中，默默地等待着。

“这就是洪！”卡特兰、李耀、凯塔、伊凡四人都目光灼灼地看着洪。

在他们眼中，洪可是高高在上的超越战神的存在。之前，就算是面对HR联盟的议长，法尔议员等人都很冷静，甚至还带着一股傲气。可是，在洪的面前，这四人都很是恭敬，而且乖巧得和孩子一样。

他们都发自内心地崇拜洪。

洪可是人类武者中的巅峰！

……

五分钟后。

雾岛中的轰鸣声不断响起，四道流光迅速飞了回来，在洪的下方悬浮着。

这四名超越战神的存在都受伤了，或是脸色苍白，或是嘴角有着血迹。

他们心里一阵后怕，如果不是听法尔议员说那长藤很是可怕，一开始就在边缘地带，小心翼翼地戒备着，恐怕他们就不只是受伤，说不定有一两人会当场丧命。

“第一议长！”四人躬身行礼。

洪没有说话，只看了他们一眼。

四人再度躬身行了一礼，而后立即飞向飞碟形战机。

无论如何，他们绝对不会再进入雾岛，那长藤的攻击力太可怕了！

“嗖！”

洪直接飞向雾岛，后面的血红色三角形战机跟着一同飞了过去。

雾岛上空。

洪宛如神灵般凌空站立，俯瞰下方。

刚刚遭到了四名超越战神的存在的偷袭，此刻八根一眼看不到尽头的长藤愤怒地挥舞着，使得整个雾岛在不断地震动。

“咦！”洪眼睛一亮。

“嗖！”而后，他直接朝下方降落。

顿时，一根黑紫色长藤猛地挥舞过来，欲要绞杀洪。

洪伸出白皙有力的右手。

他仿佛握住筷子一般，一把握住了那根粗大的黑紫色长藤。

“嗡嗡嗡——”粗大的黑紫色长藤疯狂地扭动着。

可惜，还是没能挣脱开去。

“黑紫色长藤的力道竟然这么强！”

洪的左手轻轻划过那黑紫色长藤，他的左手立即被划出一道伤口。然而，一会儿的工夫，伤口就消失了。

“轰隆隆——”整个雾岛都在震动着。

一根根黑紫色长藤从雾气中伸出，每一根黑紫色长藤的长度都超过了2000米。

一根、两根、三根……九根……

“应该有十六根黑紫色长藤才对。”洪的脸上露出一丝笑容。

越来越多的黑紫色长藤袭了过来，洪周围百米范围内的空间顿时陷入了无尽的黑暗中。一旦黑紫色长藤进入黑暗的区域，就仿佛陷入泥沼中，挣脱都无比艰难。

“对！”洪抓着一根长藤，仔细地观察着，“这跟古文明遗迹中资料记载的内容完全符合，就是摩云藤！”

“世界上竟然还真有摩云藤！”洪露出了惊喜的笑容，“罗峰真是一个福星啊！这次我真是赚大了，此次分配给罗峰的份额一定要大一些，就给他一点好东西吧！”

P基地市。

幽静的卧室中，李耀抓起一瓶红酒，而后躺在沙发上，仰头灌了起来。

瞬间，一瓶红酒就被喝了大半。

“耀，这次失败了，你也没必要这么自暴自弃啊！”维妮娜着急地说道。

李耀根本不理会她，接着又灌了剩下的小半瓶红酒，随后抓起旁边桌上的另外一瓶红酒。

“耀！耀！”维妮娜急得一把抢过红酒。

“没希望了，没希望了。”李耀看了维妮娜一眼，自嘲一笑。

“你不就是这次失败了嘛，只不过是没有得到草木之灵，追杀罗峰失败，怎么就没希望了？”维妮娜没好气地道，“耀，你和我闯荡了这么多年，我从来没见你失去过斗志，如今只是失败了一次，你怎么就变成这样了？”

李耀的声音低沉，无奈地道：“罗峰已经成为高级战神级巅峰的精神念师了，我不可能杀得了他。”

“什么！”维妮娜一激灵。

她之前和李耀通电话时，只知道李耀这次追杀罗峰失败了，却不知道罗峰竟然变得这么强了。

“高级战神级巅峰的精神念师又如何？”维妮娜一咬牙，继续道，“比他更强的高手，我们也遇到过。只要你能成为超越战神的存在，对付罗峰还不是轻而易举的事？”

李耀摇摇头：“你不懂。这次极限武馆得到了很多草木之灵，我亲眼看到那个戴着金色面具的男子背包鼓鼓的，里面都是草木之灵，到时罗峰肯定能分到不少，他用那些草木之灵兑换一些宝物，再加上极限武馆的支持，没有几个人敢帮我们对付他。

“至于杀他，那简直是痴人说梦。他是高级战神级巅峰的精神念师，以他的能力，只要往地底一钻，我就算成了超越战神的存在，都不一定能追上他，更何况，我想要成为超越战神的存在并不容易。”

李耀的脸色很是难看。

第157章

奖励

洪宁基地市，精英训练营。

清晨，天蒙蒙亮，罗峰挺身站在阳台上，面朝东方。

“前几天，我还身处澳洲大陆的荒原中，遭到了李耀等人的追杀，现在我却独自一人在这里，悠闲地等着馆主的召见。”罗峰的脸上露出一丝笑容。

昨夜罗峰和柳巡察使一起回来后，柳巡察使就安排他先回精英训练营。

精英训练营中的其他学员都去进行生死冒险了，整个精英训练营中只有罗峰一个正式学员。

现在罗峰要做的是等着洪的召见，获得巨额奖励。

这次极限武馆在雾岛有了惊人的收获，柳巡察使能获得5%的份额，他都很激动了。罗峰分到的比柳巡察使的多很多，由此可知那是何等惊人的一笔财富。

“朝阳要升起来了！”罗峰看向东方。

此刻，东方的天际出现了一片火红色的云，太阳虽然还未出现，但是透过云层照射出了道道流光，美得让人心惊。

“本来我以为能够在这里住上两三年，甚至更久。”罗峰轻轻地抚摩着阳台的栏杆，感叹道，“看样子，我要离开了。”

……

傍晚时分。

穿着黑色制服的一男一女来到了江南阁。

“砰砰！”院外响起了敲门声。

“谁？”罗峰走出屋子，打开了院门。

院外，穿着黑色制服的一男一女都是三十左右的年纪，双眸都极其有神。

个子娇小的女子笑道：“罗峰学员，馆主召见，请跟我们走吧。”

旁边的男子则好奇地打量着罗峰。

馆主亲自召见学员，这可是很罕见的。

“馆主召见？！”罗峰心中一喜。

他回来才一天，馆主就召见自己了，看来是要分宝物了。

“好，我们走吧。”罗峰点点头。

而后，他跟着这两人走了。

三人很快就来到了精英训练营的正门口，那里停着一辆黑色的豪华轿车，乍一看轿车的车身长度应该超过了6米。

女子连忙走上前，主动打开了车门。

“罗峰学员，请上车。”

罗峰进入车内，只见车内的布局和太空舱似的，很是舒适、华丽。

轿车缓缓地开动了。

罗峰在车内几乎感觉不到车在动。

那个男子坐在驾驶座，女子则坐在罗峰的身旁。

20分钟后。

轿车陡然停了下来。

“罗峰学员，已经抵达总部了。”女子笑着说道。

罗峰当即下了车，看到眼前的建筑后，不由得倒吸一口凉气。

天哪！眼前这个足足有万米长的巨型飞船式的建筑极高，高度有百米左右，还有一扇数十米宽的巨大舱门。

此刻，这巨型飞船式的建筑之外有军队驻守着，很是森严。

“这就是极限武馆真正的总部？！”罗峰惊叹不已。

全世界很少有人亲眼看到过极限武馆总部的建筑，网络上也没有任何相关的照片。

一道蓝光从飞船中射出，笼罩在罗峰的身上。

“嘀！”

“罗峰学员请进。”一道电子音响起。

罗峰身侧的女子笑着说道：“罗峰学员，只有极少数高层有权限进入总部，没有权限却擅闯总部的，会被防御系统击杀。罗峰学员，你赶紧进去吧。”

罗峰点点头，当即走了过去。

通过那数十米宽的巨大舱门后，映入眼帘的是一条银白色的通道。

“我怎么感觉这就是真的飞船啊？”罗峰心中暗道，“不过，这建筑的长度超过万米了吧，倒是没有看过这么长的飞船，也没听说过。”

罗峰当即不再多想，迅速走过银白色的通道，进入了建筑内部。

走廊上，穿着蓝色长袍的一男一女笑着迎接：“罗峰学员，请随我们来。”

总部内，几乎所有人都穿着蓝色长袍，只有极少数人穿着红色长袍。

“这是休息厅，罗峰学员请在这里休息，待会儿馆主会召你过去。”身穿蓝袍的白皮肤少女笑道，随即快速离去。

休息厅内还有另外两个人。

“见过柳巡察使、冰山先生。”罗峰连忙躬身行礼。

“罗峰，坐吧。”柳巡察使笑着说道。

冰山看了罗峰一眼，没有说话。

“馆主从雾岛回来了，就立即召见我们三个，应该是这次在雾岛收获很大，来进行分配的。”柳巡察使看着罗峰，笑道，“罗峰，这次你的收获可是不小啊。”

“运气好，刚好发现雾岛上有草木之灵而已。”罗峰谦虚地笑道。

“运气也是实力的一部分。”柳巡察使笑着说道。

旁边的冰山一直保持沉默。

忽然——

“冰山，馆主召见。”一道声音响起。

只见门外站着一个身穿红袍的黑皮肤男子。

“馆主开始召见我们了。”

罗峰和柳巡察使都很激动。

“嗯！”冰山淡淡应了一声。

他的脸上依旧戴着金色面具，跟随红袍男子离开了。

“冰山这次可是赚大了。”柳巡察使看向罗峰，艳羡地道，“罗峰，这次你的收获也不小，到时候馆主应该会给你机会，让你兑换一些宝物，你可得抓住机会，兑换一些需要的宝物。”

“兑换宝物？！”罗峰闻言一怔。

“没错。”柳巡察使点点头，笑道，“这次收获的草木之灵很多，按道理，馆主会分配给你一些草木之灵。可是，你拿那么多草木之灵干什么呢？只有适合自己的宝物才是最好的。你可以用草木之灵和馆主兑换一些奇异的宝物，那些宝物可都是用金钱买不到的。”

“哦？”罗峰眼睛一亮。

“到时候你就知道了。”柳巡察使淡淡一笑，道，“不过，不知道馆主舍不舍得将一些奇珍拿出来。”

说完后，柳巡察使不再说话。

片刻——

“柳巡察使，馆主召见。”那个红袍男子回来传令了。

“罗峰，我先去了。”柳巡察使道。

而后，他就跟着红袍男子一道离开了，休息厅内顿时只剩下罗峰一人。

罗峰静静地等待着。

十分钟后，红袍男子再次来到了门口。

“罗峰，馆主召见。”

“终于轮到我了。”

罗峰深吸一口气，站了起来。

他跟随红袍男子一起沿着走廊往前走，很快就来到一个幽静的房间门外，红袍男子当即就离去了。

“罗峰，进来吧。”一道冰冷的声音响起。

“是，馆主。”

罗峰见过洪，他听过洪的声音。

会客室中空荡荡的，光线昏暗，里面只有两个垫子。

洪盘膝坐在垫子上，指着面前的垫子。

“坐！”

“是！”

罗峰当即上前，坐在垫子上。

在洪的面前，罗峰莫名有些紧张。洪明明没有说话，但他身上散发出的气势，就让罗峰感到敬畏。

洪看向罗峰，满意地点点头。

“这次你发现了雾岛的草木之灵，并且上报给了极限武馆，功劳不小。仅仅发现雾岛的草木之灵并禀报的这个功劳，就可以获得所有草木之灵10%的份额。在采集草木之灵的时候，你也立下了功劳，可分得5%的份额，也就是说，你一共可以得到15%的份额。”

“15%！”罗峰心中暗喜。

要知道，冰山可是采摘了92个草木之灵，加上自己奉上的一个万年柳木心和两个千年柳木心，一共有95个草木之灵。自己能分到其中的15%，这绝对是一笔可观的财富。

千年柳木心在这些宝物中都算是低等的、普通的。

然而，千年柳木心比龙血要珍贵，因此完全能想象，罗峰得到的15%的份额的宝物价值多少钱。

洪猛地一挥手。

“哧哧！”

幽暗的会客室中忽然出现了三维虚拟投影，这三维虚拟投影中竟然出现了12

个草木之灵的影像。

“这12个草木之灵的价值有高有低，加起来，差不多是95个草木之灵的15%的价值。”洪的声音依旧冰冷，“这12个草木之灵是你的。”

“12个草木之灵？”罗峰定定地看着三维虚拟投影中的影像。

这12个中只有一个千年柳木心是罗峰认识的，其他11个罗峰都不认识。

“这12个草木之灵的价值都不一样，你可以仔细地看看说明。”

话音刚落，三维虚拟投影中的每一个草木之灵旁边都出现了大量的文字，说明了各种草木之灵的用途。

罗峰的视力很好，看得清清楚楚。

若将千年黑乌根泡成3000克的药酒，每日喝100克，喝完后，身体素质会大大提升，而且皮肤变得无比坚韧。

无论中了何种毒，身体受到何种伤，只要嚼碎百露草并将其吞下，即可康复。

……

每一种草木之灵都蕴含了奇效。

12个草木之灵中最夸张的竟然能让武者的身体素质提升到之前的6—10倍（极限是高级战神级巅峰）。

不过，罗峰很是好奇，馆主是如何知道每一种草木之灵的药效和用法的呢？而且，还给这些草木之灵取了各种各样的名字。

“馆主，这黑乌根真的生长了千年吗？”罗峰不由得问道。

“不是。”洪的嘴角泛起一丝笑意，“名字不过是随便取的，我是C国人，所以取了一些C国人喜欢的名字而已。大涅槃时期到现在都没有千年，所谓的千年或者万年，这只是夸张之词，就是为了凸显草木之灵的惊人效果。”

罗峰点点头。

“对于已经达到高级战神级巅峰的你而言，这些草木之灵的效果其实并不大。”洪缓缓地说道，“所以，我给你用草木之灵兑换所需宝物的机会。”

第158章

兑换表

“兑换宝物的机会？”罗峰眼睛一亮。

之前，他可是得到过柳巡察使的提醒的。

洪再次一挥手，三维虚拟投影外竟然出现了一个更大的三维虚拟投影，这个三维虚拟投影的内容分成了秘籍、智能战机、战衣、兵器，以及灵药等诸多类别。

每个类别下都有很多实体投影，各种各样的宝物让罗峰眼花缭乱。

“这个兑换表上有62种宝物可供你兑换。”洪淡淡地说道。

“灵药类。”罗峰根本不看其他宝物，直接看向灵药类宝物。

一眼看过去，灵药类宝物足足有十余种，每一种的效果都很惊人。

“这里竟然没有生命之水？！”

罗峰最在意的是生命之水，他想让弟弟重新站起来。

“生命之水？”

洪听到这四个字，惊诧地看了罗峰一眼，摇摇头，道：“罗峰，我这个兑换表上的每一样宝物都是极其珍贵的，在人类社会中堪称天价之宝。而且，很多都是各个强国和各个组织花钱都买不到的宝物，生命之水很是普通，哪有资格被列入这个兑换表？”

罗峰愕然。

生命之水都没有资格名列其中？

“你需要生命之水，是为了让你弟弟重新站起来吧？”洪指向那个小的虚拟投影，“你得到的这12个草木之灵中有百露草，你没看到它的药效吗？只要将百露草嚼碎并服下，就可以治疗任何伤势，自然能令你的弟弟重新站起来。”

罗峰当即仔细地阅读百露草的药效说明。

“嗯！的确如此。”罗峰眼睛一亮。

“罗峰，你决定把百露草给你的弟弟服用？”洪问道。

“没错。”罗峰点点头。

“哈哈！”洪当即大笑起来，他已经很久没有这么笑过了。

“罗峰，你可知道，这百露草的价值是生命之水的十倍。你若是用百露草和A国政府交换，估计能得到十份生命之水。”

“你竟然不惜用掉百露草，只为了让你的弟弟重新站起来，这不是太浪费了吗？”洪有些不理解。

百露草是何等珍贵的药草啊！

俗话说，好钢得用在刀刃上，百露草如此珍贵，不能这么随随便便就用掉啊。

“再过一两个月，A国政府就会举行宝物拍卖会，到时候你参加拍卖会，直接购买生命之水就是。”洪叮嘱道，“别浪费百露草这么珍贵的东西。”

罗峰眼睛瞪得大大的。

他没想到，百露草如此珍贵，价值竟然是生命之水的十倍。

“你要看清楚哦！”随即，洪又一挥手。

“嘀！”

三维虚拟投影中，那12个草木之灵影像的旁边立即出现了标价，分别是2星辰、2.5星辰、3星辰……每一个草木之灵都有价格，最低的是1.5星辰，最高的是5星辰，总价是36.5星辰。

“这是……”罗峰蒙了。

“这是你得到的12个草木之灵的标价。”洪的表情很是平静，“在这个世界上，很多宝物是根本无法用金钱来衡量的，没人会傻到将一些奇宝卖了，以换取金钱，要换的话，也是以物换物。”

罗峰点点头。

的确，洪的兑换表上的绝大多数宝物都很稀有，很多罗峰根本没有听说过。

也就是说，即便有钱，也不一定买得到稀有的宝物。比如黑神套装，到如今罗峰都没听说哪里有得买。

“星辰，是我给这些草木之灵设定的标价单位。”洪说道。

罗峰点点头。

“这是我按照自己的标准给出的标价。”

“你再看那些。”洪指向旁边的虚拟投影兑换表，顿时那巨大的虚拟投影兑换表中的每一件宝物后面都出现了标价，1星辰、1.5星辰、2星辰、3星辰……

价格不等，不过大多数的标价都在2星辰左右。

洪看着罗峰，嘴角勾起一抹笑：“你有价值36.5星辰的草木之灵，你可以兑换我这里的任何宝物，只要总价不超过36.5星辰。”

随即，洪保持沉默，给罗峰思考的空间。

罗峰一眼就看到兑换表上的智能战机。

王级智能战机：2星辰。

乾坤级智能战机：15星辰。

洪荒级智能战机：60星辰。

“洪荒级智能战机竟然那么贵。”

罗峰认为自己获得了巨额奖励，此次算是赚大发了，他已经非常富有，可是一看到洪荒级智能战机的标价，就觉得自己太无知了。

这个价格太不可思议了！

难怪极限武馆中只有洪一个人拥有洪荒级智能战机。

“看战衣。”

罗峰不再看其他宝物，直接看战衣类的宝物。战衣类的宝物中，最好的是黑神套装，标价是5星辰。

“这黑神套装还挺贵。”罗峰心中暗道，“不过，在我的承受范围内。”

"馆主，我要买黑神套装。"罗峰目光灼灼地看向洪。

"嗯！你的眼光不错，黑神套装很特殊。在全世界，黑神套装都是比较少的，只有成功进入古文明遗迹的人才能获得一套黑神套装，而每一个人只有一次进入古文明遗迹的机会，就连我都没办法多获得一套黑神套装。"

"罗峰，极限武馆有规矩，直接获得黑神套装奖励的武者，待时间一到，必须去古文明遗迹闯荡，再获得一套黑神套装，而后卖给极限武馆。"洪说道。

罗峰点点头。

一个人只有一次获得黑神套装的机会。极限武馆将黑神套装换出去后，库存就减少了，自然必须再补给一件，这样才能细水长流。

"你要买黑神套装，我给你两个选择：其一，花费5星辰，买下黑神套装。此外，你得完成一个任务，将来进入古文明遗迹中获得一套黑神套装，并卖给极限武馆，你放心，极限武馆是不会压价的；其二，你现在可以免费获得黑神套装，将来你进入古文明遗迹，获得一套黑神套装，将那套黑神套装送给极限武馆。"

"我选第二个。"罗峰没有丝毫犹豫。

现在免费得到黑神套装，以后进入古文明遗迹中得了一套黑神套装，再补给极限武馆，这相当于是免息贷款啊，傻子才不选这个呢。

"哈哈！你真聪明。"洪朗声大笑，"罗峰，你的确是个人才，极限武馆对人才一直是不吝啬奖励的。不过，这次你得到的好处很大，我就不多给你奖励了，这黑神套装免费给你，也算是一个小福利吧。"

罗峰顿时笑了。

现在免费得到一套黑神套装，将来还是要还的，不过他现在可以用草木之灵兑换其他宝物。

"馆主，这么多宝物，我看得眼花缭乱的，不知道该怎么选。馆主，你可以指点一下，我应该换取哪件宝物吗？"罗峰连忙说道。

他鉴赏宝物的能力怎么比得上馆主？馆主对这些宝物可是很了解的。

"哈哈……"洪畅快大笑。

他之所以对罗峰这么好，除了罗峰自身天赋极强，得到他的赏识之外，还有摩云藤的缘故。此次，他在雾岛收获了摩云藤，摩云藤可比洪荒级智能战机还要珍贵得多。

洪的心情愉悦，所以才和罗峰透露这么多。

“也好。”洪看着兑换表，“秘籍一类中，有些是超越战神的存在才能修习的，你现在买了也没用。我建议你，先购买那套《精神念师基础》，价值3星辰。”

“好的！”罗峰点点头。

本来看到《精神念师基础》的标价竟然是3星辰，罗峰就很是惊讶，这本秘籍看起来没什么特别的，竟然卖这么高的价格，要知道兑换表中的一份龙血也才标价1星辰。

“至于灵药，你现在没必要购买，你之前使用了龙血，前不久又服用了千年柳木心，你的体内积有大量药效，你只需要勤加修炼，实力就会快速提升。”洪顿了顿，继续道，“至于其他宝物，有一件是非常适合你的，其他的你自己随便选吧。”

罗峰眼睛一亮。

“哪一件宝物非常适合我？”罗峰忍不住问道。

“你选到那件宝物，算你运气好，若是选不到，就此作罢。”洪不再提示。

罗峰定定地盯着兑换表。

到底哪件宝物是适合自己的呢？

能让洪这么舍不得，甚至不愿意给出太多提示，那件宝物应该很贵重。

“没错，应该是很贵重的。”

罗峰当即仔细查看那些宝物的价格。

整个兑换表中，标价最高的是洪荒级智能战机，价格是60星辰。其次是超越战神的存在才能修习的秘籍——《凤凰翔击》，价格为36星辰。

价格排第三的，是名叫“遁天梭”的兵器，价格为30星辰。

而排第四的是名为《电光石火》的秘籍，价格为25星辰。

“按照馆主所说，我现在买了这些秘籍也没用。而且，我之前听到柳巡察使和冰山交谈过，绝招是要看每一个人的原能特性的，不可以随便修炼。

“排第一的洪荒级智能战机我根本买不起，不如买遁天梭吧！”

罗峰当即仔细查看遁天梭的相关介绍，遁天梭的信息很少。只有简简单单的一句话——遁天梭是适合精神念师操控的兵器，比较节省精神念力。

因为是给罗峰兑换的，所以洪提供的兵器大部分都是适合精神念师用的，兵器的介绍都很简单，如果不看价格的话，罗峰根本注意不到遁天梭。

“好贵啊，标价是30星辰。”

罗峰有些舍不得。

他的12个草木之灵加起来，才值36.5星辰，而遁天梭就要花费30星辰。

“馆主。”罗峰看向洪，一咬牙，说道，“我买遁天梭。”

洪的脸上露出惊讶之色。

“你小子不错，还真给选中了。说说，你怎么会选中它？”

“馆主都舍不得透露更多信息，肯定不是一般的宝物，价格一定很高，所以我就专看那些宝物的价格……”

“哈哈！这么看来，倒是我太小气了，因此露出了破绽。你和遁天梭的确有缘，其实遁天梭的真正价值远远不止30星辰。待到有一天，你成为超越战神的存在，它的厉害之处才更加明显。对你而言，遁天梭是极佳的兵器。”

洪得到了极其珍贵的摩云藤后，才将遁天梭添加到兑换列表中，否则他怎么舍得将遁天梭添加到兑换列表中？

而且，他考虑到罗峰的草木之灵总共价值36.5星辰，所以就给遁天梭标价30星辰，他猜想罗峰不会舍得换取这么贵的遁天梭。

没想到，他想错了，罗峰偏偏就选中了遁天梭。

第159章

监察使

“谢谢馆主。”罗峰道。

馆主可是亲口说了，遁天梭的真正价值远远不止30星辰。要知道，价值800亿的龙血也才标价1星辰，由此可知遁天梭的珍贵程度。

实际上，这两件宝物是不能用金钱来衡量的，洪和雷神此等强者绝对不会将宝物卖掉，以换取金钱，所以都是以物换物。

“你要好好使用遁天梭。我希望，它在你的手里，能发挥出最大的威力。”

“好了，你已经选了遁天梭、《精神念师基础》秘籍，一共耗费了33星辰，而你的草木之灵的总价值为36.5星辰，也就是说，你还有3.5星辰。”洪指向虚拟屏幕上众多可以兑换的物品的影像，“说吧，选哪一个？”

罗峰仔细地打量着。

现在他有防御性的黑神套装，还有攻击性的兵器遁天梭。至于精神念师的修炼方面，有《精神念师基础》秘籍，好像并不差什么了。

“我倒是想要洪荒级智能战机，可惜，这个很贵。”罗峰心中暗叹。

只要是武者，都想要一架很拉风的战机。

“嗯？”罗峰的目光掠过战机一类，顿时眼睛一亮。

王级智能战机的标价是2星辰。

这个好啊！

王级智能战机的价格不算贵，只要2星辰。而且，王级智能战机的防御程度是很高的，还有智能效果，这可比飞碟形战机好多了。

虽说这个只要2星辰，可是对于武者而言，也是很贵的，很少有战神能买得起王级智能战机。

“它的性能是什么呢？”

罗峰当即看向王级智能战机影像旁边的简单介绍。

王级智能战机：即智能系统控制战机，机身可以抵御任何领主级怪兽的攻击，极限速度为10.6马赫。

“不错！”罗峰点点头。

一般的飞行战机是不可能抵御任何领主级怪兽的攻击的，而王级智能战机可以做到，这说明其机身的强度接近王级怪兽的身体防御强度。

柳巡察使的乾坤级智能战机就能抵御王级怪兽的攻击。这王级智能战机比乾坤级智能战机低一个等级，但是防御能力也很强了。

此外，它的极限速度能达到10.6马赫，也就是时速超过10000公千米，恐怕王级怪兽都追不上这王级智能战机。最重要的是，这战机是智能的，不需要驾驶员，够方便的。

“我买王级智能战机。”罗峰肯定地说道。

“嗯。”洪点点头，“你现在已经用掉了35星辰，还剩下1.5星辰，还要兑换什么？”

罗峰看了看，摇摇头，笑道：“不用了，我那12个草木之灵中，最便宜的千年黑乌根价值1.5星辰，我就留下吧，其他11个草木之灵都拿来兑换。”

“嗯！”洪再次一挥手。

两个三维虚拟投影全部消失了，室内变得昏暗。

“馆主。”罗峰恭敬地问道，“我刚刚看到，千年黑乌根的服用方法是泡成3000克的药酒，每天服用100克，我想问一下，这3000克药酒分给几个普通人喝的话，有没有什么副作用？他们都不是武者，喝的量是不是要少一点？”

洪深深地看了罗峰一眼，道：“你想要将千年黑乌根泡的药酒分给几个人喝，这是没问题的。不过，每个人提升的幅度要小一些。至于普通人每天服用

100克，也是没问题的。”

罗峰心中大喜。

“那我应该用什么样的酒来泡呢？”罗峰追问。

“这个不重要，普通的酒都可以，就是用水泡，也没事。”洪淡淡一笑，道，“这些你就无须多问了，回头我派人将千年黑乌根送到你手上，会附有详细的使用说明。”

罗峰点点头。

室内又变得安静。

洪只是审视着罗峰。

罗峰被洪这么盯着，很紧张。

洪微微一笑，道：“罗峰，你现在的实力极强，算得上是达到了战神级巅峰，没必要再留在精英训练营。”

“是。”罗峰点点头。

“我给你两条路。”洪沉声说道。

自从当初和王巡察使签订了那份合同，就意味着罗峰是极限武馆的一员了，他的职务当然是由上面安排。

“一、留在洪宁基地市，进入特别行动组，或者将来申请当精英训练营的老师；二、接受外派，去其他基地市，担任监察使一职。”洪定定地看着罗峰，“你选吧。”

罗峰闻言一怔。

“认真选。这两个选择对你而言很重要。”洪郑重地说道，“留守和外派是极限武馆的战神的两条路，一旦选定了，将来想要更改是很难的。除非你的修为将来突破到超越战神，成为极限武馆的巡察使，才能拥有特权。”

“留守？外派？”罗峰心中迟疑。

一旦选择了，他可能很长时间就待在某一个地方。

“我希望能回JN基地市，在JN基地市担任监察使一职。”罗峰回道。

“JN基地市？”洪点点头，“JN基地市的现任监察使不是JN基地市本地人，按照极限武馆的规矩，优先考虑家乡所在地的武者。”

其实，监察使的权力是极大的，在基地市的极限武馆的所有成员中，监察使就是一把手。一般而言，只有获得“高级战神”的称号，而且名气极大的人，才有资格担任监察使。

而会长一职比监察使要低一些，初级战神和中级战神就能当会长。至于主管一职，对于胜任者的实力最低要求是高级战将级。

从实力的要求就能看出，三者的地位是有很大差别的。

在JN基地市，极限总会馆的一位会长和三位主管都是明面上的大人物。而监察使掌控了武装力量，是真正掌握监察大权的，他甚至可以直接罢免某一位主管，再任命新的主管，或者向总部要求撤销会长的职务，当然监察使是无权直接撤销会长的职务的。

而监察使是极限武馆的最高决策层直接任命的，巡察使没资格直接罢免监察使，只有经过圆桌会议集体表决才可以。

某种程度上，也说明了监察使的权力极大。

“想要当监察使，你至少要获得高级战神的称号。”洪缓缓地说道，“你现在要做的是获得高级战神的称号。”

“是！”罗峰点点头。

现在他还只是初级战将级武者，当然，实际上他的实力已经达到无敌战神的境界了。

“当你获得高级战神称号的时候，你就自动成为监察使。”洪顿了顿，继续说道，“到时候你尽管去JN基地市任职。”

“是！”罗峰应道。

极限武馆全球总部，神秘的巨型飞船建筑的入口，罗峰在一个身穿红袍的男子的陪同下走了出来。

“罗峰先生。”红袍男子笑着说道，“你看那边，那架智能战机是你的。”

“哦！”罗峰当即转头看去。

只见旁边的一块空地上停着一架深蓝色的三角形战机，战机的机身线条优美，堪称艺术品，机身的总长度大约20米，宽度达到10米，给人的整体感觉厚实、坚固。

“这架智能战机是我的！”罗峰心中很是自豪。

这个时代，哪个武者不想拥有一架属于自己的战机啊？

可是，战机是极其昂贵的，只有少数战神购买了战机。

“罗峰先生，你没有使用过这架智能战机，一开始会有一个系统认定的过程。”红袍男子微微一笑，又道，“请跟我来。”

两人走到这架三角形战机的旁边。

一道迷蒙的蓝光瞬间笼罩住了罗峰。

顿时，舱门迅速打开了，只发出了很小的声音。

“罗峰先生，现在只能你一个人进去，我是不能进去的。”红袍男子说着，眼中难掩羡慕之意，“你进去后，系统认定都是由智能系统自动进行的，你只需待在机舱中就可以了。待会儿，你就明白一切了。”

罗峰点点头。

他当即步入了舱内，舱内的座椅非常舒适，坐在这样奢华的舱内，简直就是一种享受。

下一瞬，舱门自动关闭。

与此同时，智能战机里面的灯光亮起，显得很是梦幻。

“你好，主人，我现在就向主人演示这架王级智能战机的操控方法。”

这道电子音刚落，机舱的前面就出现了虚拟投影，紧接着出现了图文并茂的画面，详细地介绍了整架战机是怎么操控的。

“嘀！”一道红色光线射向罗峰左手腕上的通信手表，和通信手表连接，开始在通信手表内安装王级智能战机的远程操控系统。

片刻——

“这真够简单的，一切都是智能化的，根本不需要操心。”罗峰的脸上露出了满意的笑容。

“我现在给你命名，就叫……1号。”罗峰给战机随意地取了名字。

“是，主人。”那道电子音再次响起。

一个银色的密码箱从舱底冒了出来，而后舱底的洞口关闭了。

那道电子音继续说道：“这是极限武馆留给主人的箱子。”

罗峰闻言，眼睛一亮。

这箱子里应该存放了黑神套装和遁天梭等宝物。

第160章

遁天梭

罗峰的手指划过密码箱。

“咔！”箱子自动打开了。

箱子的表层有一本说明书。

罗峰打开说明书，不由得笑了。

“说明书上的内容挺详细的，关于黑神套装、遁天梭、秘籍、草木之灵都有详细的介绍。嗯？这里只有三件宝物，并没有《精神念师基础》这本秘籍。”

罗峰当即翻看箱子中的宝物。

果然，箱子中只有三件包装好的宝物，即遁天梭、黑神套装、草木之灵。至于《精神念师基础》秘籍，根本没有。

“怎么没有《精神念师基础》秘籍呢？”罗峰仔细地阅读说明书。

说明书上写着，《精神念师基础》秘籍是非常机密的，不会以实体书的形式出现，想要学习就只有一个办法——进入虚拟空间，在虚拟空间中阅读秘籍。

天哪！他明明是阅读一本属于自己的秘籍，还要进入虚拟空间，这未免太谨慎了吧。

“这本秘籍肯定很重要，否则馆主不至于这么做。”罗峰思忖着。

“洪宁基地市地图！”

罗峰刚开口，顿时前方浮现出了虚拟投影，投影中有一幅洪宁基地市的详细地图，地图可以随着罗峰的操控变大或者变小。

很快，罗峰就锁定了地图上的一处地方。除了用地图确认目的地，也可以直接口述，只要能让智能系统确认地址即可。

“目的地，精英训练营。”罗峰的手指敲击一下。

“嗖！”深蓝色的三角形战机迅速升空，引起了极限武馆总部不少人的注目，这些人的眼中满是羡慕。

不过单单看外表，他们根本看不出这是智能战机，甚至有很多人都不知道智能战机的存在。智能战机和普通的飞行战机的价格是相差很大的。

天已黑，精英训练营中很是宁静。

整个精英训练营的战神老师不算多，学员们都去进行生死冒险了，很多战神老师都离开精英训练营，或者回家，或者去一些地方观光散心了，只有极少数还留在精英训练营。

学员们的生死冒险月也是战神老师们休假的日子。

“呼！”一架深蓝色的三角形战机缓缓地降落，降落的过程中，舱门打开了。

罗峰拎着银色箱子闪电般地蹿了出去。

那三角形战机缓缓地落稳，而后舱门自动关闭了。

“咦！这里怎么有一架战机？”

“不知道，这战机是哪来的啊？”

精英训练营的两名工作人员惊诧地看着三角形战机。

“能进入精英训练营，肯定是有特别的权限的，估计是某位高级战神，甚至是超越战神的存在。”

这两名工作人员看了三角形战机许久。

精英训练营留守的一些战神老师的家属也注意到了这架三角形战机。

然而，没人知道这架战机的主人是谁。

这架战机降落得太突然，罗峰溜得又快，只有正门口的巡逻卫队勉强看到一道人影从战机中飞出。

江南阁二楼的书房。

银色箱子打开了，里面只有包装好的黑神套装和遁天梭，至于草木之灵，罗峰将其放在了智能战机中，反正他很快就要回JN基地市任职了，草木之灵放在智能战机中是非常安全的。

“黑神套装的使用方法倒是简单。”罗峰看着说明书。

只要将黑神套装穿在身上，黑神套装会自动渗入皮肤，从而发生一些变异，使得黑神套装和人的身体非常契合，而且完全随人的心意而变化。

黑神套装放在一个纯白色的塑料包装盒里。

罗峰当即扯开塑料包装盒，包装盒中放着一副厚实的黑色手套。

“如果不是看了说明书，我真的没办法想象这玩意儿就是黑神套装。”罗峰笑道。

其实，黑神套装的形态各异，或者以手套的形态出现，或者是背心、帽子、裤子的形态，乃至于戒指的形态都是有可能的。

无论是什么形态，其实并没多大区别，因为只要将黑神套装穿到身上，黑神套装就可以随心意而变化。

罗峰拿起黑色手套，深吸一口气，然后将其中一只黑色手套戴在左手上。

他默默地等待着。

一开始，他没有一点感觉，过了一会儿，他的左手大拇指仿佛被针刺一般，顿时整只黑色手套仿佛沸腾的水一样，一滴滴黑色水滴在震颤着，同时罗峰的五根手指及手心、手背都传来阵阵疼痛。还好，痛感不是很强。

罗峰看到一丝丝红色液体流进那一滴滴黑色水滴中。

无数黑色水滴缠绕着罗峰的左手，当那一丝丝红色液体融入黑色水滴后，黑色水滴发生了某种变化，整个过程持续了大概15分钟，而后才停止。

“嗯？好奇妙啊！”罗峰感觉到自己左手的触感变得敏锐起来。

黑色手套仿佛变成了他的皮肤，成了他的身体的一部分。

“变！变！变！”

罗峰默默地盯着黑色手套，顿时一道道流光迅速弥漫开来，瞬间就覆盖住了罗峰的左臂，同时还有部分流光离体，直接弥漫到了右臂，而后弥漫到大腿、双脚、颈部、脸部。

“太神奇了！”罗峰走向旁边的镜子，看着镜子中的自己。

他的全身被一层黑色皮肤覆盖着，连脸部都变成了黑色，只露出了眼睛、鼻子、嘴巴而已。

“飞刀！”罗峰想着，当即抓起一把SS级飞刀，朝自己的手臂一划。

然而，那SS级飞刀仿佛切割在坚韧无比的牛革上，连一点伤痕都没有留下。

“变！”罗峰心念一动。

顿时，他的身上出现了黑色披风，然后身上又出现了一套黑色西服。

“变。”

他的头上出现了黑色帽子，一会儿变成了头盔，还出现了黑色领带。

深夜时分。

距离洪宁基地市300多公里的荒野区，夜风吹拂，一道流光破空而去。

“痛快！”罗峰正在半空中疾速飞行着。

他的脚下有一个梭形的扁状物体，通体呈银灰色，长度为81厘米，两头无比尖锐，中间的部分略粗，宽度为27厘米。整体比较薄，而且还有着非常密集的纹路。

“嗖——”

罗峰疾速飞行的过程中，呼啸的风沿着那些密集的纹路形成了道道气浪，无数的纹路形成的大量气浪竟然诡异地融为一体，沿着罗峰的身体，形成了一个肉眼可见的流线型气罩，这是完全由气浪形成的护罩。

飞行的时候，速度越快，空气的阻力就越大。

可是，罗峰脚踏遁天梭疾速飞行，产生的气浪竟然形成了一个完美的流线型气罩，令空气阻力大大减弱了。

“嗖！”罗峰在荒野区的高空疾速地飞行。

“这遁天梭真是好宝物啊！”罗峰激动万分，“我脚踏遁天梭，速度是之前的两倍多啊！”

罗峰特地试验了一下，脚踏盾牌和脚踏遁天梭分别飞行同一段距离，脚踏盾牌飞行耗费了2分32秒，而脚踏遁天梭飞行只耗费了1分12秒。

后来，他还特地找了一段大概10千米的路程，再次进行了速度测试。

“据我刚才的测试，我在地面上奔跑的极限速度为720米/秒，不使用精神念力，纯粹靠双腿的力量奔跑，速度是561米/秒，而靠精神意念脚踏盾牌飞行的速度大约为618米/秒。”

一般而言，精神念师或者超越战神的存在在地面奔跑比飞行要快得多。因为在地面上奔跑的时候，一是可以使用精神念力作辅助，二是可以使用双腿的力量。超越战神的存在在空中是靠特殊手段飞行的，而在地面上既可以靠特殊手段，又能靠双腿的力量。

“我脚踏遁天梭，速度很是惊人，达到了1300米/秒。”

今夜罗峰来到了荒野区，第一个目的是猎杀高级领主级怪兽，以前他猎杀了一头金刚猿，现在只需再猎杀一头高级领主级怪兽，他就可以获得“高级战神”的称号。

第二个目的是，到荒野区好好看看遁天梭的威力。

现在他已经检测出了遁天梭的第一大优点——速度极快。

“我脚踏盾牌在半空中飞行，就连超越战神的存在都追不上我，比如法尔议员。”罗峰意气风发，“现在我脚踏遁天梭在半空中飞行，速度达到了1300米/秒，速度要提升可是很难的。”

靠双腿奔跑的话，速度是561米/秒，靠精神念力脚踏盾牌飞行的话，速度是618米/秒。两者结合在一起，才达到720米/秒。

很显然，越往上飞升，需要克服的空气阻力是递增的。

而罗峰的速度一下子达到了1300米/秒，即便是超越战神的存在，恐怕也只有在陆地上才能达到此等速度。一旦靠飞行的话，别说速度达到1300米/秒，就连达到1000米/秒都很难。

幸好洪不是精神念师，加上他得到了摩云藤，否则他恐怕舍不得将遁天梭换给罗峰。

“我再试试它的攻击手段。”

罗峰当即降落到地面上，遁天梭悬浮在他的面前。

他心念一动。

“呼！”

六把飞刀从遁天梭上脱离，每一把飞刀都有弧度，而且非常薄。

“按照说明书上写的，每一把飞刀的威力都不小，非常适合精神念师使用。对了，说明书上还写了，遁天梭是可以完全分解的。”

罗峰心念一动，顿时遁天梭消散了。

紧接着，一把把又薄又小的飞刀悬浮在半空中，足足有365把。

整个遁天梭就是由特殊材质和特殊手段打造的365把飞刀构成的。

第161章

战神宫

第二天清晨，洪宁基地市繁华的街道上，川流不息。

六轮悍马车的空间非常大，除了前排的驾驶位外，后排空间仿佛一个休息厅，其中有柔软的沙发，还有车载冰箱。

此时，一个超大的背包占了极大的空间，罗峰独自一人坐在沙发上。

整整一夜，罗峰对于遁天梭有些熟悉了，还找到了一头高级领主级怪兽，并且将其击杀。

对于一般的高级战神级武者而言，想要猎杀高级领主级怪兽是非常难的，因为高级领主级怪兽跑得太快了，周围还跟随着无数的怪兽。可是，罗峰脚踏遁天梭，速度远超高级领主级怪兽，能令高级领主级怪兽无处可逃，从而直接将其击杀。

“高级领主级怪兽的材料都准备好了，我先得到‘高级战神’称号再说。”罗峰看着手腕上的通信手表。

“喂。”罗峰拨通了电话。

“你好，先生，这是极限大厦，你想要预约吗？”一道温柔的声音响起。

罗峰直接说道：“我找你们的一位主管，我要卖怪兽材料。”

“先生，我们这里一般的生意都是由经理负责处理的。”接待人员解释道。

“这笔生意的总价超过了100亿。”

罗峰此句一出，电话那边的接待人员愣住了。

半晌，接待人员说道：“先生，你什么时候能到极限大厦？”

“15分钟后。”罗峰回道。

“请问先生，尊姓大名？”接待人员再次问道。

“罗峰。”

“罗峰先生，我给你预约好了，15分钟后，你可以和章主管见面并商谈。”接待人员的态度明显变得恭敬起来。

生意的总价超过100亿，这可是很了不得的。要知道，这是极限武馆，不是HR联盟，HR联盟给的价格比较高，而极限武馆给的价格比较低，当然，有贡献值。

在极限武馆，售价超过100亿的，一般都是高级领主级怪兽。而能得到这个级别的怪兽的材料，卖家岂会是一般人？

极限大厦。

洪宁基地市是极限武馆的大本营，极限武馆的武者本就极多，极限大厦每天的人流量当然很大，在一楼大厅的酒吧喝酒聊天的更是占大多数。

“罗峰先生。”两个穿着西装的女子在门口迎接。

“走吧。”罗峰穿着黑色作战服，背着足足有两米高的背包。

在两个女子的带领下，罗峰走过大厅，直接进入电梯。

“好家伙，那个背包估计有两米高。”

“那背包中到底存了多少怪兽的材料啊？”

大厅中的武者议论纷纷。

武者背包是一层层的，如果全部解开的话，有很大的容积。可是，很少有武者能存放那么多的材料。

电梯内。

“背包？！”罗峰不由得笑了。

这个并非他之前购买的背包，而是由黑神套装变幻而成的。

幻魔卡特兰就是如此，他拥有黑神套装，根本懒得使用背包和作战服等，都是直接用黑神套装进行变幻。

“叮！”电梯门打开了。

第32层。

在两个女子的引领下，罗峰进入了空旷的会客厅，会客厅中坐着一个40多岁的女子。

“你好，罗峰先生，我姓章。”那女子自我介绍。

“哗啦！”

罗峰直接打开背包的锁扣，随即将背包中的怪兽材料全部倒在一旁的池子内。

看到这一幕，章姓女子倒吸一口凉气。

其中非常显眼的是三根锋利的尖刺，尖刺上隐隐有着血迹。

“科摩多暴龙？！”章姓女子忍不住惊呼起来。

“你们先出去。”章姓女子连忙对旁边的两个女子挥挥手。

这两个女子在极限大厦工作，对于怪兽种类很是清楚，听到科摩多暴龙，都震惊地看向罗峰。

“是，主管。”两个女子当即应道，而后退了出去。

“这是科摩多暴龙的尖刺！看这尖刺的色泽和大小，还是高级领主级的科摩多暴龙。”章姓女子一脸难以置信。

科摩多暴龙是高级领主级怪兽中极为可怕的，人类称之为“暴龙”。很多人根据科摩多暴龙的属下和一些蛛丝马迹推断，科摩多暴龙应该是大涅槃时期之前的科摩多巨蜥变异形成的，是诸多变种怪兽中最可怕的，那三根尖刺就是科摩多暴龙背脊上的，是它身上最珍贵的东西。

称号中带“龙”的怪兽都是不好惹的。要杀高级领主级的科摩多暴龙，绝大多数高级战神级武者都是做不到的。

“将这些材料都处理一下。”罗峰当即说道，“我还有事。”

“好的，罗峰先生。”章姓女子连忙应道。

很快，章姓女子使用仪器检测起来，看到检测出的结果，她很是震惊。

她怎么都没有想到，这些材料来自两头高级领主级怪兽，一头是科摩多暴龙，一头是金刚猿，都是高级领主级怪兽中极为可怕的。

“你帮我评定战绩，同时重新评定称号。”罗峰提醒道，“这两头高级领主级怪兽是我亲手击杀的。”

想要成为高级战神，必须交出两头高级领主级怪兽的重要材料，还要是亲手击杀的。

一般来说，没有武者会撒谎，因为撒谎没有什么意义。即便得了厉害的称号，也并没有什么好处，没有足够的实力是不行的。

只有实力得到总部最高决策层认可的，才能胜任监察使这个职位，并不是拥有了高级战神的称号，就会被授予监察使的职位。

“好的。”章姓女子点点头。

“太疯狂了，就算是为了得到‘高级战神’的称号，击杀弱一些的高级领主级怪兽就行了，他竟然击杀了一头科摩多暴龙和一头金刚猿。”章姓女子心中惊叹不已。

“罗峰先生。”章姓女子恭敬地说道，“金刚猿的价格为80亿，贡献值为400万点；而科摩多暴龙的价格为120亿，贡献值为600万点。也就是说，你一共可以获得200亿和1000万贡献点。”

罗峰点点头。

其实，将高级领主级怪兽的材料卖给极限武馆，在价格方面是比较吃亏的。若是将金刚猿的材料卖给HR联盟，可以得到120亿，而科摩多暴龙和铁甲龙相当，能卖到180亿，也就是说，卖给HR联盟的话，总共能获得300亿。

而卖给极限武馆，只能得到200亿。当然，这边多了1000万贡献点，令罗峰的贡献点一下子达到了四星级。

“我都要成为JN基地市的监察使了，地位很高，因此贡献点不能太低，我如今达到四星级贡献点，还说得过去。”罗峰心中暗道。

至于少了100亿，倒也不算什么。

对于其他高级战神级武者而言，赚钱是比较吃力的，当初罗峰在澳洲大陆的时候，费尽艰辛才成功击杀金刚猿和其他领主级怪兽，那时他快成为高级战神级精神念师了。即便罗峰是无敌战神，若没有遁天梭，他击杀高级领主级怪兽的成功率也是比较低的。

然而现在罗峰是无敌战神，再加上有遁天梭，击杀高级领主级怪兽是轻而易举的事，赚取大量金钱更是不在话下。

“不过，馆主另外有提醒。”

罗峰记得，装有遁天梭、黑神套装、草木之灵的箱子里的说明书上还有一句话——切勿在同一区域击杀多头高级领主级怪兽，容易引起该区域里王级怪兽的追杀。

……

“罗峰先生，200亿已经汇到你的武者专属账号上，贡献值也升到了四星级。”章姓女子坐在笔记本电脑前，敲击着无线键盘，对旁边的罗峰笑道，“成为战神的同时，一般会直接加入战神宫，得到‘意识感应器’。之后，战神宫会派人来检验罗峰先生的实力。”

罗峰瞥了电脑屏幕一眼，屏幕上显示了他的资料，等级一栏中写着“战神级（高级）”。

下面有一个弹出框，弹出框中有一些文字。

“战神宫申请，考核中……”

不一会儿的工夫——

章姓女子笑道：“罗峰先生，今天战神宫就会派人过来，很快的。”

“嘀！”一道刺耳的声音响起。

“嗯？”罗峰和章姓女子当即看去。

只见电脑屏幕上又弹出了一个方框，里面有一行字——“战神宫考核通过！”

“没人过来对罗峰先生进行考核啊，怎么就通过了？”章姓女子很是惊讶。

她做主管这么长时间，还是第一次遇到这种情况。不过，她听说过，有一些实力极强的武者会直接得到战神宫的认可，从而免除考核，直接通过。

可是，这种事情很少见。

战神宫的最高议会的每一个议员都是超越战神的存在，要得到这些强者的认可，谈何容易？

“罗峰先生，待会儿极限大厦会有人送东西过来。”章姓女子笑道。

“嗯。”罗峰并不急。

片刻后——

会客厅的门自动打开了，三个穿着制服的男子走了进来。

其中一个光头男子捧着一个金属箱子，对罗峰恭敬地说道：“罗峰战神，欢迎你加入战神宫，你将无偿得到意识感应器的头盔，有了这个意识感应器头盔，在地球上的任何一个地方，你都可以直接进入虚拟空间。”

“意识感应器头盔？！”罗峰对这个东西很熟悉，在精英训练营的时候用过。

成为战神后，竟然能拥有意识感应器头盔。

“你成了战神宫一员，拥有了诸多特殊的权利。当然，享有特殊的权利的同时，你也要承担特殊的责任。”为首的光头男子递过金属箱，“罗峰战神，你使用意识感应器进入虚拟空间后，就会知道战神宫成员的诸多特殊责任了。”

“谢谢。”罗峰笑着接过。

他的手指划过锁扣，“嘀”的一声，金属箱直接打开了，露出了里面的幽蓝色头盔。

“各位，再见。”罗峰微微一笑。

而后，他将金属箱放进背包内，背着背包，直接走了出去。

走出门的同时，他对通信手表低声说道：“1号，来极限大厦接我。”

“我该回家了！”罗峰默念一声。

“JN基地市！”罗峰当即朝电梯走去。

与此同时，那架深蓝色的王级智能战机飞离了精英训练营，来到极限大厦接罗峰了。

第162章

回家

半空中，竟然出现了一架深蓝色的战机，舱门自动打开了。

不少武者都大吃一惊。

“嗖！”罗峰冲天而起，一跃就有八九十米高。

当然，这是因为有精神念力的辅助，他才能跃这么高。

在武者们的注视下，罗峰直接进了机舱。

“哗啦！”舱门自动关闭了。

罗峰坐在舒适的机舱内，各种部件的灯光显得机舱内很是梦幻。

“1号，回家。”罗峰说道。

罗峰之前已经给这架王级智能战机的系统下了指令，他的家在C国JN基地市八大卫城之一Y城的明月小区。

“打开三维虚拟观景！”罗峰又道。

“呼！”

顿时罗峰的前方出现了三维虚拟投影，正是天空的模样。

通过三维虚拟投影，罗峰能时刻看到外面的景色，还能看到是否有飞禽类怪兽等。

JN基地市，Y城，明月小区。

一大早，明月小区就热闹得很，很多人都聚集在极限会馆的门口。

“老罗啊，你儿子真的今天回来吗？”

“老罗的儿子不是去了极限武馆总部，过年才能回来的吗？”

“我骗你们干什么，儿子之前打电话给我，说差不多半个小时后就能到家。”罗洪国笑呵呵地说道。

如今的罗洪国红光满面，气色比过去要好得多。

过去他总是干苦活、累活，低人一等，现在他要悠闲得多，也自信得多。

“不对啊，罗峰这时应该在进行生死冒险。”旁边的邬通疑惑地道，“你会不会是记错了？”

“不会，我没有记错，而且我的儿子从来不撒谎。”罗洪国肯定地道。

旁边的龚心兰正跟一群妇女谈论着。

明月小区的人都是很热情的，只要有明月小区的武者归来，一般都有很多人前来迎接。武者的路是很艰辛的，简直就是将脑袋别在裤腰带上生活，说不定哪一天就会丢掉性命。所以，每次有武者归来，明月小区的人都很开心。

罗峰说要回来，他的爸妈很是开心，就和一些关系好的老兄弟、老姐妹说了。

“不对。”邬通心中疑惑。

他是JN基地市的极限会馆的总教官，对于精英训练营的事情知道得不少，每年八月是学员们进行生死冒险的时间，按理说，学员是不会回家的。罗峰此时回来，只有两个可能：其一，罗峰被淘汰了；其二，罗峰提前毕业了。可是，罗峰进入精英训练营才半年啊，他怎么就回来了？

“喂。”罗洪国拿起电话，脸上露出一丝喜色，“你马上就到了，只需五分钟，好，好，家里人都在门口等你呢，小区中的不少叔伯和阿姨也在迎接你呢。”

“罗峰真是的，好不容易回来，竟然不事先说一声。”一个妇人笑着说道，“我家老陈经常念叨着罗峰，如果他知道罗峰今天回来，早上就不会和张哥出去上课了。”

住在明月小区的陈谷、张科，和罗峰可是生死兄弟。

“哎哟，小峰以后有的是机会和他们相聚。小峰应该快到了。”龚心兰笑道。

“罗峰这么快就要到了，估计夜里就乘坐飞机到主市区了。”

“说得对！这小子办事效率真高，这就回来了。”

一群人议论纷纷。

大家都以为罗峰是乘坐飞行客机到主市区，而后乘坐火车到Y城，最后再乘坐汽车回到明月小区。

忽然——

“你们看！”

“天上是什么？”

原本在等罗峰的一些人都惊讶地看向天空。

一道深蓝色的流光划破长空，而后停在明月小区上空。

众人辨认出，那是一架三角形的深蓝色战机。

此时，深蓝色的战机正缓缓降落。

“这飞行战机怎么来我们这里了？”

“我上次在主市区看过一架战机，那是飞碟形的，这架战机竟然是三角形的，怪异得很。”

明月小区的武者和武者家属们都小声议论着。

邬通目光灼灼地盯着三角形战机，而后脸色一变。

“这是极限武馆总部的战机！”

深蓝色的三角形飞行战机缓缓降落在明月小区的一处草坪上。

近距离观察，只见机身的长度超过20米，战机的线条优美，色泽亮丽，绝对不是飞碟形战机能媲美的。

舱门自动打开了。

一个拎着大背包、穿着休闲服和牛仔裤的青年跨出了舱门。

“罗峰！”

“是罗峰！”

“还真是他！”

一直盯着这架神秘的三角形战机的武者和其家属立即拥了过去。

一群人热情地打招呼。

罗峰一眼就看到人群中的父母，当即笑着走过去。

“爸。”罗峰唤道。

“小峰啊，”罗洪国紧紧地握着罗峰的手，连连朝旁边的飞行战机看去，“快，人家大老远地将你给送回来，请他下来，我们好好感谢感谢他。”

邬通走了过来，压低声音道：“罗峰，人家辛辛苦苦送你回来，赶紧将送你回来的人和驾驶员都请出来，好好招待他们，感谢一下。”

在邬通看来，能专门调用极限武馆总部战机的，一定不是一般人。

“感谢他们？”罗峰闻言一怔。

怎么感谢？

难道和邬叔、爸妈说这战机里面没有人？很多人可是不知道智能战机的存在的。

“这是我买的战机。”罗峰说道。

“买的？”

周围的人都大吃一惊。

罗峰的爸妈和罗华都惊呆了。

如今这个时代，买一架飞行战机的难度是大涅槃时期之前的数倍，就连很多富翁都舍不得乘坐一次飞行战机。

只有极少数战神能买得起飞行战机，而且几乎都是普通的飞碟形战机。

“邬叔，回头再请你们喝酒。”

罗峰笑着和周围的人打了招呼，随即和爸妈、弟弟一起回家了。

反正他成为监察使的消息很快会传开，既然如此，他如实说战机是自己买的，也没什么。

罗峰不到年底就回到了明月小区，还购买了一架飞行战机，而且还不是常见的那种飞碟形战机。

明月小区的人都震惊了。

JN基地市主市区的极限总会馆。

会长周正永坐在沙发上，面前放着一杯茶。

“刘监察使。”周正永看着手机，无奈地道，“你在我们JN基地市的这几年，我给你添麻烦了，感谢你这几年来的帮忙。你这一走，JN基地市的极限会馆恐怕要被雷电武馆压一头了。”

……

“新监察使？”周正永苦笑一声，又道，“我也不知道新监察使的实力如何，更不知道他能不能比得上雷电武馆的那位。”

“我还没收到通知，估计还要一会儿。”周正永顿了顿，继续说道，“我就在办公室，总部的通知一到，我就会知道。”

“行，以后去总部的时候，一定去找你聚聚。”

随即，周正永挂了电话。

就在昨天，他已经知道刘监察使被调离JN基地市，要回总部，而关于新监察使的通知一直没下来。

今天早晨，刘监察使收到正式通知，而他昨晚就乘坐飞行客机离开了JN基地市。

“刘监察使走了，不知道新来的监察使是谁。”周正永心中暗道。

“砰！砰！砰！”一阵敲门声响起。

“进来。”周正永说道。

门打开了，从外面走进来三人，正是JN基地市极限总会馆的三大主管，走在最前面的正是诸葛韬。

“会长，我们刚刚看到了刘监察使正式被调离的通知，不知道新任监察使是谁？”三大主管中，最矮的那个穿着白色衬衫的精瘦男子皱眉说道。

“我也不知道，我还没收到通知。”周正永摇摇头，“刘监察使在JN基地市的时候，我们过得还挺舒服。刘监察使根本不管我们的事，一心潜修，大家相处得很愉快。此外，刘监察使的能力很强，遇到一些问题，只要他出马，就能轻易地解决，政府那边也给他面子。这新的监察使……”

“新的监察使会不会像当年的‘铁面包拯’？”诸葛韬忍不住说道。

“铁面包拯”是主管和会长给当时的监察使起的外号。

当初，“铁面包拯”在任期间，罢免了六位主管，甚至弹劾了一位会长，令后来的人胆战心惊。

“不知道。”周正永摇摇头。

三位主管心中很是忐忑。

论职权，监察使是一把手，他有监察权，甚至无须经过上面的批准，可以直接罢免主管和主管以下的人的职务。若是斗起来，监察使甚至能申请撤掉会长。

“嘀！”周正永当即走向笔记本电脑。

“来通知了。”周正永说道。

三位主管当即跑过去，都紧张地看向笔记本电脑的屏幕。

周正永敲击一下，点开了通知。

“新任监察使罗峰，家乡是JN基地市Y城，实力评价是……无敌战神。”

会长和三大主管彼此相视。

“是，是……是我们当初送去精英训练营的那个小家伙吗？”周正永忍不住问道，依旧不敢相信，“他已经成为无敌战神了？”

第163章

见罗峰

“怎么可能？”旁边的三位主管不敢相信。

“看他的资料。”精瘦男子说道。

极限总会馆的四大巨头都紧紧地盯着电脑屏幕。

“身份证号是426123223806083211。”一位魁梧的主管连忙说道，“他的出生日期是2238年6月8号，也就是说，他今年才19周岁，竟然就当上了监察使。”

“19周岁？！”

周正永和诸葛韬等三位主管彼此相视，一下子都安静了下来。

刚刚看到罗峰这个名字，而且家乡是JN基地市的Y城时，他们还怀疑是否是某位同名同姓的前辈，可是一看到身份证号码，他们当即就确定了。

每一个人都有专属的身份证号，极限武馆全球总部发出这种任命，肯定是经过很多程序的，不可能弄错人。

“真的是罗峰！”

“真是他！”

会长和三位主管的心情都是不同的。

诸葛韬的心中有一丝暗喜。

刚开始发现罗峰天赋卓绝的时候，诸葛韬就帮助过罗峰，本来他只是随意的帮忙，没想到仅仅一年的工夫，罗峰就一跃成为他的顶头上司。

“他才19周岁，怎么就成为战神了，而且还是无敌战神？”精瘦男子很疑惑。

“俞森。”诸葛韬笑道，“别想了，总部的通知上是这样写的，绝对没错。”

“这下麻烦了。”魁梧汉子眉头一皱，道，“新来的监察使才19周岁，岁数不大，恐怕不是老成持重的人，年轻人火气大，我们若是得罪了他，他一怒之下，估计会罢免我们的职务。”

年轻人的脾气的确比一些老家伙要大得多。

“嗯！”包括诸葛韬在内的四人都点点头。

“别太担心。”周正永随后笑道，“年轻人的脾气大，这对我们也是有利的。年轻人在做人和做事方面本就稚嫩得多，我们哄着点，他会比较开心，不难相处。而那些老家伙一个比一个奸猾，要难相处得多。”

三位主管都点点头。

“大家都用心点，罗峰可是我们JN基地市的人。”周正永的表情很是严肃，郑重地说道，“按照规矩，任命职位都是优先考虑本地人的，罗峰现在是无敌战神，又是JN基地市的人，自然有资格担任监察使，我估计他会在这个位置上坐很久。”

三位主管点点头。

即便总部那边任命了新的监察使，也绝对不会将其安排到JN基地市。因为罗峰是JN基地市本地人，又是无敌战神，谁有资格抢他的位置啊？

“罗峰如果修为不突破，他恐怕会在监察使这个位置待几十年，而他的修为一旦突破，成为超越战神的存在，他很可能担任比监察使更高的职位。到时候，他只要一句话，就能把我这个会长直接罢免，我们都要哄着他。”周正永郑重地说道。

无论罗峰的修为是否突破，地位都比他们高。而且罗峰是本地人，估计以后会常驻JN基地市。在罗峰的手下混，他们当然得把罗峰给哄好了。

“放心吧，会长。”

“我们明白。”

“没人会傻到去惹怒罗峰。”

三位主管连忙说道。

"很好。"周正永点点头，"我给Y城明月小区那边的人打个电话问问。"

"喂。"周正永拿出手机，拨通了电话，"邬通，你们小区的罗峰……"

"什么？"周正永听着电话那边邬通说的话，表情不断变化。

旁边的诸葛韬、俞森等三人都认真地听着，听到了"飞行战机""罗峰"等字眼。

片刻后，周正永挂了电话。

"怎么了，会长？"三人都看着周正永。

周正永的脸上露出一丝笑容。

"就在刚刚，罗峰乘坐一架三角形飞行战机回到了明月小区，罗峰说那架三角形飞行战机是他买的。"

"他买的？他才受到任命，怎么买得起飞行战机啊？"魁梧汉子忍不住说道。

"别管罗峰是怎么买到的。"周正永脸色一沉，大声喝道，"老王，你记住，罗峰是新任监察使，是我们JN基地市的极限会馆的最高掌权人，你说话注意点，别大喇喇地称'他'，应该叫监察使大人。你若是惹得罗峰不高兴，罗峰只需一句话，就能让你丢了职位。"

魁梧汉子讪讪一笑，道："会长，我也是没转换过来嘛。"

"罗峰的脾气我们还没摸清，都注意着点。"周正永小声说道，"大家准备一下，20分钟后，我们乘坐战机去Y城见新监察使。"

"是。"三位主管都点头应道。

Y城，明月小区。

罗峰一家人正围坐在餐桌旁开开心心地吃着早饭，原本热热闹闹的场面却因为罗华的一句话而改变了。

"哥，你说你这次回来就不走了，为什么？"罗华问道。

"极限武馆的全球总部任命我为JN基地市极限总会馆的监察使。"

听到罗峰的这句话，他的父母和弟弟顿时都安静了。

罗洪国忍不住问道：“小峰，听起来，监察使是个大官，这是多大的官啊？”

龚心兰也好奇得很。

明月小区的人平常议论得最多的是会长和三位主管。

至于神龙见首不见尾的监察使，很少有人谈及。

“爸，妈。”旁边轮椅上的罗华这才回过神来，激动地说道，“那是很大的官，比会长的官还大，是JN基地市的极限会馆的领头人。”

“比会长的官还大？”罗洪国和龚心兰都愣住了。

他们只是区区平民，如今他们的大儿子竟然成了监察使！

要知道，JN基地市极限会馆的会长都是高高在上的人物。要当会长，首先必须是战神，而且要有很广的人脉关系，他们的儿子竟然当上了比会长还要大的官。

“小峰！”罗洪国和龚心兰都看着罗峰。

“嗯！”罗峰点点头。

“我这次带回来的那架飞行战机的价格超过1000亿，而且是有钱都买不到的。”罗峰说道。

罗峰为了让父母清楚地认识到自己如今的地位，直接说出了飞行战机的价格。那架王级智能战机的确是有钱都买不到的。

极限之家和HR联盟商城都没有智能战机。即便是极限武馆内部的高层，如果给监察使和巡察使优惠价，也要达到1800亿。

如果是其他国家和势力想要购买智能战机，就算付出2000亿，极限武馆都不会卖的。现如今，全世界只有极限武馆能造出智能战机。

“超过1000亿？！”罗洪国和龚心兰再次惊住了。

天哪！恐怕连C国的首富都没有这么多资产吧！

上次，维妮娜夫妇悬赏1000亿，就已经算得上是天价了，令全球的无数强者心动。对于全球的富豪而言，这1000亿是一笔巨大的财富，而对于罗洪国和龚心兰而言，这简直是天文数字。

事实上，就算是无敌战神，一般都买不起智能战机。罗峰的运气极好，靠着雾岛上的草木之灵发了一笔横财，否则也不知道何时才能买得起智能战机。

龚心兰和罗洪国沉默好久，才回过神来。

“小峰，你到底有多大的权力和多少钱财啊？”罗洪国问道。

“呃，这该怎么说呢……”

罗峰也不知道该怎么讲，除了超越战神的存在外，无敌战神是最强的，其拥有的权力很是惊人，至于钱财……

对于拥有遁天梭的罗峰而言，猎杀领主级怪兽很简单，可以说，他能获取的钱财是源源不绝的。

唯一的问题是，他不能在同一个区域猎杀太多的领主级怪兽，否则会惹恼这个区域的王级怪兽。

“别问那么多，老头子，你这辈子有本事花掉1000亿吗？”旁边的龚心兰没好气地道。

“小峰啊。”龚心兰忍不住说道，“我有一件事想让你帮忙……”

“妈，你有事就直说吧。”罗峰连忙说道。

龚心兰叹息一声，道：“当年，我和你爸都是经历过大涅槃时期的。那时候，我和你爸的岁数都很小。大涅槃时期，社会动荡，死伤无数，我和你爸成了孤儿。”

旁边的罗洪国也回忆起了当年的岁月。

大涅槃时期，人类经历过极其惨痛的一段岁月，很多城市遭到毁灭，甚至连一些国家都被灭了。

“我有表姐、表弟、堂哥、堂姐……”龚心兰说道。

龚心兰和罗洪国都是独生子，他们的父母却有很多兄弟姐妹，所以他们有很多的表兄弟姐妹和堂兄弟姐妹。

“逃难的时候，一个个都自顾不暇，谁还有心思去找亲戚啊？”龚心兰叹息道，“而且，大涅槃时期无比混乱，户籍丢失、身份不清的人比比皆是，成为孤儿的，变成单亲家庭的，和父母走失的，不计其数。那个年代太乱了，等一切稳定下来，已经是10年后了，我和你爸住在廉租房，哪里有时间和金钱去寻找当年失散的亲人啊！”

成了孤儿后，他们对亲戚就更加珍惜了。

罗洪国和龚心兰一直很想寻找失散的亲人，当年有那么多亲人走散了，肯定有很多人还活着，只是他们没有足够的能力和金钱去寻找。就算是武者的家属，也没那等能力。

“爸、妈，你们放心。”罗峰郑重地说道，“我会去寻找当年你们失散的亲人。”

这是他成为监察使后要做的第一件事情，也是为父母做的一件大事。

第164章

头盔安全问题

罗峰和父母、弟弟齐聚一堂的时候，明月小区中变得异常热闹，因为主市区的会长和三位主管即将抵达明月小区。

邬通带领数十位武者在门口等着。

“今天会长和三位主管怎么都来了？”

“这四大巨头一起来我们明月小区，这可是很少见的。”

武者们议论纷纷。

“来了。”邬通仰头看天。

所有人都安静下来，看向天空。

一道流光破空而来，而后减速，化为一架幽蓝色的飞碟形战机，悬浮在明月小区的上空。

而后，飞碟形战机缓缓降落。

“走，去迎接会长。”邬通带领数十位武者前去迎接。

至于武者家属们是禁止靠近的。

“哗啦！”

舱门自动打开了，阶梯自动延伸出来。

一身黑衣的周会长为首，三名主管紧随其后，依次沿着阶梯走下。

“见过会长、三位主管。”邬通躬身行礼。

“见过会长、三位主管。”一群武者躬身行礼。

远处的武者家属们激动得很，议论纷纷。

这可是JN基地市的极限会馆的四大巨头，平常想见其中一位都很难。

“嗯。”周正永点点头。

武者们屏息凝神。

就像当初邬通带领罗峰见主管诸葛韬那样，这些武者都恭敬得很。

不过，卫城的总教官和JN基地市的主管相比，地位差别很大，更别说和会长相比了。在会长和三位主管面前，所有武者都紧张得很。

“罗监察使在家吗？”周正永笑着问道。

周遭死一般的寂静。

邬通和数十位武者都愣住了。

罗监察使是谁？

“罗……罗监察使？”邬通一脸不解。

“罗峰，罗监察使。”周正永笑道。

他可不敢大大咧咧地称罗峰为“那小子”，罗峰如今可是他的顶头上司，更被极限武馆最高决策层评为无敌战神，哪里是他这名中级战神能怠慢的？

“罗峰？罗监察使？”邬通等人有些发蒙。

旁边的诸葛韬笑着说道：“全球总部发来了任命，罗峰战神正式成为我们JN基地市的极限会馆的监察使，我们这次就是来拜见罗监察使的。”

“罗峰，哦，不，罗监察使正在陪家人呢。”邬通的反应最快，连忙回道，“会长、三位主管大人，需要通知罗监察使一声吗？”

“不用！我自己来！”周正永微微一笑，拨通了电话。

邬通和一群武者都紧紧地盯着周正永。

电话打通了。

“罗监察使，我是周正永。”周正永一脸诚恳的笑容，“我现在在明月小区，旁边还有三位主管，不急，不急，我们在会馆这边等你。”

挂了电话，周正永看向邬通，笑道：“走，去你们Y城的极限会馆看一看。”

“是，会长。”邬通连忙应道。

……

明月小区当即沸腾了。

罗峰是JN基地市极限会馆的新任监察使，这个消息一传十，十传百，很快，除了不在明月小区的，其他人都知道了。

所有人都激动不已。

“难怪罗峰能买得起飞行战机，原来是成了新任监察使。”

“要称呼他监察使，别这么口无遮拦。”

“监察使今年才20岁吧，算周岁的话，才19周岁。他还没结婚呢，不知道有对象了不。”

“没听说罗峰有对象啊。”

顿时，有想要和罗峰拉近关系的，还有想要给罗峰找老婆的。

罗峰可是新任监察使啊，成为监察使的首要条件必须是高级战神，而且是高级战神中有一定声望的。

放眼全球，此等人物都是了不得的啊！

如果哪位姑娘能嫁给罗监察使，以后可就是享福了。

极限会馆的会客厅内。

会客厅内一共有五个人，正是JN基地市的极限武馆的四大巨头和罗峰。

此刻，罗峰坐在椅子上，回想刚才的一幕。

他从家里走到极限会馆，看到小区的邻居和一些武者都很是热情，甚至还有人大喊“罗监察使”。

看来，他的新身份暴露了！

不过，他早就做好了心理准备，总有一天他的新身份会暴露的。

“罗监察使，我给你介绍一下。”周正永连忙笑道，“这三位是我JN基地市极限武馆的三位主管，这位是诸葛韬，这位是王克樊，这位是俞森。”

“见过监察使。”诸葛韬、王克樊、俞森三人都站起身来。

“别客气，随意点，坐下吧。各位都是我的前辈，当年诸葛韬前辈还帮了我，我心里很是感激。”罗峰诚恳地说道。

他可是见过超越战神的存在的，甚至和世界第一强者洪面对面过。现如今，面对周正永、诸葛韬等高手，他明显平静多了。

经过几分钟的交谈，诸葛韬等四人没那么忐忑了。

罗峰虽然身居高位，但是没有那股狂傲之气。

四人顿时都松了一口气。

“周会长，监察使应该做的事，我自然会承担，至于JN基地市极限武馆的一应大小事务，还是照旧，我年纪轻，不懂这些，也没时间理会。”

听到这话，周正永等四人心中一喜。

“不过，我希望各位别做出格的事。”罗峰的表情很是严肃，“既然总部让我担任监察使的职务，我也要跟总部有所交代。”

罗峰嘴上这么说，实际上，他还没来得及看极限武馆总部发送到他邮箱的那份关于监察使职责的邮件呢。

“放心，罗监察使，我们一定不会让你为难的。”周正永连忙保证道，“如果谁做出出格的事情，不用罗监察使出手，我就会教训他的。”

“没那么严重。”罗峰淡淡一笑，又道，“我这人还是很好说话的，只是有时候脾气有些急，到时还请各位前辈多多包涵。”

“我有一件事想要请周会长帮忙。”罗峰继而说道。

“罗监察使请说。”

罗峰深吸一口气，缓缓地道：“在大涅槃时期，我的父母和他们的亲人都失散了。我想请周会长帮帮忙，找找我父母的表兄弟姐妹和堂兄弟姐妹，此外，再帮忙查查，看我父母的长辈是否还在世。”

虽然说他的父母都是孤儿，可是当年那般混乱，他的父母那时候都很小，又怎么知道自己的爷爷奶奶和外公外婆是不是还在世呢?

“这个……”周会长眉头一皱，道，“这个难度比较大。”

罗峰点点头。

周会长又道："当年，许多城市都被怪兽攻克了，网络瘫痪，许多资料丢失了，很多人的身份不可考证，所以我们极限武馆是没办法查的，只有通过C国政府进行调查，C国政府对于民众的资料的记录还是挺详细的。"

"让C国政府帮忙？这可以吗？"罗峰问道。

"罗监察使，你的面子可比我的面子要大得多，你的话更有用。"周正永微微一笑，继续道，"嗯，回头我会跟他们说一声，他们一旦知道此事是给罗监察使帮忙，一定会很用心查的。"

对于五大强国之一的C国而言，无敌战神的吸引力是很大的，自然会给罗峰这个面子。

"嗯。"罗峰点点头。

"罗监察使，你刚上任，有些事情不太了解。按照规矩，我们要为你举行一场大型的欢迎宴会，到时候会邀请JN基地市的政界、商界、武者界的许多重要人物，还会邀请C国的一些重要人物。"周正永说道，"罗监察使，你认为什么时候举行盛宴比较好？"

罗峰闻言一怔。

监察使上任是了不起的大事，当然得风风光光的。

"我刚刚回家，想休息一段时间。这样吧，9月1日举行宴会，接待各方来宾吧。"罗峰说道。

罗峰衣锦还乡，明月小区很是热闹。

晚上，罗峰和陈谷、张科等老朋友聚餐。

深夜11点，他才回到家。

罗峰坐在视听室的沙发上，端着一杯茶，看着视听室墙壁的大屏幕上的邮件，邮件中注明了监察使的诸多责任。

"嗯！还算轻松。"罗峰点点头。

而后，他拿起沙发上的一个幽蓝色的头盔。

在家使用意识感应器的时候，最重要的一点是要注意保护自己。

一戴上幽蓝色头盔，他的意识就会进入虚拟空间，如果此时有人来暗杀的话，那就麻烦了。不过，这是在JN基地市的武者小区，没人敢这么做。

但是，还是小心为上。

意识感应器装了安保装置，可以检测是否有人闯入。

“别人害怕安全问题，我可不怕。”

罗峰淡淡一笑，身上立即浮现出黑色皮膜，有黑神套装保护，他有什么好担心的?

“安全范围为周围五米。”罗峰特意设定了一下。

房门和窗户早就锁死了，一旦有人侵入设定的安全范围，他的意识会被自动踢出虚拟空间。

而后，他直接戴上头盔，那黑神套装瞬间笼罩了头盔。

罗峰盘膝坐在地上，仿佛一尊黑色雕像。

下一瞬，他进入了虚拟空间。

战神宫在虚拟空间，所以《精神念师基础》秘籍必须在虚拟空间中才能看到。

第165章

《精神念师基础》

罗峰穿着一袭白袍，出现在一个幽静的房间。

“好大的房间。”罗峰忍不住惊叹一声。

据他目测，整个房间的长度超过50米，宽度在20米左右，高5米，也就是说，这个房间的面积超过1000平方米。房间的正中央有一张圆形的大床，直径达3米，床的前方有一个宽10米，长20米的泳池。

床、泳池、书桌座椅区、豪华餐桌区、躺椅区、放着瑜伽垫的修炼区……这个超大的房间被分割成了很多区域。

“啧啧！”罗峰露出一丝笑容。

“欢迎你，罗峰战神。”一道电子音突然响起。

罗峰被吓了一跳。

“这是你在战神宫内的私有空间，除了你本人外，没有任何人可以进入这个房间。”那道电子音回荡在房间内，“在战神宫，你想吃什么、喝什么，尽管点。这里有很多现实中没有的美味佳肴。”

罗峰愕然。

“书桌上有两本书，一本是《战神宫条例》，一本是《精神念师基础》，祝你在战神宫玩得开心。”那道电子音当即消失了。

“玩得开心？！”罗峰笑了。

这战神宫难道是让战神们吃喝玩乐的地方?

书桌靠近窗户放置，整个房间的南边有一面超大的落地窗，罗峰站在落地窗前，看着外面幽美的景色。

“仙境？！”

外面云雾弥漫，阳光照射着云雾，折射出七彩的光芒。虽然知道这是虚拟空间，但是美景给人的感觉跟现实中的一模一样，让人惊叹。

“先看看《精神念师基础》这本秘籍吧！”罗峰走到书桌旁。

书桌上放着两本书，其中一本书的封面是黑皮的，上面写着“战神宫条例”五个大字，而另外一本书的封面是黑色中泛着点点星光，仿佛星空一般神秘，上面写着“精神念师基础”六个大字。

“这本秘籍可是价值3星辰，比王级智能战机还要贵。”罗峰拿起这本秘籍，开始阅读。

精神念力源自人的精神和灵魂，肉身是精神的基础和根基。精神念力只有在人的肉身中才能孕育，而后变得强大。正因为肉身和精神念力的关系特殊，精神念力一旦触碰人或者动物的身体，就会直接穿透身体，所以精神念力是无法直接进攻敌人的身体的，必须靠媒介，比如刀剑或者暗器等等。

看到这段话，罗峰不由得点点头。

的确如此。当初自己奔跑时，一般是将精神念力作用在盾牌、战靴的底部、护臂等物体上，而非衣服上。这是为什么呢？因为作战服是以分子的理论设计的，上面有一个个大孔洞。一旦将精神念力作用在衣服上，精神念力的一个个微小的粒子会自然而然地穿过孔洞，穿过人的身体，从而施加一定的作用力，只有最强作用力的十分之一，而如果作用在盾牌、战靴底部等地方，却能起到百分百的作用。

“精神念力可虚可实。实，即可蕴含惊人的力量，隔空控物，杀敌于百米之外；虚，可悄无声息，渗透人的心灵，杀敌于无声无息中。聚合无声，变化无常。

“精神念师的攻击手段主要分成三种：第一种，隔空控物杀敌；第二种，渗透敌人的识海，从而进行攻击；第三种，驯兽。”

罗峰继续翻看着，整本书大概用二分之一的篇幅详细地描述了第一种手段，也就是“隔空控物杀敌”，剩下的篇幅主要描述了第二种手段“渗透敌人的识海，从而进行攻击”，至于第三种手段“驯兽”，相关的描述很少。

“嗯？”罗峰仔细地阅读着第一种手段的相关描述，不由得眼睛一亮。

“主修控物的精神念师的实力可分成念力强度、兵器、技巧这三方面，本书主要讲了技巧这一方面。精神念师的实力体现在技巧上，主要看能否同时控制多件暗器，而且保持最强的攻击力。

“比如，一名中级战神级的精神念师控制一把飞刀，冲击力最高可以达到16万千克。

“如果他能同时控制5把飞刀，每把飞刀的冲击力都是16万千克，冲击力一共就是80万千克；如果他能同时控制10把飞刀，每把飞刀的冲击力达到最大值，就是160万千克；如果他能同时控制20把飞刀，而且每把飞刀的冲击力达到最大值，就是320万千克。

“能保持最强的攻击力，控制的暗器越多，那么这名精神念师自然可以发挥出更强的实力。下面就着重介绍，怎样才能提高控制的暗器数量，而且使得每一件暗器的威力保持最高值。”

罗峰看到这段话，完全震惊了。

对，控制飞刀的数量很重要。卡特兰只是一名中级战神级精神念师，却能同时控制9把匕首，而且每把匕首都能发挥出最强的攻击力，而罗峰已经是高级战神级巅峰的精神念师了，却只能控制6把飞刀，控制的飞刀的数量太少了。

“我控制的每把飞刀都能保持超过50万千克的冲击力，6把飞刀的话，就能有超过300万千克的冲击力；如果我能同时控制10把飞刀，冲击力就能超过500万千克；如果我能同时控制20把飞刀，冲击力就能超过1000万千克。天哪！这样的话连超越战神的存在恐怕也抵挡不住吧。”罗峰激动万分。

他越往后阅读，才知道每增加一件暗器，而且保持每件暗器最高值威力的难度是何等的大!

在没有特殊修炼的情况下，他能同时控制6把飞刀，已经算得上是天赋极高了。

卡特兰可是修炼了数十年，才达到同时控制9把匕首的境界。只是，卡特兰没有这本《精神念师基础》秘籍的指导，走了不少弯路。

全世界，能同时控制十几把飞刀的精神念师寥寥无几。

能同时控制20把飞刀，这是所有精神念师都想要达到的目标。

“难怪一本秘籍就价值3星辰，而且还只能在虚拟空间中学习。”罗峰越看越是惊喜，“看来，每增加控制一把飞刀是很难的。不过，我毕竟拥有修炼方法，只要按部就班地修炼下去，总会有进步的。”

看完控物攻击篇，罗峰热血沸腾。

当即他继续看精神攻击篇。

“哦？精神念力在自己的识海中，会增加一层威力，而精神念力渗透进别人的识海，不但没有威力加成，反而会受到对方的识海的压制，削弱一层威力。”罗峰喃喃自语，“也就是说，想要直接灭掉对方，精神念力的强度起码要比对方高三层。”

高级战神级精神念师的精神念力进入初级战神级精神念师的识海后，会受到初级战神级精神念师的识海压制，对方会有增幅效果，导致双方会变得差不多。

只有精神念力的强度比对方的高三层，才能直接将对方击杀。

“什么？普通武者的精神念力也很强？！”罗峰看到相关描述，大吃一惊。

普通武者是没办法隔空控物的，可是，这并不意味着他们的精神念力很弱，实际上，强大的武者大多精神念力都很强。比如高级战神级武者，他的识海中只有少量的精神念力，但是精神念力的质量不比高级精神念师的差多少。

……

精神攻击方面是很复杂的。很显然，全世界的精神念师在这方面的成就都不算高。

秘籍中一共记载了18种精神攻击方法，有迷梦、幻魔眼、精神锥刺、震魂……这些秘法的名气都不小。

这些秘法的使用原理是令对手分神，然后隔空控物击杀对手。

“先施展秘法，再隔空控物！”罗峰心中暗道。

对于所谓的精神攻击，他有点失望。不过，他还是想修习那18种攻击秘法的。

而后，他继续阅读第三篇——驯兽篇。

书中记载，通过精神念力是可以驯服怪兽的，现如今，全世界成功驯服怪兽的精神念师有9名。

书中只记载了一种驯服怪兽的方法——心灵交流，这是一种和怪兽交朋友的委婉的驯兽方法。

罗峰合上书，长舒一口气。

他走到旁边的落地窗前，遥看外面无边无际的云海。

“这本秘籍价值3星辰，真贵啊！”罗峰呢喃道，“不过，我刚刚看了秘籍的内容，还是很值的。”

看完后，罗峰终于明白洪为什么那么重视这本秘籍了。

看完《精神念师基础》这本秘籍后，罗峰对于精神念师的修炼有了完全的了解，书中记载了增加能够控制的飞刀数量的方法，还有精神攻击的18种秘法。

单单这些秘法的价值就难以估量，也不知道洪到底是怎么搜集到的。

“如果一年前我就得到了这本秘籍，修炼到如今，我的实力恐怕是现在的两倍了。”罗峰看着窗外的云海，心中暗道。

接下来，就努力地修炼吧！

按照书中的记载，高级战神级精神念师控制的飞刀数量达到一定的程度，甚至可以直接突破，成为超越战神的存在。

“我主修控物，再辅修几种精神攻击秘法即可。”罗峰默默地道。

现在他成为JN基地市的监察使，还是比较悠闲的，可以安心潜修控物秘法，说不定什么时候就能有所突破。

“该去看看其他战神了。据说，全世界所有的战神都在战神宫，不知道到底有多少战神。”罗峰很是好奇。

第166章

3516

罗峰打开《战神宫条例》的黑皮封面，里面竟然只有一张纸。

“欢迎你加入战神宫！战神宫是由第一议长洪和第二议长雷神合力创建的人类武者的最强组织，全世界所有的战神和超越战神的存在都是战神宫的一员。

“战神宫的管理层也就是议会，只有超越战神的存在才有资格成为议员。议会有五大议长，分别是第一议长、第二议长……第五议长，这五人是全世界实力超群的五位强者。也就是说，战神宫中的战神被分成三个级别：普通成员、议员、议长。

“战神宫中有商城、拍卖厅、擂台广场、试炼塔……这些地方都有诸多功能，需要你自己去发掘。”

看完后，罗峰笑了笑。

而后，他走向衣柜，换了一身休闲的衣服，推门便出了房间。

他沿着走廊走到了战神宫外面的廊道上，这条廊道足足有9米宽。站在高高的廊道上，俯瞰下方，下方是一个超大的广场，广场上有9个擂台。

广场的外面有什么呢？

“轰隆隆——”浪潮一次次地撞击在广场的护墙上。

偌大的战神宫仿佛黑色海洋上方悬浮着的一座巨大的宫殿。

“这是谁设计的？战神宫的另外一面是无尽的云雾，而这一面是无边无际的海洋。”

罗峰心中很是疑惑。

“你好！”一道声音从后面传来。

罗峰转头看去，说话的是一个很高的白皮肤男子。

男子伸出手，笑着说道：“我叫弗拉洛蒂。”

“罗峰。”罗峰和对方握了手。

弗拉洛蒂满脸笑容：“罗峰先生，你很年轻，我在战神宫是第一次见到你。别的不说，现如今全世界百分之九十九的战神我都认识，你应该来这里没几次吧？”

罗峰惊讶地看向眼前的人。

他竟然认识全世界百分之九十九的战神！

“我是第一次来战神宫。”罗峰笑道。

“哦，第一次。”弗拉洛蒂眉毛一挑，脸上有着一丝笑意，“待会儿可有一个惊喜哦。”

“惊喜？”

说话间，罗峰和弗拉洛蒂已经走到了通往一楼大厅的楼梯口。

罗峰他们现在是在三楼，距离一楼大厅有十余米，而整个一楼大厅的高度达到30米左右，长、宽更是超过100米。

一楼大厅比一般学校的操场都要大一些，这个超大的一楼大厅中放着许多沙发，还有数千把座椅，此刻有近千人三三两两地坐在一起，喝着酒，聊着天。

“这么多战神啊！”罗峰眼睛一亮。

能进入战神宫的人，最起码是战神。在精英训练营时，他见到的战神也就几十人而已。在JN基地市，能碰到一位战神都是很难得的。

“罗峰先生，平常战神分散在各地，难得碰到其他战神，所以很多战神经常来战神宫喝酒、聊天、交朋友。”弗拉洛蒂说道。

“嗯！”罗峰点点头。

这是全世界战神的聚集地啊！

罗峰沿着螺旋状的楼梯往下走，边走边看，只见下方的大厅中除了战神外，还有上百名容貌和气质上乘的服务员，是专门为这些战神服务的。

大厅的墙壁上有一面巨大的显示屏，上面有一个数字——3515。

“这是什么意思？”罗峰心中疑惑。

这时，他和弗拉洛蒂已经走下了楼梯。

当罗峰一脚踩在一楼大厅那光可鉴人的地板上的时候，整个一楼大厅猛地一暗，原本柔和、舒适的光线变得昏暗，那些舒缓的音乐也瞬间消失了。

“嗯？”罗峰一头雾水。

旁边的弗拉洛蒂的脸上却露出一丝笑容。

原本正在交谈的所有战神齐刷刷地朝楼梯口看来，目光扫过弗拉洛蒂后，都停留在罗峰的身上。

“铛！”一道清脆的声音响起。

大厅内立即响起了音乐声。

这豪奢的大厅内近千名来自世界各地的战神此时都站了起来，拍起手。

其中有为政府效劳的；有隐藏于黑暗中的特殊人物；有长期经历生死拼杀的雇佣军；也有安稳隐世，享受生活，教导徒弟的。

他们是人类社会中的精英，是极其富裕的，他们站在了人类社会的金字塔高层。

“唰！”一道淡淡的亮光照射在下方的罗峰身上。

“战神宫迎来了一位新战神，他的名字叫……罗峰！”一道粗犷的声音响起。

与此同时，大厅上方出现了三维虚拟投影，三维虚拟投影上出现了立体的大字——

姓名：罗峰

国籍：C国

等级：战神级（高级）

简简单单的三行字，每一个字都是立体的，仿佛是用石头雕刻而成的，悬浮在半空中。

“全世界的战神总数自此增加了一位，达到了3516位。”那粗犷的声音再次回荡在大厅之中。

大厅墙壁上的巨大显示屏上的数字3515倏地变成了3516，而音乐声开始减弱，直至完全消失。

那道照射在罗峰身上的亮光也消失了。

一切彻底恢复了平静。

“这……”罗峰哭笑不得。

他看向身侧的弗拉洛蒂，他断定弗拉洛蒂肯定知道此事，就是没有事先提醒自己。

“每位战神来到战神宫的时候，虚拟空间都会主动介绍并且欢迎这位战神。”弗拉洛蒂笑着说道，“没想到，罗峰先生你刚晋升为战神，竟然就已经是高级战神了，真让人钦佩啊！”

战神宫中。

近千位战神坐在自己的位置上，和朋友们小声议论着。

不少战神都在议论新战神罗峰。

全世界的战神一共有3516位，其中高级战神也就数百位而已。既是新晋战神又是高级战神的，的确很少见。

“罗峰！”

“罗峰！”

几道声音相继响起。

只见6人从角落的座椅上站了起来。罗峰发现，这6人竟然都是他认识的。

这6人都是精英训练营的战神老师。

虽然这些人中没有他的老师江芳，但是他都认识，其中就有当初带他去精英训练营的杨辉战神。

“杨老师，维特老师……”罗峰大声喊道。

“罗峰，你喊什么老师啊，你已经毕业了，而且真正教过你的是江芳，你喊我们的名字就行。”杨辉笑道。

其他几位来自精英训练营的老师都笑着点点头。

弟子的实力再强，永远都要尊敬老师。

不过，在精英训练营中，每个学员都只有一个老师亲自带，罗峰是江芳带的，现在罗峰毕业了，地位又高，也就江芳承受得起罗峰的一声“老师”。

其他人虽然和罗峰认识，但是并没有教导过罗峰，当然没必要被称为“老师”。

“罗峰，你来到了战神宫，按照老规矩，我给你介绍一下。”杨辉笑道。

其他几人都笑着站在一旁，没有言语。

“各位！”杨辉的声音猛地变大，响彻整个大厅。

大厅中，正在喝酒、聊天的近千位战神都转头看来，见是杨辉等人，都饶有兴致地看着他们。

在这种场合，没有一点背景的战神是不敢这么大呼小叫的。

“我给各位介绍一下。”杨辉朗声笑道，“我旁边的这位就是极限武馆馆主亲自点名并指派的，JN基地市极限武馆的新任监察使。”

顿时，大厅中一片哗然。

极限武馆是世界上最强的武者组织，除了馆主洪是全世界的第一强者外，其麾下的三大亲卫和五大巡察使都是超越战神的存在。可以说，极限武馆的精英力量是很强的。

一般来说，一个组织能在一个基地市安排一位战神主持大局就算不错了，而极限武馆的高手众多，要想在JN基地市这种大型的基地市当监察使，必须是高级战神中很有分量的人物。

“不仅如此，极限武馆的高层对于罗峰兄弟的评价可是无敌战神。”杨辉满脸笑容，“大家可得和罗峰兄弟多亲近亲近啊！”

此话一出，整个大厅都沸腾了。

无敌战神？！

全世界的高级战神只有数百人，达到李耀这样的水准的战神也就100人，而像卡特兰这样的不超过50人，有资格称得上是无敌战神的也就十几人，这十几人或是刀法达到惊人的地步，或是身法很厉害，或是精神念力很强……总之，他们都有纵横世界的无敌绝招。

每一个都是世界上的大佬级人物。

“罗峰。”杨辉低声对罗峰说道，“你不会怪我吧！”

罗峰笑笑。

他懂规矩的，极限武馆为了让高层镇得住场，一般是会主动帮忙宣传的，比如馆主评价罗峰是无敌战神，某种程度上，这就是一种主动曝光。要知道，极限武馆馆主的评价在全世界都是很有公信力的。

“走，我们去那边坐坐。”杨辉笑道。

“罗峰，这里吃的和喝的绝对是顶级美味。”其他战神老师在旁边说道。

来自极限武馆的战神自然而然地抱成团。

大厅内，战神们议论纷纷。

不少战神看向罗峰的眼神都不一样了。

罗峰竟然是无敌战神？！

此次罗峰在战神宫主动亮相，此事绝对会很快传遍全世界。

第167章

精神意志

大厅的一角。

“罗峰，你喜欢吃什么？今天是你第一次来到战神宫，我请客。”杨辉从旁边的服务员手中接过菜单，递给罗峰。

“哦？”罗峰接过菜单，打开一看。

菜单上的每一种酒水和菜肴都分别数种语言标注了出来，而且后面写出了价格。

“一杯酒要近10万元？！龙肝要88万元？嗯！一般的菜肴不算贵，一样菜肴只需10万元。”罗峰看向旁边的几位战神，笑着说道，“各位，我第一次来到战神宫，我得实话实说，这里的一些菜肴还真是够贵的。”

虚拟空间中的一些菜肴和美酒的价格竟比现实中的还贵。

“这些的确很贵，可是没办法。”旁边的战神老师布拉德摇摇头，感叹道，“整个战神宫中就只有这家卖食物，不然，你没地方去买。不过，虽然是虚拟空间的食物和美酒，但是真实感和现实中的食物是一样的，要吃饱比较难，但毕竟还挺美味的，也算值得。”

正常来说，几位战神随便点一些酒食，就有几百万元了，如果是丰盛的宴席的话，估计得上千万元，也只有富裕的战神们才能这么消费，一般的富豪恐怕都不敢这么奢侈。

对于战神们而言，就算仅仅为某个组织服务，一年的薪酬达到50亿也是很正常的。战神宫的菜肴再贵，战神们也是能承受的。比如罗峰这样的强者，猎杀一头暴龙或者铁甲龙层次的怪兽，就能得到一百多亿，哪里还在乎这点消费？

“味道的确很美味！”罗峰忍不住夸赞。

“论美味，现实中的食物哪能跟战神宫的相比啊？”杨辉笑道。

罗峰当即看向众人，道：“我一直很好奇，战神宫中一共有多少位议员啊？”

只要是议员，就是超越战神的存在。

“战神宫中一共有52位议员，还有五大议长。”旁边的冀滔笑道。

“52位议员，这么多？！”罗峰有些惊讶。

“多吗？”旁边的战神老师维特摇摇头，又道，“战神宫中只有52位议员。照全世界有70亿人口计算，1亿人中都不到一位议员。事实上，我们极限武馆的三大亲卫和五大巡察使都是议员，这就占8个议员席位了。而雷电武馆的议员虽然比极限武馆的少一些，可也有6位议员。”

“此外，还有不甘心当手下的，建立了雇佣军的议员，就有八九位，另外HR联盟供奉着的议员有六七位，单单这些议员加起来，就有30位。”维特顿了顿，继续说道，“五大强国和23个基地市的议员一共有二十几位，有的议员孤傲得很，过着隐世的生活，不理会任何组织的招揽，每个强国的议员只有几位。”

罗峰惊叹不已。

极限武馆、雷电武馆、诸多雇佣军、HR联盟的议员加起来，那就过半了。

“真正忠心于国家、为国家效劳的议员少之又少，比如C国有三四位这样的议员就算不错了。”杨辉笑笑，又道，“当然，国家的实力是不容小觑的，比如极限武馆的巡察使就有C国国籍的，虽然名义上是从属于极限武馆，但是如果C国请其帮忙，其还是会出手的。”

罗峰点点头。

议员或许是受HR联盟供奉，或许当雇佣军，可这不代表，关键时刻他能不帮祖国，毕竟是祖国。所以，明面上一个强国只有三四位议员，可是关键时刻一个强国能召集七八位议员。

“罗峰，待会儿我们去战神宫的商城逛逛，怎么样？战神宫内的物品价格可比外面的便宜得多。”杨辉提议。

罗峰心中一动，连忙问道：“战神宫中有拍卖厅吗？”

“当然有。”旁边的冀滔拿着酒杯，兴奋地说道，“每月都有一次拍卖，那可是很有意思的，全世界超过九成的战神都会参加拍卖会。要知道，全世界最大的拍卖行都很难聚齐各大战神，只有战神宫能做到。”

罗峰点点头。

各大基地市，特别是各大洲之间，海洋相隔，交通工具唯有飞行客机，很麻烦的。

战神宫的确是能让全世界的各大战神齐聚在一起的地方。

“在战神宫拍卖的效果最好，所以这里有很多特殊的物品。”杨辉解释道，“我们也可以拿东西去拍卖，不过拍卖是有条件的，拍卖的物品的最低价值为10亿元，上不封顶。”

“拍卖会上有生命之水吗？”罗峰直接问道。

“前7个月，有5个月举行的拍卖会上都有生命之水。”杨辉说道，“我没记错的话，本月的拍卖会上也有生命之水。”

罗峰心中一喜。

随即，他感到很是疑惑。

看起来，生命之水还挺多的，A国政府不是想体现生命之水很稀少吗？

“A国政府怎么将这么多生命之水进行拍卖？”罗峰疑惑地问道。

“生命之水也就在外界显得珍贵而已。”杨辉不屑地一笑，“今年下半年，现实世界中有一场公开的拍卖会，是面向所有武者的，只有一份生命之水。而战神宫每个月都会拍卖大量物品，价值数十亿乃至上百亿的物品多的是，A国政府如果一年只卖一份生命之水，能赚几个钱啊？”

“在战神宫拍卖的话，现实世界中的武者又不知道。多卖点生命之水，不是赚得更多吗？”杨辉笑道。

罗峰点点头。

“前几次的拍卖会，生命之水大概多少钱一份？”罗峰问道。

“生命之水的起拍底价为100亿，最后的中标价大概是200亿。”杨辉微微一笑，“现实世界公开的拍卖会，生命之水或许能卖到300亿，可是战神宫中没人是傻子，生命之水这么贵的话，没有战神会要的。”

罗峰心中暗喜。

果然，不同的圈子接触的东西价格就是不一样。

战神宫聚集了全世界所有的战神，这里的确是一个非常大的消费市场。A国政府如果想靠着生命之水赚大钱，最好是在战神宫内将生命之水卖掉。

“这个月什么时候举行拍卖会？”罗峰问道。

“只有几天了，8月15日。”杨辉说道，“拍卖会是每个月15日举行。”

罗峰点点头。

战神宫的大厅内，不时有人走动着。

“哪个是罗峰？”一名头发花白的老者走到一群相识的战神旁边，坐了下来，低声问道。

“罗峰和杨辉几人坐在一起。”一个精壮的光头汉子低声说道，“你看，极限武馆的那几位战神都在和罗峰说话呢。”

自从罗峰是无敌战神的身份曝光后，各方人马立即悄悄地通知自己人。

“罗峰就是那个年轻人？”老者打量了一番，点点头，“他的气度果然不一般，你看他那眼神……”

眼睛是心灵之窗，普通人精神抖擞，眼神很亮。如果精神萎靡的话，眼神会变得黯淡。

而罗峰是精神念师，潜藏时，他的眼神深邃如让人看不透的深潭，暴怒时，他仅仅一个眼神就足以令弱小的武者心惊胆战。

精神念师一般都有一种特殊的气质，那是因为其精神意志格外强大。

“找个时间和他好好接触接触。”老者低声说道，“将来我们有难处的话，也好请他帮帮忙。对了，我来到战神宫之前，查探到极限武馆请政府帮忙寻找罗峰父母的亲人，这是一个接触罗峰的好机会，我们也出出力。”

“嗯。”其他几位战神都点点头。

“我们11处若是能得到罗峰帮忙，以后许多事情就简单多了。”老者露出一丝笑容。

罗峰被极限武馆馆主评为无敌战神的事情传得极快，远在E国的李耀和维妮娜第一时间从朋友那儿听说了此事。

别墅的大厅中，李耀和维妮娜正静静地站在那里等待着。

“那位前辈会见我们吗？”维妮娜低声问道。

“一定会的。”李耀站在那里，眼神坚定。

维妮娜暗叹一口气。

雾岛一役回来后，李耀就疯狂喝酒，整个人变得很颓废。酒醒后，他在仇恨中越陷越深，总是想着报仇，眼神让别人感到恐惧。

可是，他根本没有杀罗峰的能力。

“两位。”楼上出现了一名穿着西服的老者。

老者淡淡地说道：“主人在上面等你们。”

李耀和维妮娜都心中一喜。

随即，他们沿着楼梯到了二楼。

老者冷冷地道：“跟我来。”

而后，老者直接将两人带到一间静室，打开静室的门之后，老者就默默地走开了。

李耀和维妮娜都深吸一口气，而后才步入静室。

静室内很空旷，淡淡的檀香弥漫开来，一名头发花白的老者正盘膝坐在静室中，披散的长发垂至腰部，整个人仿佛一截枯木，没有丝毫生机。

“前辈。”李耀躬身行礼。

“颜议员。”维妮娜也躬身行礼。

"坐下。"一道低沉的声音响起。

老者睁开眼睛，看向李耀和维妮娜。这老者的眼神黯淡，仿佛即将死去，没有一点强者的气势。

可是，李耀和维妮娜一点都不敢怠慢。

李耀直接跪在地上，猛地磕了一个响头，眼泪流了下来。

"小秃鹫，怎么回事，什么事竟能让你哭啊？"老者淡淡地问道。

"前辈。"李耀咬咬牙，沉声说道，"我唯一的儿子被一个叫罗峰的年轻人给杀了，我想为儿子报仇，可罗峰已经拥有无敌战神的实力，我根本不是他的对手。"

李耀双拳紧攥，手指甲都掐进了掌心，身体微微颤抖。

"我的父母早亡，前不久我唯一的儿子又被罗峰所害……"李耀的声音都颤抖起来。

他生性凶残，故而得了"秃鹫"的外号。孩童时期的悲惨经历令他变得凶残、自私，可是他的内心深处是极度渴望亲情的。

那可是他唯一的儿子啊！他的骨血至亲，他培养了20多年，父子情是极深的。

越是凶残冷漠的人，如果重视某段感情，失去时就越会发疯，因为这是其唯一的执念。

"我恳请前辈帮忙杀了罗峰，我愿意今生今世都给前辈为奴，报答前辈。"李耀又磕了一个响头。

老者默默地看着李耀。

李耀的头埋在地上，等待着老者的答复。

旁边的维妮娜也连连磕头。

"你和我也算是有交情，说吧，那罗峰是什么来历？"老者沉声问道。

李耀的头依旧埋在地上，他轻声回道："罗峰是高级战神级巅峰的精神念师，19周岁，家在JN基地市Y城。前不久，罗峰被任命为JN基地市极限武馆的新监察使，成了极限武馆的高层。"

老者眉头一皱。

“我没法帮你。”老者沉声说道。

李耀猛地抬头，难以置信地看着老者。

在他心中，这算得上是最后一根稻草了。他和老者是一同经历过大涅槃时期的，两人有特殊的交情。他一向孤傲，从来没向老者乞求过什么。

“是因为洪吗？”李耀忍不住问道。

“是！”老者没有丝毫迟疑。

老者名叫颜海，当初他争过议长的席位，失败了，然而他的实力还是很强的。可是，没有人是洪的对手，洪宛若高高在上的神灵，俯视所有的强者。唯有第二议长雷神和洪的实力差距小一些，至于第三议长、第四议长、第五议长，面对洪，连出手的勇气都没有。

更别说他了，虽然他和李耀有特殊的交情，但是不至于为了李耀而得罪洪。

罗峰才19周岁，就成为无敌战神，傻子都能猜出洪对罗峰是很重视的。

李耀的双拳紧攥，指关节惨白，鲜血从掌心渗出。

他紧紧地盯着老者，痛苦无比。

老者长叹一口气。

他仿佛看到了大涅槃时期的那个疯狂的少年。

“你想杀罗峰，不惜一死？”老者沉声问道。

“是！”李耀坚定地说道。

“那就突破修为，成为超越战神的存在吧。”老者淡淡地道，“那样的话，你就有机会杀了罗峰。当然，你得做好承受洪的怒火的心理准备，洪或许重视人才，会放你一条活路，也可能一怒之下杀了你。”

李耀的目光坚定。

“我知道，请前辈指点。”

“这是我的修炼杂记，上面记载了我的修炼方法，还有我突破至超越战神的存在的经验。”老者从怀中取出一本手写书，“希望能帮到你。”

说完，老者就将书扔了过去。

李耀伸手接过。

“记住，想要成为超越战神的存在，关键在于你的精神意志。”老者说着，闭上眼睛，“你们走吧！”

李耀和维妮娜再次磕了一个头，随即离去。

第168章

拍卖会

练武厅中。

穿着宽松白袍的罗峰盘膝坐在遁天梭上，整个人就这么悬浮在半空中。

他紧紧地盯着前方悬浮着的12把遁天梭飞刀，这些飞刀是受到他的念力操控的。

只见那12把银灰色的飞刀开始飘动起来，宛如12个精灵围绕着罗峰。

如果将这12把飞刀的轨迹记录下来，就能发现，那是一幅非常精妙、复杂的迷宫般的图。

诡异的是，12把飞刀时而加速，时而减速，飞刀一次次交错而过，眼看就要碰撞在一起，然而都躲过去了。

“哧！”其中两把飞刀摩擦了一下。

“失败了。”罗峰的表情一直很是平静，此刻却不由得露出一丝笑容，“我的天赋还真不错，刚开始就能演练《天神图录》第二幅图上的功法。不过，在短短的时间内，我要将第二幅图上的功法全部演练完毕，难度真高。难度高的话，才有挑战性。”

《天神图录》是《精神念师基础》秘籍中关于控物的精神念师的训练方法秘籍，上面足足有99幅图。秘籍中记载着，全世界极强的精神念师也只能演练到第18幅图上的功法。

罗峰心中很疑惑。

既然如此，那么后面的图是从哪里来的呢？

“修炼《天神图录》上的功法真累人。”罗峰摇摇头，而后大声喊道，“打开投影机。”

顿时，练武厅中的投影机发出光芒，光芒照在白色的墙壁上，出现了巨大的屏幕。

“视频聊天。”罗峰随即下令，“连接徐欣。”

“嘟——”

屏幕上的视频当即显示聊天申请发送。

“现在是上午十点左右，又是暑假，徐欣应该能上网。”罗峰心中暗道。

过了半分钟，视频就接通了。

“唰！”

巨大屏幕上出现了穿着睡衣，端着热气腾腾的咖啡的徐欣。她的头发随意地披散着，似乎有些困。

“罗峰。”徐欣努力睁大眼睛。

“不会吧，上午10点了，你还想睡觉？！”罗峰惊诧地说道。

“什么上午10点，现在是晚上。”徐欣无奈地道。

“晚上？！”罗峰闻言一愣。

徐欣彻底清醒了，连忙说道：“我现在在A国，不在C国，C国此时是上午，可我这边都是晚上了。”

罗峰恍然大悟。

“咦！”徐欣透过视频惊讶地看着罗峰，“看你后面的背景，不像是澳洲大陆那种荒芜的地方啊！”

在澳洲大陆的时候，罗峰和徐欣聊过天，都是通过通信手表聊的，视频中显示的背景一般都是洞穴和荒芜之地。

“我回到JN基地市了。”罗峰笑道。

“你回去了？！”徐欣很是惊讶，“你不是说要在澳洲大陆待一个月吗？早知道你提前回去了，我就不来A国了。”

徐欣感觉有些遗憾。

自从罗峰去了精英训练营后，他们就一直没有见过面，一直都是视频聊天。

如果知道罗峰会提前回去，她一定不会来A国。

“你就这么想我？”罗峰调侃道。

徐欣撇撇嘴，故作不屑，立即转移话题：“这次你会在JN基地市待多久？我在A国大概还要待一个星期，到时会跟着家族的人一起坐飞机回去。回去之后，我爸妈会带我参加一个重要宴会，宴会在9月1日举行，是为了迎接JN基地市极限武馆的新任监察使的。那天我都开学了，我不想参加，可我爸妈非逼着我参加。”

罗峰眨巴了一下眼睛。

“新任监察使很了不起啊！徐欣，你知道新任监察使是谁吗？”罗峰强忍笑意，问道。

“不知道。新监察使应该是某个很厉害的强者吧，这跟我有什么关系？”徐欣对新任监察使一点兴趣都没有，当即转移话题，“对了，这次我来到A国，可是受了一肚子气。罗峰，你是不知道，我这次……”

每个月15日，战神宫都会举办一次拍卖会。

8月15日这天，全世界超过九成的战神齐聚战神宫，参加拍卖会。

C国时间19点45分，战神宫的拍卖厅中。

拍卖厅的布局类似歌剧院，整个拍卖厅呈圆形，厅中间是展台，展台的四周环绕着5000个座位。

此刻，拍卖厅中人山人海。

战神们三五成群地聊着天。

悠扬的音乐声回荡在整个拍卖厅中。

“罗峰！”

“罗峰，这边！”

穿着简单休闲服的罗峰进入拍卖厅时，极限武馆的战神们都热情地打招呼。

“罗峰先生，你好！”

“罗峰先生！”

拍卖厅的走廊两边都坐着战神，或是黑皮肤的，或是黄皮肤的，或是白皮肤的，来自世界各地，对罗峰都非常友好。

罗峰笑着点点头，很快就来到了极限武馆战神们所在的区域。

乍一看，这个区域起码有几百号人。

“不愧是天下第一大势力，战神和议员都是最多的。”罗峰心中暗道。

“嗯？”罗峰一眼就看到一道穿着紫色衣服的靓丽身影，连忙走过去，“江芳老师。”

“罗峰，你来了啊。”江芳笑着看向罗峰。

以前她只是觉得罗峰的刀法和身法都很不错，没想到，罗峰最惊人的是精神念力极强，如今一下子就成了无敌战神，还担任了JN基地市的新监察使。

江芳觉得世事无常，变化太快。

“罗峰，坐在这里吧。”江芳指着旁边的座位，对罗峰说道。

“嗯！”罗峰当即坐在江芳旁边的座位上。

“待会儿拍卖会结束，我给你介绍一下极限武馆的其他无敌战神。除了你之外，我们极限武馆还有两位无敌战神。”江芳笑道。

拍卖厅的一个角落中，李耀夫妇端正地坐着。

“罗峰来了。”维妮娜看向远处。

“他看起来挺受欢迎的。”李耀冷笑一声。

现如今李耀总是一副生人勿近的样子，眼神、气质都变了，旁边的一些战神和李耀都是老相识了，可是感受到李耀阴沉的气息，都不由得皱眉。

“各位！”

拍卖厅内的战神们顿时安静下来，音乐声也消失了。

“唰！”一道灯光照向中间的展台。

一个C国男子和一个白人站在展台上。

“这个月的15日，我们再次见面了。”C国男子笑道。

两人同时一挥手，顿时展台的周围浮现出各种各样的宝物。

仅仅片刻，那些宝物都消失不见了。

“本次拍卖会一共有71件拍卖品。”C国男子笑着说道，“或许这里有大家想要的。我不多说了，本次拍卖会正式开始。”

“第一件拍卖品是艺术品，底价为10亿元。”

话音刚落，拍卖厅的上方立即浮现出了一幅巨型名画，名画在上空缓缓地旋转，好让每一位战神都能看到。

台下的罗峰听了，很是惊讶。

“江芳老师，连名画和古董之类的都有拍卖啊？”

“当然。”江芳压低声音说道，“战神宫的拍卖会可是全世界最大的拍卖会，不单单是战神们会参加拍卖，战神的背后还有各方组织和势力，所以各种各样的珍奇宝物都会拿到这里来拍卖。名画和古董之类的，只有最顶级的才有资格拿来战神宫拍卖，一般的名画和古董根本达不到10亿元的底价。”

罗峰点点头。

大涅槃时期，对于诸多古董和名画造成了一次非常可怕的打击，很多古董和名画在人类逃亡的过程中遗失、损坏。

现如今，人类社会以基地市的形式安定下来后，这些剩余的古董和名画的价格自然变得很高。

“第六件拍卖品是一组A级基因药剂，一组A级基因药剂共有10份，底价为12亿元。”

罗峰认真地听着。

终于——

“第三十九件拍卖品是一份生命之水，底价为100亿元。”

一直很是平静的罗峰眼睛一亮，显得很是激动。

只见拍卖厅的上方出现了用试管装着的生命之水。

“终于来了。”罗峰的目光锁定生命之水的投影。

在全世界，生命之水一直有市场，然而需求量并不大，因为买得起生命之水，而且需要生命之水的武者比较少，所以A国政府每年会拍卖一定量的生命之水，也算是赚点小钱。

“110亿！”拍卖厅中的一个角落响起一道声音。

第169章

早晨

“唰！”拍卖厅中间的展台旁出现了一位战神的投影。

这位战神的脸上带着笑容。

台下立即出现了很小的议论声。

“115亿！”又一道声音响起。

中间的展台旁的战神投影消失，出现了另外一位黑皮肤战神的投影。

“120亿！”

话音刚落，展台旁出现了一个青年的投影。

正是罗峰！

顿时，原本刻意压低的议论声一下子变大。

很多人都对这位无敌战神很是好奇。

“120亿，第一次。”展台上的C国男子大声喊道。

“120亿，第二次。这份生命之水现在的价格是120亿，有没有更高的？”C国男子连连问道。

过去生命之水一般都能拍到200亿左右。

台下的罗峰惊诧，低声问道：“江芳老师，怎么没人拍了？”

江芳微微一笑，小声回道：“罗峰，全世界的无敌战神才十几人，你这位无敌战神第一次叫价拍卖，大家肯定都会给你面子，除非特别想要生命之水的，否则一般是不会跟你争的。”

战神宫是战神们结交朋友的地方，而对于无敌战神或者实力极为强大的战神，其他战神都不会轻易得罪的。

此次是罗峰第一次竞价，他们若是争着拍，未免太不识趣了。

“120亿，第三次。恭喜罗峰战神，拿下生命之水。”C国男子笑道。

……

拍卖厅的某一个角落，李耀夫妇冷着脸看着。

“你拉着我干什么？”维妮娜不满地看向李耀。

刚才维妮娜准备报价的，却被李耀给制止了。

“哼！”李耀冷哼一声，低声说道，“不就是一份生命之水吗，你提价又有什么用？若是太贵，罗峰断不会买，回头他照样可以联系A国政府那边购买生命之水，你此举最多让他多出几十亿而已。没必要为了让他多付出几十亿，就惹得他注意我们。”

“现在罗峰志得意满，就让他得意吧，待我的修为突破……”李耀的声音很低。

维妮娜不由得点点头。

没错，现如今他们根本就惹不起罗峰，他们不能回JN基地市的家，一直待在E国，就想好好准备，以便将来对付罗峰。

……

“生命之水终于到手了。”罗峰心中很是激动。

论价值，遁天梭是生命之水的数百倍乃至上千倍。可是，罗峰得到遁天梭时，心中更多的是好奇和期待，远没有现在这么激动。

对于现如今的罗峰而言，120亿根本算不了什么。

可是，生命之水对于他的弟弟罗华很重要，有了生命之水，罗华就可以重新站起来，可以和正常人一样生活了。

“终于成功了。”罗峰的心情很激动。

“到时看看有没有机会拍到第二份生命之水，给张哥也拍一份。”罗峰心中暗道。

当初他和张泽虎结下了仇怨，张泽虎所属小队偷袭虎牙小队，害得张科断了一臂。

面对张科的时候，罗峰总是很内疚。

现在罗峰有能力了，弄一份生命之水，的确不算什么。

更何况，本来他就计划用300亿买一份生命之水，现在只耗费120亿就买了一份生命之水，再拍一份生命之水，也用不了多少钱，在他的预算之内。

时间渐渐流逝。

一件件拍卖品被拍卖掉了，虽然拍卖的效率很高，但是毕竟足足有71件拍卖品，就算每件拍卖品只需两三分钟，也耗费了3个多小时。

“现在拍卖的是第58件拍卖品，蜘蛛类的王级怪兽‘黑寡妇蛛王’遗留的蛛丝网，别名‘金线网’，长为8.3米，宽为6.1米，底价为50亿元。”

随着C国男子的声音响起，展台上空出现了一张巨大的金线网。

“60亿！”

“70亿！”

这次的报价似乎都不低。

本来不想拍的罗峰，不由得喊了一声：“80亿！”

之前和李耀一战，罗峰本来就计划去定做一张SS级材料的网，估计耗费两三百亿，现在发现了这张金线网，罗峰非常满意。

金线网是蜘蛛类的王级怪兽黑寡妇蛛王遗留的，而黑寡妇蛛王是以毒出名的，而非蛛网出名，它吐丝产生的金线网困不住王级怪兽，比SS级材料的渔网要差一些，不过比9系材料的渔网要好得多。

蜘蛛类怪兽中，一共有两头王级怪兽：一头是格莱斯蛛王怪兽，以吐丝结网出名，一旦被它的蛛网给缠住，就算是王级怪兽，也很难幸存；一头是黑寡妇蛛王，以毒出名，一旦中了它的毒，即便是超越战神的存在都会死。这时候，草木之灵百露草就有用武之地了。

黑寡妇蛛王当然也能结网，名为“金线网”，比格莱斯蛛王结的网要差一些。

“虽然金线网困不住王级怪兽，但是王级怪兽也得耗费大力气才能破坏金线网，从而逃出。用金线网对付兽将级怪兽和领主级怪兽，是轻而易举的。”罗峰很满意。

金线网的坚韧程度比SS级材料的渔网要差，但是用起来效果更好。

“90亿！”

“95亿！”

这次显然大家没再顾忌罗峰，都大胆地报价，第一次给了罗峰面子就行了。

“96亿！”

“98亿！”

战神们报价的增幅渐渐变小。

“100亿！”罗峰大声喊道。

展台上空的投影当即换成了罗峰的模样。

旁边的江芳低声说道：“罗峰，SS级材料制作而成的网也就值两三百亿，这金线网最多不超过120亿，再多就不值了。”

“100亿，第一次。”

“100亿，第二次。100亿，第三次。恭喜罗峰战神！”C国男子报出了最终结果。

……

这次拍卖会持续了3个多小时，罗峰拍到了一份生命之水和一张金线网，耗费了220亿。

拍卖会结束后，罗峰就被极限武馆的一群战神拉着去了大厅，认识了极限武馆的一些名气极大的战神。

“罗峰先生，你好。”

当罗峰离开座位，准备回自己房间的时候，一个大胡子白人笑着走过来。

“你好！”罗峰并不认识眼前的人。

“我叫奥罗拉，A国11区的负责人。罗峰先生，你买下的生命之水是我提供的。”大胡子白人笑着说道，“我们到旁边喝一杯怎么样？”

罗峰不由得心中一动。

生命之水竟然是他提供的！

“哦？可以。”罗峰笑道。

奥罗拉开心地笑了。

罗峰如今可是无敌战神，想要结交罗峰的人太多了，大多数人都很难和罗峰搭上话，奥罗拉是借着自己提供了生命之水的机会，才拉近了和罗峰的关系。

双方坐了下来，交谈得很是愉快。

“奥罗拉先生，我想再和你买一份生命之水，可以吗？”罗峰问道。

“生命之水是政府的，我需要向政府提交申请。”奥罗拉有些迟疑。

“我不会让你为难的，我愿意出200亿。”罗峰说道。

“嗯。”奥罗拉笑笑，道，“罗峰先生是我11区的朋友，虽然此事有些麻烦，但是你放心，我一定办到。之前你拍一份生命之水的价格是120亿，我就为你再提供一份同等价格的生命之水。”

他怎么能让罗峰出200亿买一份生命之水呢？

拍卖的时候，生命之水的价格一般也就200亿左右，只有给罗峰低价，才算建立交情。

“那就太感谢了。”罗峰笑道。

奥罗拉只需一句话，就能为罗峰节省80亿，傻子才不干呢。

Y城，明月小区。

8月的早晨非常凉爽，小区内随处可见一些武者在晨练。

罗峰也在小区中散步，呼吸着新鲜空气。

“王叔，早。”

罗峰缓缓地走在路上，碰到熟人，就笑着打招呼。

“罗峰先生。”一道声音响起。

“嗯？”罗峰转头看去。

只见两个青年跑了过来，其中一人背着背包，跑到罗峰的面前，道：“罗峰先生，这是你在战神宫购买的物品，只需你的指纹通过验证，即可打开合金箱。”

说完，他从背包中拿出了一个黑色的合金箱。

“谢谢。”罗峰眼睛一亮。

他接过合金箱，手指划过锁扣的位置。

“咔！”合金箱打开了。

箱子里面有两根固定好的试管，试管旁边还附有说明书，试管内有着绿色的液体。

“就是它！”罗峰深吸一口气，连忙朝住处走去。

别墅的院子里。

罗华正坐在轮椅上，看着院子里的花草发呆。他的裤腿空荡荡的，让人心酸。

“小峰，你这么早就回来了！”龚心兰笑着从房子中走出来。

“嗯！”罗峰点点头。

“小峰回来了。洪国，一起吃早饭吧。”龚心兰大声喊道。

罗洪国从窗户探出头来，看到罗峰手中的合金箱子，很是惊讶。

“小峰，你出去走了一圈，手上怎么多出了一个箱子啊？”

龚心兰瞪了他一眼，没好气地道：“老头子，你怎么什么都要问啊？”

“罗华！”罗峰没有回答，看向弟弟罗华。

“嗯？”轮椅上的罗华疑惑地看向罗峰，“哥，什么事啊？”

“进屋！”罗峰的脸上露出了一丝笑容，“从今天起，你就可以不用再坐轮椅了。”

罗华的表情僵住了。

“哥，你是说……”

罗峰举起手中的合金箱，拍了拍合金箱的表面。

“是，是那……”罗华的眼睛瞪得滚圆，身体微微发颤，瞬间眼眶就湿润了，原本紧紧地握着轮椅的双手都哆嗦了。

罗峰点了点头。

罗华的眼泪当即就流了下来。

这一天……

罗华只在小时候的梦里梦到过，随着一天天长大，他再也没有过这样的奢望，而今天他的梦竟然成真了。

“别哭。”罗峰对罗华说道，自己却忍不住红了眼眶。

第170章

香饽饽

最近一段时间，罗峰的名字不仅仅在整个明月小区家喻户晓，就连莲花池公园周围一带的其他小区的居民都知晓了。

莲花池公园就在明月小区的旁边，是免费开放的公园。

当初罗华和小楠就是在莲花池公园偶遇的。公园里非常热闹，也是消息传播的重要地点。罗峰的事情就是从这里传播开来的。

关于罗峰的传闻有三个：

第一个传闻，明月小区停着一架特殊的三角形飞行战机，这三角形飞行战机是罗峰买的。据一些懂行的人所说，军方的普通飞行战机的价格就超过10亿，那是走量的，而能够单独在荒野区飞行的战机一般都得上百亿，就连战神中都只有少数人舍得买，至于罗峰的那架三角形飞行战机，看起来很是特别，估计价格更高。

第二个传闻，罗峰成了JN基地市极限武馆的监察使。监察使是什么职位？那可是比会长还要高得多的职位。整个JN基地市，就没几个比罗峰的官还要大的，就连JN基地市的市长和军队的将军见到罗峰，都得客客气气的。

第三个传闻，明月小区有两个名气颇大的残疾人，一个是天才武者罗峰的弟弟，名叫罗华，罗华曾经因为感情不顺而在莲花池公园投湖自杀，此事可是引起了轰动。然而，前不久，罗华竟然好了，重新站起来了。

另外一个残疾人叫张科，那可是战将级武者，让人很是钦佩。最近，许多人都看到，断臂的张科竟然完全恢复了。后来，明月小区的人传出消息，罗华和张科都是因为罗峰才得到了极为珍贵的药物，以至于断腿和断臂重生。

这三大传闻让人议论纷纷。

很多人都羡慕起了甄楠的父母。

当初甄楠的父母阻拦女儿与罗华交往，导致罗华投湖自杀。现如今，罗华恢复了正常，甄楠的父母自然开开心心地接纳了罗华，据说罗华还在甄楠父母所在的小区买下了一套独栋别墅。

甄楠的父母原本只是普通人，没想到就这么大翻身了。

不过，大家心里都明白，这一切都是因为那个无比神秘的人物——罗峰。

罗峰年仅19周岁，就已经是JN基地市了不起的大人物。罗峰似乎还没有女朋友，周围一带的很多人都动起了心思。

甄楠还没嫁给罗峰的弟弟，就已经那么风光了，如果有人能嫁给罗峰，那可真是享福不尽呢。

极限会馆一楼的一个练武厅。

罗峰身穿练功服，正盘膝坐在遁天梭上，遁天梭悬浮在半空中。

12把飞刀围绕着罗峰疯狂地飞舞着，时而减速，时而加速，它们经常交错而过，只差一点点就会碰上。

“搞定！”罗峰的脸上露出一丝喜色。

12把飞刀停止旋转，悬浮在半空中。

罗峰当即低头看向打开了计时功能的通信手表。

3.08秒！

“过关！”

“《天神图录》第二幅图上的功法总算修炼成了。”罗峰满心喜悦，暗暗下了决心，“下次就修炼《天神图录》第三幅图上的功法。”

罗峰的精神念力很强，本来离修炼成第二幅图上的功法就只差一点点了，因此仅仅几天的工夫，他就修炼成功了。

第三幅图及之后的图上的功法很难，那才是真正的考验。

罗峰看向练武厅角落的金线网，只见金线网缓缓地悬浮起来，而后迅速地展开。

原本金线网团在一起，看起来很小，可是它铺展开来，就大得惊人。金线网的长度达8.3米，宽度达6.1米，是由一根根非常细的金色丝线组成的。

“罩！”罗峰心念一动。

金色大网仿佛魔毯一般降落。

“裹！”罗峰再次心念一动。

金色大网宛如一只巨大的手掌，直接包裹住拳力测试机。

“使用金线网，需要的是极快的速度。”罗峰心中暗忖，“我若想用金线网罩住李耀，控制金线网的速度得够快。”

很明显，操纵金线网的速度根本没法和操纵遁天梭飞刀的速度相比，因为金线网的面积很大，阻力惊人。

整个上午，罗峰都在极限会馆一楼的专属练武厅修炼。

极限会馆本来就很空旷，在里面训练的武者很少。极限会馆的会长周正永和三位主管主动安排人手，对Y城的极限会馆一楼的一个练武厅进行了改装，并且安装了诸多器具。

这是一个可供战神修炼的练武厅，正是罗峰的专属练武厅。

“妈，饭好了吗？”罗峰笑着推门，进入家里。

“快了，快了。”

厨房里，龚心兰亲自掌勺，一名保姆给她打下手。龚心兰没有太多喜好，平常就是喜欢做菜，偶尔和小区中的妇女们打打麻将，日子过得十分舒服。

罗峰看了看客厅，他的父亲正坐在沙发上，看着电视里的新闻。

“哥，回来了？”

只见一男一女从旁边的卧室中走了出来。

男生的脸色略显苍白，整个人较为瘦弱，高高的个子，显得很是帅气。他紧紧地牵着女孩的手，那女孩看到罗峰，略显拘谨，露出了笑容。

两人正是罗华和甄楠。

“小楠来了。”罗峰笑着点点头，“罗华，下午你可得好好陪小楠出去逛逛。”

“知道了，哥。”罗华笑着说道，“对了，哥，我这里可有不少女孩的照片，是别人托小楠带给你的，你有兴趣看看吗？有不少美女哦！”

罗峰错愕。

“对了。”龚心兰从厨房探出头来，大声说道，“小峰，今天早上我去公园锻炼的时候，有不少人给你说媒，我那里也有不少女孩的照片，其中有几个我很满意呢。”

“妈，我不是说过吗？不要说这些事情。”罗峰苦着脸。

“哥，你看看照片，然后和那些女孩认识认识，也不吃亏啊，别人想和美女认识都没机会呢。那些女孩都很优秀的，不优秀的女孩根本没自信送照片过来呢。”罗华眉毛一挑。

“哎哟！”罗华惊叫一声。

而后他看向身侧的甄楠，刚刚他被甄楠狠狠地掐了一下。

罗峰摇摇头。

“爸，妈。”罗峰转头看过来，说道，“今天晚上我不在家吃饭，下午出去有事。”

当天下午4点多，罗峰乘坐王级智能战机从Y城前往主市区。

他将王级智能战机停在极限总会馆的停机天台上，而后就乘坐极限武馆的专车去了机场。

机场。

罗峰穿着牛仔裤、黑色T恤，黑色T恤的外面还有一件黑色马甲，这件黑色马甲是由黑神套装幻化而成的。

此外，黑色马甲里面还夹杂着遁天梭的365把飞刀。这分解开来的365把飞刀铺展了开来，一是为了携带方便，罗峰随时穿着马甲，相当于带着最强兵器遁天梭；二是为了安全，黑神套装的防御或许很强，可是据遁天梭的说明书可知，遁天梭的材质要比黑神套装的更加神奇。

“来了。”罗峰仰头看去。

只见空中出现了一道幽蓝色的流光，而后那道流光停在上空，正是一架大型的飞行客机，这架大型的飞行客机缓缓下降，片刻后，终于停了下来。

“哗！”舱门打开了，阶梯自动伸了出来。

罗峰一行六人都走过去接机。

能够直接到停机处接机的，都是有身份、有手段的人物。而这架飞行客机上的旅客来头不小，前来迎接他们的人很多，更多的是在外面的出口等着。

“徐欣。”罗峰抬头看去。

从阶梯上走下来许多乘客，其中有一个穿着淡绿色短袖衫、牛仔短裤的女孩，这个女孩完全吸引了罗峰的目光。

徐欣身着清凉的服装，身材完全展现出来了。她那独特的气质，更是添了几分吸引力。

“高中的时候，徐欣宛若邻家女孩。在HR联盟一楼的酒吧当经理时，则有职场女性的感觉……”

罗峰在高一的时候就被徐欣吸引了，后来对她的感情更深了。

徐欣走在阶梯上，不时朝下面看去，当看到下方的罗峰时，不由得露出了笑容。

乘客依次走下阶梯。

徐欣走下阶梯，直接朝罗峰走了过去。

她的脸上满是笑容，娇嗔道：“我还以为你不来呢。”

“我哪有说话不算话的时候？”罗峰笑道。

“徐欣。”后面传来一道声音。

罗峰当即看过去。

那是一个看起来二十几岁的年轻人，那人的衣服和鞋子明显价值不菲，手腕上的手表貌似是名牌，浑身散发着倨傲的气质。

罗峰当即低声问徐欣："这是徐家的人？"

"算不上。"徐欣低声回道。

年轻人看了罗峰一眼，罗峰的穿着很是普通，就跟满街的大学生一样平凡。

年轻人优雅一笑，伸出了手。

"你好，我叫孙超，不知你是徐欣的……"

"罗峰！"一道惊喜的声音响起。

罗峰转头看去，只见徐欣的哥哥走了过来。

徐刚一副无比热情的样子。

他看了看旁边的年轻人，又看向罗峰，笑道："没想到，我刚回国就见到了你。哈哈！我真是太高兴了。孙超，我给你介绍一下，这位就是我妹妹的男朋友，罗峰。"

第171章

降临

“男朋友？！”徐欣瞪大眼睛，疑惑地看着哥哥。

难道哥哥不知道她和罗峰还没确定关系吗？

“男朋友？！”罗峰难掩喜色，不过并没说话。

他顿时对徐刚有了几分好感。

虽然徐刚对于身份看得过重，但是罗峰也不好说他。徐刚第一次看到罗峰时，很是看不起罗峰，这让罗峰很是不爽。

不过，罗峰心里清楚，徐刚当初之所以那么做，也是为了他的妹妹好。

现在，徐刚主动推进罗峰和徐欣的关系，罗峰有个这样识趣的大舅子，也还不错。

徐刚笑笑，又道：“第一次见面时，我对妹夫多有冒犯，希望妹夫给点面子……”

短短一会儿工夫，罗峰的身份就从徐欣的男朋友升级为老公了？！

“哥！”徐欣轻喝一声。

“啊！”徐刚怪叫一声，“我妹妹害羞了。罗峰，回头我请客，现在我和博叔他们先回去了，不打扰你们了。”

说完，他一把拉过旁边的孙超。

“孙超，我们回去吧，别打扰他们过二人世界了。”

孙超的表情很是僵硬，就这么被徐刚给拉走了。

孙超、徐刚走出机场的出口，而后和家族的其他人分别乘坐三辆车离开了。

加长的豪华轿车内。

孙超和徐刚坐在后排，徐刚没有像刚才那么嘻嘻哈哈了，很是平静。

他瞥了旁边的孙超一眼，道："孙超，我妹妹和罗峰在一起，你可别乱来，否则后果……"

"我们也算从小一起长大的，我这个做大哥的，提醒你一句，我妹妹和罗峰的婚事可是得到徐家的长辈全力支持的，你若是敢搅局，就算你老爸护着你，你以后也没好日子过。"徐刚低声说道，"我妹妹和罗峰的婚事可是家族现如今最重要的大事。"

孙超默不作声。

许久，他才冒出一句："徐刚，难道是极限武馆的罗峰？"

"咦！你知道罗峰啊？"徐刚笑了起来。

"前两天，我还在国外的时候，我爸和我通电话，提到过罗峰，他说罗峰在战神宫很是风光。"孙超长叹一口气，"刚才在机场，听到你说的那番话，我一肚子火，当时我并没想起'罗峰'这个名字在哪里听过，上车后我才想起来。"

徐刚看了他一眼，道："那你还想和罗峰争我妹妹不？"

"争什么！"孙超翻了个白眼，"你妹妹一直不理我，一点面子都不给，然而我并不在乎，我认为是自己和她相处的时间太短，所以这次特地从国外跟你们一起回来。没想到，她竟然已经有男朋友了，她的男朋友还是罗峰，我想争也争不过啊。如果我真的去争，恐怕我爸会打断我的腿。"

孙超的父亲是一位战神级强者，同时还是徐家的一名客卿。

因为父亲的关系，孙超才有资格负责徐家在A国的小部分生意。孙超心里很清楚，他父亲都远远比不上罗峰，他哪里敢去招惹罗峰啊？

他若是去抢罗峰的女朋友，这不是找死吗？

"你也是，徐欣有这么个厉害的男朋友，你也不提前告诉我。"孙超不满地道。

“你还好意思怪我，这次行程这么忙碌，我忙着照看徐家在A国那边的生意，一直待在A国，和你才见三次面，我哪里知道你小子是为了追我妹妹才回国的。你之前不是说，你很思念家乡，想见你爸妈，才回来的吗？”徐刚没好气地道。

孙超无语。

那不就是一个借口吗？这次他算是白跑回来一趟。算了，刚好他可以回去见见爸妈。至于徐欣，他只好放弃追求了，一来徐欣对他没意思；二来，徐欣的男朋友可是罗峰，罗峰是无敌战神，他根本就不是罗峰的对手。

夜幕降临，路灯昏暗的光洒在街道上。

罗峰和徐欣并肩缓缓地走着。

他们一起吃了晚饭，现在罗峰送徐欣回家。

“有钱人家就是不一样，基地市的土地这么紧张，有钱人家住的地方却这么安静，人这么少。”罗峰无奈地笑道，“若换作其他住宅小区所在的区域，这个时候，街道上一定都是汽车和行人，这富人区的车辆和行人却少得很。”

徐欣瞥了罗峰一眼，道：“罗峰，你不也是有钱人吗？我们徐家的流动资产全部加起来，恐怕都买不起你的那架智能战机。”

徐家是国内十二大家族之一，的确很有钱，可是大多都是固定资产，流动资产的确不够买下罗峰的那架智能战机。

“你怎么知道我有一架智能战机的？”罗峰惊讶。

吃饭的时候，罗峰就已经知道，在国外时虽然徐刚等人有意隐瞒自己的事，但是事情终究瞒不住，战神宫拍卖会之后，自己的名气更大了。徐欣也是通过HR联盟内部的论坛才知道这个消息的。

“罗监察使，你的飞行战机停在明月小区，却没有驾驶员，难道你就是驾驶员？”徐欣笑着问道。

罗峰失笑。

飞行战机的驾驶员可是需要培训很久的，即便是天才武者，不经过长期培训，也是无法成为飞行战机驾驶员的。

罗峰不是驾驶员，HR联盟的一些大人物自然能猜出罗峰驾驶的是智能战机。普通武者不知道，可是HR联盟的大人物是很清楚的，就算是极限武馆的监察使和巡察使等人购买王级智能战机，最优价也要1800亿。

各大强国和HR联盟若是想买智能战机，倒也不是不可能，给足够高的价格就行。但若是想花2000亿就买下智能战机，简直是做梦！

“要不我们去坐坐智能战机？”罗峰提议。

徐欣不由得有些心动，她看看手表，摇了摇头。

“不早了，我们赶过去乘坐智能战机，待回来的时候，都快12点了。”

“很快的。”罗峰笑笑。

同时，他吩咐道：“1号，过来。”

“你在干什么？”徐欣很是疑惑。

罗峰神秘一笑，随即仰头看天。

徐欣疑惑地仰头看天。

一道流光在半空中停了下来，正是一架深蓝色的三角形战机，而后三角形战机缓缓地从半空降落。

徐欣抬头看着半空中的三角形战机，眼睛瞪大了。

“这么快！”

“智能战机的极限速度超过了10倍音速，只要它在地球上，我就能远距离给它下达命令。”罗峰一把拉住徐欣的手，笑着说道，“走，我们上去！”

当即，365把飞刀冒出，迅速地形成遁天梭。

罗峰脚踩遁天梭，一手拉住徐欣的手，一手揽住徐欣的腰。

“嗖！”遁天梭朝上方疾速飞去。

智能战机的舱门自动打开了。

“这，这……”徐欣震惊地看着下方。

她在半空中飞行？

随即她才反应过来，是罗峰抱着她在飞行。

“徐欣。”罗峰紧紧地搂着徐欣的腰，他能感觉到徐欣那柔软身体的热度，不由得低头看着徐欣，心中一阵激动，当即低头吻了下去。

徐欣感到有些恍惚。

她就这么被夺去了初吻。

罗峰低头看着小脸通红的徐欣，轻声说道：“从现在开始，你是我的女朋友了。”

“你好霸道啊！”徐欣不由得瞪大了眼睛，“我若是不答应，你能怎么办？”

“那我就放手，让你掉下去。”罗峰的脸上有着一丝笑意，故意微微松手。

徐欣身体一晃，吓了一跳，她看着下方一闪而过的树木和街道，连声说道：“罗峰，你小心一点，我们离地面有七八十米高。”

“那你还敢拒绝吗？”罗峰笑了起来。

“哼！”徐欣冷哼一声，没好气地说道，“这么长的时间，你都一直没表白，我还以为你不敢表白呢。”

的确，罗峰跟徐欣经常视频聊天，一聊就是一两个小时，两人虽然没挑明，可是聊得很投机，只差表白了。

“过去我没有足够的实力，我不想让你跟着我担惊受怕。”罗峰低声说道。

徐欣眼睛微微一红，不禁回抱住罗峰。

就这样，智能战机悬浮在半空中，而旁边的罗峰脚踏遁天梭，拥抱着徐欣。

这注定是不凡的一夜。

外太空，繁星点点，浩瀚的宇宙很是神秘，谁也不知道宇宙中有什么。

“唰！”一道金色流光从宇宙的星空中迅速飞向地球。

这道金色流光穿透大气层，朝地球坠落。

金色流光划过长空，坠入海中。诡异的是，金色流光疾速坠落，竟然没有引起海面的任何变化，海水依旧和之前一样荡漾着。不仅仅是海面没有一丝变化，就连地球上的任何卫星和任何监测设备都没有发现这一道金色流光。

3000多米的海底，金色流光已经消散，只剩下一个直径达12米的椭圆形的黑蛋，黑色的蛋壳上有着奇异的金色斑纹。

要知道，地球上的龙蛋的直径也就1米左右。

这一刻，周遭一片死寂。

第172章

陆军上将

大涅槃时期之后，海洋一直是怪兽的领地，地球上的海域比陆地面积大得多，无边无际的海洋中诞生了各种各样的怪兽。

一个椭圆形的黑色巨蛋一动不动地躺在3000多米的海底。当它坠入这片海域时，一头七八米长，全身长着青色鱼鳞的鱼类怪兽游到了这个巨蛋的旁边。鱼类怪兽围绕着这个巨蛋缓缓地游动，它拥有一定的智力，猜测出眼前的巨蛋不是石头。

忽然——

鱼类怪兽张开大嘴，只见它的牙齿大而尖利，内外交错的两排牙齿仿佛锯子一样。

它张开嘴巴，猛地一口咬在黑蛋上。

“咔！”鱼类怪兽痛苦地摇动脑袋，那大嘴巴竟然隐隐有了血迹，几颗崩断的牙齿脱落下来。

要知道，怪兽的牙齿咬合力是极其惊人的。就算是海底岩石，这鱼类怪兽也能轻易地将其咬得粉碎。即便是领主级怪兽的坚硬尸身，也不至于崩断它的牙。

一番惊惧之下，鱼类怪兽一甩尾巴，迅速离开了。

而黑色巨蛋依旧一动不动，它的黑色蛋壳上依旧有着神秘的金色斑纹。

之前那鱼类怪兽狠狠的一咬，竟然一点痕迹都没留下。

地球上，人类和往常一样生活着。

自从罗峰和徐欣确定关系后，两人就常常黏在一起。特别又是暑假期间，徐欣不用上课，这对情侣经常去世界各地旅游，每天上午和晚上都是罗峰的修炼时间，而下午是罗峰和徐欣约会的时间。

吃过午饭，两人乘坐着智能战机，很短的时间内，就游遍了C国的基地市。

8月26日上午，Y城明月小区，极限会馆一楼的罗峰专属练武厅。

罗峰盘膝坐在遁天梭上，遁天梭悬浮在半空中。

“修炼第三幅图上的功法。”罗峰闭着眼睛，脑海中浮现出一幅极为复杂的宛如迷宫般的图。

“唰——”13把飞刀迅速地在罗峰身体周围旋转着，并沿着罗峰脑海中的那幅图上的轨迹在移动。

那13把飞刀总是惊险地交错而过。

“慢！

“快，再快。

“不好，停住！”

罗峰紧张得额头都冒出了冷汗。

在他周围飞舞的一把飞刀猛地停下，而另外3把飞刀从其前方、后方、侧方飞过。

“加速！

“搞定！”

罗峰猛地睁开眼睛，目光扫向左手手腕上的通信手表，打开了计时功能的通信手表上的时间数字正在迅速跳动。

“5.11秒？虽然速度很慢，但总算是第一次完整练习了第三幅图上的功法。不过，中间我有停下，起码耽搁了零点几秒，我总共耗费了5.11秒，可合格的时间是3、6秒。”罗峰不由得摇头。

越往后修炼，想要缩短修炼时间越难。5.11秒完成和4.8秒完成，时间看似相差不多，难度却相差很大。而合格的时间是3.6秒，对现如今的罗峰而言，简直遥不可及。

路途漫漫，只能一步步认真地走。

“继续！”罗峰闭上眼睛，再度尝试。

一般来说，只需几秒钟就可以练完一次。罗峰每天都要修炼数千次，可以说，上午的时间几乎都在修炼《天神图录》上的功法，训练结束后，整个人都疲惫不堪。

至于晚上的时间，罗峰都是在修炼身体素质、刀法、身法等。

……

上午10点。

罗峰依旧沉浸在修炼中，强大的精神念力可以让他持续修炼，不过他的心很是疲累。毕竟每天上午持续数千次修炼，精神必须高度集中，就算是无敌战神，没有足够的毅力，也坚持不住。

想要获得极强的实力，天赋很重要，毅力更重要。

“嗯？”罗峰睁开眼睛，透过练武厅的窗户看向外面。

一架幽蓝色的飞碟形战机正从高空缓缓降落，最后降落在明月小区的一处草坪上。

极限会馆的馆长邬通带着一些武者前去迎接。

那幽蓝色的飞碟形战机的舱门打开了，出来的一共有三个人。可惜，罗峰一个都不认识。

“这三个人是什么身份，为什么来明月小区？”盘膝坐在遁天梭上的罗峰微微皱眉，心中暗忖，“能乘坐此等战机，估计不简单。”

“邬叔既然没通知我前去接机，说不定不是很重要的人物。”

罗峰现如今可是JN基地市的监察使，又是无敌战神，能让他去接机的人寥寥无几。

“继续！”罗峰闭上眼睛，继续修炼《天神图录》上的功法。

罗峰心里很清楚，自己的天赋极高，故而实力极快地提升到了高级战神级巅峰，然而暗金色圆球已碎，想要从战神突破到超越战神的存在是极难的，靠天赋是根本没办法做到的。

他只能一步步地努力修炼。许多人的修为停留在高级战神的境界，不知道该怎么做，罗峰却找到了一条适合精神念师修炼的路，那就是修炼《天神图录》上的功法。

虽然需要经过无数次的修炼，但是一点点的进步就能让罗峰的修为离突破更近一点。

“嘀！嘀！嘀！”通信手表突然响了起来。

罗峰猛地睁开眼睛，看了一下通信手表。

“闹钟响了，已经11点45分了，该回去吃午饭了。”

“唰——”

遁天梭立即化为无数弯曲的飞刀，飞入罗峰的黑色马甲内部。

罗峰则缓缓地降落在地面上。

“嗯？”罗峰的目光掠过拳力测试机，“我已经有半个月没有测试身体素质了，现在来测试一下吧！”

这个专属的练武厅弄好后，罗峰就给自己测试过一次。

当初罗峰使用了龙血，还服下了千年柳木心，但是只吸收了一部分，还有很多龙血之力和千年柳木心的生机能量潜伏在他的体内，没有被吸收。

当罗峰修炼的时候，这些能量都迅速被吸收了，故而这些天罗峰的进步很是惊人。

罗峰打开了拳力测试机。

“砰！”他的拳头重重地砸在拳力测试机的拳靶上，拳靶猛地一阵晃荡。

这是周会长派人送来的，是顶级的拳力测试机。

“嘀！”

拳力测试机显示出了一个数字——239881千克。

罗峰的脸上露出了笑容。

“还行，想让拳力达到25.6万千克估计还要再修炼一两个月。”

回来后的这段时间内，他的身体素质提高的程度惊人。

难怪连洪都说，罗峰使用了龙血，又服用了千年柳木心，体内潜伏了大量的能量，根本不用再使用其他宝物，只需要不断地修炼，吸收体内潜伏的能量，就能使得身体素质得到惊人的进步。

“测试速度！”罗峰打开了速度测试仪。

80米长的跑道上，“嗖”的一声，罗峰闪电般地加速前行，刚迈出第一步就一下子爆发出了音速级别的速度。

随后他连续加速，大概奔跑了八九步，就达到了自己的极限。而后，他化作一道幻影，从速度测试仪的旁边掠过，而后迅速地减速，随即停下。

“583.6米/秒？！”罗峰看着速度测试仪显示的数字，喃喃自语，“还行。”

他的神经反应速度如何呢?

作为精神念师，他哪里还需要测试神经反应速度啊，绝对是高级战神级巅峰级别的。

“再过一两个月，我的身体素质就能达到高级战神级，再过两年，我的身体素质就能达到高级战神级巅峰。”

罗峰穿着宽松的练功服，就这么走出了练武厅。

“咔！”练武厅的门自动关闭。

“罗监察使。”练武厅外面的走廊上，一个青年挺身站立，看到罗峰，微微躬身，“司令员正在旁边的会议室等着您。”

“司令员？哪里来的司令员？”罗峰疑惑地问道。

他似乎并不认识什么司令员。

“东南军区司令员。”青年笑着回道。

“走吧！”罗峰点点头。

他的心中却暗惊。

现如今，每一个基地市的周围都有军区，不过一般都属于基地市级别的军区，被称为“军分区”，JN基地市的北军区就是军分区。

而东南军区不同，东南军区主要是为了对付自东海杀入内陆的海域怪兽而建立的，堪称大军区。

论兵力，大军区要比军分区强数倍，更别提兵器的数量了。

……

罗峰刚步入会议室，一眼就看到了三人，其中一个中年男子的鬓发花白，笔直地坐在那儿，目光锐利。他的旁边是一个戴着眼镜的中年人，第三个人则是极限会馆的馆主邬通。

“你好，罗峰先生。”中年男子站了起来。

旁边的眼镜男子也站了起来，微微一笑。

“你好。”罗峰当即打招呼。

他认出之前乘坐飞碟形战机而来的正是他们。很显然，他们已经来到这里近两个小时了，却一直没去打扰他修炼，而是静静地等待着。

仅仅看在此事的分上，罗峰也得给他们面子。

“罗峰。”旁边的邬通笑道，“我给你介绍一下，这位是东南军区司令员李达威，旁边的是副司令员王罗翰。”

罗峰点头致意。

东南军区司令，也就是大军区的司令，军衔是陆军上将，是现如今C国的最高军衔。

而军分区的司令员的军衔没这么高，如JN基地市北军区的司令员的军衔是陆军少将。单单从军衔就知，大军区和军分区的司令员实力差距极大。

能统领东南军区，李达威绝对算得上是C国军方的大佬。

如今这位大佬竟然亲自来到JN基地市，而且甘愿等近两个小时，也不打扰罗峰修炼。

第173章

亲卫队

“高级战神级巅峰的精神念师果然不一般！”

罗峰刚进入会议室，李司令就开始观察这个传奇的天才人物。

只见罗峰穿着普通的练功服，额头有着汗珠，一股强大的气息以罗峰为中心散开来。

李司令和王副司令都心中暗惊。

他们并不知道，罗峰上午修炼了数千次，太过疲累，所以精神念力没有全部收敛，有不少精神念力逸散开来了。

“你们聊，我先出去了。”邬通笑道。

“谢谢邬馆主。”

李达威和王罗翰目送邬通出去，虽然这两人的地位很高，但是邬通毕竟是JN基地市的极限武馆的馆主，对于邬通，C国军方还是保持友好态度的。

“李司令、王副司令，我们坐下说吧。”罗峰笑道。

李达威和王罗翰当即坐下。

李达威微微一笑，道：“我早就听说过罗峰先生的大名。在战神宫的时候，我远远看过罗峰先生，此时面对面，我发现，罗峰先生比在战神宫的时候更加气度不凡。”

“李司令这么夸我，我可受不起。”罗峰笑了起来。

“这不是夸，是佩服。”李司令笑道，“我今年六十二岁了，还只是中级战神，这辈子我的修为算是到顶了。据军方的情报，罗峰先生曾经独自击败了‘幻魔’卡特兰、‘血影’伊凡、‘巨熊’凯塔、‘秃鹫’李耀这四大高级战神，其中有三位都拥有黑神套装，罗峰先生的战绩令人震惊。世界第一强者洪评价罗峰先生为‘无敌战神’，也算是符合罗峰先生的实力。作为一名武者，我很佩服罗峰先生。”

罗峰听到这番话，倒也没得意到头脑发昏。

不过，人人都爱听吹捧的话。

此刻，东南军区司令此等人物说出夸赞他的话，他的确开心。不过，这也说明，李达威能坐到大军区司令的位置，除了有能力，还很会做人。

简简单单的一番话，就让罗峰心生好感。

李达威和王罗翰在C国军方的地位很高，李达威可是大军区的司令，拥有陆军上将的军衔。

而罗峰是JN基地市极限武馆的监察使，极限武馆又是世界上极强的一股势力，具有超然的地位，五大强国都不敢招惹。

他们想请罗峰办事，当然得捧捧罗峰，让罗峰的心情好，否则就算他们是军方大佬，也拿罗峰没辙。

“罗峰先生，如果你不介意的话，我就直呼你的名字了，你也别叫什么司令，叫我的名字，或者称我为老李，抑或李哥，都行。”李达威笑道。

“哈哈！我还是叫你老李吧。”罗峰笑道，“老李，这次你们来这里，有什么事尽管说。”

极限武馆之前发了一份关于监察使责任的邮件给罗峰，邮件中对于监察使需要做的事情和会面临哪些事情都有提及，罗峰对于这二人的目的隐约有所猜测。

“好，那我就直说了。”李达威的表情凝重，“人类虽然有厉害的武者和激光炮，可是，怪兽种群的力量太强了。”

“罗峰先生，不是我长他人士气，灭自己威风。论强者的数量，就算是陆地上的怪兽，也比我们人类多得多。”李达威叹息一声，又道，“若非我们有激光炮威慑怪兽，人类又怎么能在基地市安然地生活下来？”

罗峰眉头微皱，默默地听着。

“人类和陆地怪兽形成了僵持的局面。我们不用激光炮对付王级怪兽，而王级怪兽也不会参与到兽群进攻基地市的行动中，双方都是很有默契的。”李达威感叹一声，继续道，“其实，双方之所以这么有默契，是当年极限武馆的馆主洪和王级怪兽们谈判的结果。”

罗峰闻言一怔。

人类和怪兽谈判？！

“陆地上的怪兽种群、天空中的怪兽种群和我们拼得不是很厉害。去年我们C国一级兽潮发生了1次，二级兽潮发生了6次，三级兽潮发生了21次，这一切都在C国的承受范围之内。”李达威随意地说道。

罗峰心中暗惊。

这些数据可都是机密，罗峰并不知道，没想到，国家每年都遭受如此灾难。

“对于我们C国而言，最危险的还是海域中的怪兽。”李达威的表情凝重，“厉害的海域怪兽都在大海深处，连激光炮都威胁不到它们。而且，海域怪兽比陆地怪兽和飞禽类怪兽要多很多，怎么可能屈服于人类，而和人类谈判呢？”

“而且，人类武者进入海里，实力恐怕只剩下两三成，根本没法主动进攻。”李达威道。

罗峰默默地点点头。

在水里，武者的实力的确会减弱很多。当初他只是进入了雾岛中的湖泊，都差点完蛋，更别说进入浩瀚的大海了。人类现如今根本没法主动进攻大海中的怪兽。

“我们只能被动防守。”李达威的脸上有着一丝悲哀的神色，“海域中的怪兽可以沿着河流杀入内陆，海域怪兽的能力诡异，只要数量足够多，它们就能够自己开辟河道，所以我们不能任由它们杀进内陆，必须凭借地理优势、激光炮，以及军队来抵挡。”

“然而，这样一来，我们的损失很大。”李达威摇头，无奈地道，“即便我们一次性杀了数千万乃至上亿头海域怪兽，可是大海中一天诞生的怪兽就不知道有多少了。大海中的怪兽厮杀得很是激烈，每天都会有很多怪兽丧命，也会有很多怪兽诞生。对于大海中的怪兽种群而言，我们的攻击并没多大影响。”

罗峰也感到很是无奈。

的确，怪兽们彼此厮杀，强的怪兽杀掉弱的怪兽，但是仍有很多怪兽诞生。人类击杀再多海域怪兽，对于整个海域的怪兽种群根本没有很大影响。

“罗峰先生，我诚挚地邀请你，在关键时刻，帮助我们东南军区对付海域怪兽中一些厉害的怪兽。你放心，王级怪兽是不敢进入内陆的，我们的激光炮在等着它们呢。”李达威连声说道。

罗峰可是无敌战神，在和怪兽的战斗中，他有时候比十万大军还有效。

“行，我接受。”罗峰没有丝毫犹豫。

人类和怪兽的战争是种群生存之战，他的确该出手了。

“谢谢！”李达威感激地道。

罗峰除了是无敌战神，还是精神念师，在和没有王级怪兽参加的海域怪兽兽潮的战斗中，罗峰比十架激光炮还有用。

“罗峰，按照惯例，军方会授予你‘陆军少将’的军衔，虽然没有什么实权，但是代表了极高的身份和地位。今后你进入军队，也能减少很多麻烦。”李达威笑道，“这军衔算不错了，军分区司令的军衔也只是陆军少将。”

“老李，我高考的时候还想报考军校呢！”罗峰笑了起来。

“哦，那怎么没进入军校呢？不然，你这号人物可就是我们军区的骨干了。”李达威道。

“人生际遇变幻莫测，说不清啊。”罗峰摇头苦笑。

他想进入军校，没有成功，如今却成了陆军少将。

要知道，现如今世界上已经没有海军了。至于空军，看看一架战斗机的价格就知道，空军的规模很小，所以C国的军队主要是陆军，陆军少将算很了不得的。

“罗峰，你成为陆军少将后，虽然没有什么实权，可是按照惯例，以你无敌战神的超强实力，可以得到一支900人编制的亲卫队。”李达威说道。

“哦？900人编制的亲卫队？那雷电武馆的监察使呢？”罗峰笑着问道。

"他只拥有500人编制的亲卫队。"

李达威和王罗翰都笑了。

他们心里都清楚，极限武馆和雷电武馆一直明争暗斗，两大武馆的分馆遍布天下，两大总馆主分别是世界第一强者和世界第二强者，都是大涅槃时期迅速崛起的人物。而雷神更是号称速度世界第一、身体强度世界第一。论实力，雷神和洪还是有差距的，然而，雷神显然是实力最接近洪的人。

就这样，罗峰成了C国的陆军少将，拥有900人编制的亲卫队。他的责任是在关键时刻协助东南军区，抵御海域怪兽的攻击。

时间一天天过去，离9月1日越来越近了。

9月1日晚，主市区的极限总会馆要举行迎接新任监察使的大型晚宴。

8月31日晚。

视听室中，墙壁的屏幕上出现了徐欣的脸。

"罗峰，你说，我穿这件参加晚宴如何？"

屏幕上，徐欣穿着一套淡黄色的晚礼服。

"还行。"罗峰笑着点点头。

"你怎么总是说还行。"徐欣有些恼了，"现在你好好地回答，你只有三个答案——不好看、一般、很好看。"

罗峰摸摸鼻子，讪讪一笑："好吧，其实这套一般，没有你刚才穿的那套紫色的好看。"

"哦，我再试试下一套。"徐欣小跑着去换礼服了。

忽然，罗峰手腕上的通信手表发出响声。

"嗯？有邮件？"

罗峰当即用手指点击按钮，而后点开邮箱，邮件名是"古文明遗迹出发通知"。

第174章

9号古文明遗迹

“古文明遗迹？！”罗峰打了个激灵。

瞬间，他的表情变得凝重，紧紧地盯着通信手表上的这封邮件，轻声说道：“打开邮件！”

“嘀！”一封写着汉字的邮件打开来。

罗峰监察使：

请于9月29日傍晚6点前抵达洪宁基地市极限武馆的全球总部。到时候，诸多战神将在那里集合，一起前往9号古文明遗迹。

以下三点提示：

其一，危险程度较低的9号古文明遗迹是唯一可以得到黑神套装的地方。战神进去的话，死亡伤残率为72%，成功率为28%。你们选择进入之前，务必要考虑清楚，一旦进入9号古文明遗迹，就无法后退了。

其二，进入9号古文明遗迹的机会只有一次。

其三，进入9号古文明遗迹的武者禁止使用黑神套装等特殊的防护器具，只能使用人类社会制造的作战服。

请你认真思考是否进入9号古文明遗迹。如果你决定进入9号古文明遗迹，请做好准备，并于指定日期前抵达集合地。

这封邮件的落款处盖了极限武馆的公章。

明明只是一封简简单单的邮件，却让罗峰震惊了。

他低头看着这封邮件上的三大提示，一时间，仿佛周边的气温都大大下降了。

“战神的死亡伤残率是72%？！”罗峰眉头紧蹙，“成功率只有28%，也就是说，一旦战神失败，不是丧命，就是伤残。这死亡伤残率未免太高了，四位战神中竟然约三人会死伤。”

很显然，敢进入9号古文明遗迹的战神都是很有自信的，可是，即便如此，进入9号古文明遗迹的战神的死伤率依旧高达72%，这说明了一点，如今并没有发现战神成功通过9号古文明遗迹的规律。如果发现一定的规律，战神的死伤率不会这么高。

“而且，战神们还不能使用黑神套装等特殊的防护器具。”罗峰眉头皱起。

“什么鬼地方！进去的话，还限制装备。”

……

夜深了，罗峰默默地坐在视听室的沙发上，眉头紧皱，烦恼不已。

对于9号古文明遗迹，他是一无所知的。俗话说，知己知彼，方能百战不殆，如果像瞎子摸象一样，就这么莽撞地闯入9号古文明遗迹，而且还被限制使用黑神套装，没有足够强的防御力，他恐怕会丢掉小命。

“罗峰，你看这件礼服怎么样？”屏幕上，徐欣换了另外一身礼服。

“嗯，不错。”罗峰抬头看了看，勉强挤出一丝笑容。

“怎么了？”徐欣透过视频，发现罗峰不太对劲。

“我还有点事情要忙，回头再跟你说。”罗峰说道。

“哦，好，别给自己太大压力，你已经做得够好了。”徐欣鼓励道。

“嘀！”屏幕上的投影关闭了。

视听室恢复了黑暗。

罗峰坐在沙发上，现在已经是深夜，周围寂静得很。

他思忖许久，终于做出了决定。

“嘟——”他开始拨打极限武馆内部的电话。

虽然这样做有些冒失，但是他绝对不能傻乎乎地进入9号古文明遗迹。

“你好。”一道低沉的声音响起。

他和这个神秘人物通过几次电话，他发现，这个神秘人物的声音几乎没有什么变化，一直都是这样冷淡，只有上次自己说谢谢的时候，才令这个神秘人物的语调发生了变化，难得地笑出了声。

“你好，我是罗峰。”罗峰说道。

“我知道，罗监察使，你有什么事？”那道声音一如既往的冷淡。

“我刚刚收到一封关于古文明遗迹出发通知的邮件，邮件上写着，此次的目标是9号古文明遗迹，而且进入此处的战神的死伤率达到72%，并且战神们不能使用黑神套装等防护器具，是吗？”罗峰问道。

“没错！”

罗峰追问道：“我想知道，战神们进入9号古文明遗迹后，遇到的挑战和危险程度是一样的吗？”

“不一样！只要身体素质达到战神级别，即可进入9号古文明遗迹。”那道低沉的声音没有丝毫迟疑，“初级战神、中级战神和高级战神都可进入9号古文明遗迹，遇到的挑战和危险程度是不一样的，高级战神很可能丧命，而初级战神反而会活着走出来，之前有过这样的例子。”

罗峰脸色微变。

他最担心的就是这个，战神们遇到的挑战和危险程度不一样，那么就只能看运气了。他的实力的确很强，可是如果遇到极为危险的情况呢？

“不过，高级战神成功的概率是比中级战神要高的，中级战神成功的概率是比初级战神要高的。”那道低沉的声音说道。

罗峰眉头微皱。

当初跟极限武馆馆主洪交谈的时候，听洪的语气，罗峰感觉自己可以进去闯荡一番，而且能轻而易举地得到黑神套装，没什么危险似的。可是现在看来，9号古文明遗迹是很危险的，进入这个地方的战神的死伤率达到72%，而且是被禁止穿上黑神套装的。

“为什么禁止穿上黑神套装？”罗峰忍不住追问。

“穿上黑神套装的话，是无法进入9号古文明遗迹的。”

“如果我进入9号古文明遗迹，成功率是多少？”罗峰问道。

“根据之前的成功案例，9号古文明遗迹蕴含不确定性，所以我无法给你准确的答案，只能给出推断，你的成功率应该超过80%。”

罗峰沉默了。

没错，古文明遗迹是有其特殊性的，现如今人类根本无法百分百弄明白。

“我和馆主交谈过，听馆主的意思，我应该很容易通过9号古文明遗迹才对。”罗峰道。

“我不知道。”那道低沉的声音说道。

罗峰闻言一怔。

“想进入9号古文明遗迹，一般需要自己申请，而罗监察使是由馆主直接点名的。”那道低沉的声音顿了顿，继续响起，“你能否很容易地通过9号古文明遗迹，我不能确定，根据我掌握的案例来看，我无法确定你能百分百通过。馆主那么说，也许有其他原因，你可以再次询问馆主。”

罗峰微微点头：“打扰了！”

“嘟！”对方挂掉了电话。

视听室内，罗峰静静地坐着。

和那神秘人物交谈一番，罗峰依旧心中没底。

9号古文明遗迹具有不可预测性，谁也不知道在里面会发生什么。毕竟每个人只能进去一次，即便是洪，估计也没办法进入第二次。

“馆主既然让我去9号古文明遗迹，那肯定有他的道理，9月29日那天，我去总部的时候，再询问馆主吧。”罗峰心中暗道。

对于其他战神而言，拼命想要获得的是黑神套装。可是，对于罗峰而言，即便是珍贵的黑神套装，也不值得他拼命。最起码，他心中有底，才能去冒险，如果贸然闯进去，一不小心丧命了，岂不是很冤？

9月1日晚，天已经黑了。

明月小区中，一队队士兵持着真枪实弹巡逻着，不少士兵都看向远处的草坪。

草坪上正停着一架三角形的深蓝色飞行战机，这架飞行战机的周围足足有30名守卫。

穿着一身黑色西装的罗峰正走向飞行战机。

“长官！”30名持着枪械的士兵恭敬地行军礼。

罗峰被授予了陆军少将的军衔，拥有900人编制的亲卫队，而明月小区本来就有守卫，故而罗峰让麾下的亲卫队分成三个班次，交替巡逻站岗，任务非常轻松。

“嗯！”罗峰点点头。

“哗啦——”

飞行战机的舱门打开了，罗峰宛如一阵风进入了战机中。

随即，战机开始疾速上升，飞出了城市防御系统的范围，而后化作一道深蓝色的流光，消失在天际。

JN基地市，极限总会馆所在的大型住宅区。

JN基地市极限武馆的约九成武者都居住在这里。

音乐声不断地回荡着。

住宅区，一栋通体雪白的三层别墅矗立着。今天晚上将会在这里举行迎接新任监察使的盛大晚宴。这三层白色别墅周围大概百米处用白色木栅栏给隔开了，禁止外人入内。

红地毯从栅栏口一直延伸到白色别墅的大厅入口。

此刻，整个JN基地市的众多名人都到达了这里，其中有军分区司令、大军区司令等人，还有国家特殊部门的一些代表，甚至还有官场上的大佬级人物。而HR联盟中只有身份极高的人才有资格参加今天的晚宴。

这绝对是JN基地市最高层次的宴会。

“李司令，欢迎欢迎！”

“罗监察使还没到吗？”李达威笑着问道。

“今天罗监察使可是主角，这晚宴就是为他准备的。他来晚一点，倒也正常，还请李司令多多谅解。”周正永笑呵呵地道，“先失陪一下。”

而后，周正永立即去接待其他贵宾了。

今天来到这里的战神很多，而军方的人也来了不少，其中有将军军衔的超过十位。

李达威端着酒杯，走到无人的角落。

一个穿着西服的青年迎上来，低声说道：“司令，一切按照计划发展，估计一个小时内会发生大动静。”

“嗯！”李达威的脸上浮现一丝笑容。

第175章

针锋相对

音乐缓缓地流淌着，俊美的服务员送上了美酒和美食。

大厅中，大人物相互交谈着。

“老李，你一个人躲在角落干什么呢？”一道浑厚的声音响起。

只见一个穿着西服的高大的中年男子微笑着走了过来。

李达威看到来人，不由得笑了：“叶中，你这个大市长今天来得可真是够早的。”

“难得这么多老朋友都在，我不早点来怎么行呢？”中年男子笑道。

单单看模样，这中年男子更像是军人或者武者，哪里像市长啊？

大涅槃时期之后，C国一共只有六个基地市，每个基地市的市长都是一方要员。

现如今，一个基地市就有两个一把手，分别是掌管民生的市长和军方的最高统帅。而JN基地市的军方最高统帅就是李达威。

“听说，前几天你去了一趟明月小区。”叶市长笑道，“可有所收获？”

“罗峰还是很爱国的。”李达威笑道。

忽然，他瞥到不远处的人，不由得笑道：“看，徐家的人来了。”

叶市长当即转头看去。

“徐家的人？我可是听说罗监察使正跟徐家的丫头在交往呢。哦，那就是徐欣吧！难怪罗监察使喜欢她，这小丫头的确不错。”

不远处，朝大厅走来的一共有三个徐家的人。

为首的是一名身材微胖的白发老者，他两旁有两个女子，其中一个少妇气质高贵，穿着一套黑色晚礼服，看起来30多岁，另外一个女子穿着一身紫色晚礼服，很是年轻，正是徐欣。

徐欣本来就青春靓丽，穿上凸显身材的露肩晚礼服，更多了一分性感，让人眼前一亮。

“徐家的丫头和罗峰在一起，你是不是不满意？”李达威揶揄道，“你可以从你们叶家找个漂亮的年轻女孩，从徐家丫头手里将罗峰抢过去啊！罗峰才19周岁，已经是无敌战神，说不定将来能成为超越战神的存在，你现在不出手的话，以后可就没机会了。”

叶市长看了他一眼，无奈一笑：“你这老家伙，没点将军的样子。”

……

大厅角落。

徐欣正和她的姑妈聊着天。

虽然徐家是C国十二大家族之一，但是今天来到这里的可都是重量级人物，徐家人在这里一点都不显眼，以徐家家属身份出席的徐欣和她的姑妈安静地待在角落。

“那个和爷爷说话的是谁啊？”徐欣低声问道。

“那是雷电武馆的雷监察使的儿子雷宇风。”徐欣的姑妈也压低声音说道。

……

“宇风，你的父亲还没到吗？”徐家的族长徐云国正和一个扎着长发的青年说话。

“今天是JN基地市极限武馆的新任监察使的晚宴，新任监察使都没到，我爸是雷电武馆的监察使，那么早来，不合适吧。”雷宇风说道。

他的声音不低，惹得大厅中的一些极限武馆的成员不满地看了过来。

周正永转头，瞥了雷宇风一眼。

“会长，这个雷宇风太嚣张了。”极限武馆的主管俞森忍不住低声说道，

“这可是我们极限武馆迎接罗监察使的晚宴，他竟然这么不给面子。”

“雷电武馆一直和我们极限武馆针锋相对，他给面子才怪。”周正永冷笑一声，又道，“别管他，罗监察使可是无敌战神，只要有罗监察使在，我们极限武馆在JN基地市就压雷电武馆一头。”

俞森不由得点点头，露出笑容。

……

雷电武馆和极限武馆是全世界并列的两大超级武装组织。相对来说，极限武馆的势力要强一些，不过雷电武馆也差不了很多。

两家武馆都争着招收普通武者，如果遇到天赋极高的武者，两家武馆都是争着邀请、拉拢，比如当初罗峰就受到了雷电武馆的邀请。

武者会相互比较，两大武馆也会争个高低，你方建立精英训练营，我方也建立精英训练营；你方有监察使，我方也有监察使。

两大武馆一直是竞争的关系。毕竟他们都只有对方这一个对手，没有其他的势力能够当他们的对手。

即便是高高在上的两大馆主，同样是对手。

雷神是世界第二强者，刀法是世界第一，而且他的身体强度是世界第一，速度也是世界第一。

而洪是无可置疑的世界第一强者。

按理说，身体强度世界第一、速度世界第一，只要神经反应速度差不多，以雷神修炼的九重雷刀的爆发力，他应该能成为世界第一强者，很多武者都是这么想的。

可是，这么多年来，洪一直都是无可争议的世界第一强者。

“徐老，这位是？”雷宇风看到精心打扮的徐欣，不由得眼前一亮。

“这是我的孙女徐欣。”徐云国笑道。

雷宇风直接上前几步，走到徐欣的面前，笑道：“徐欣小姐，你好，我叫雷宇风。”

“你好。”徐欣错愕。

“很高兴认识你。”

雷宇风话音刚落，整个大厅的人都骚动起来。

“罗监察使来了！”

“那架飞行战机可是智能战机啊！上次组织报价2600亿，极限武馆都不肯卖给我们一架智能战机。”

“罗监察使从战机中出来了！”

“罗监察使真年轻啊！”

大厅中的人议论纷纷，很多人都不禁朝大门靠近。

徐欣和她姑姑也都走了过去。

只见那长达百米的红地毯上，穿着黑色西服的年轻男子微笑着走了过来。

所有人的目光都落在他的身上。

他的气场很是强大，作为一名实力极强的精神念师，他的眼神更是让人心中发颤。

“监察使。”周正永、诸葛韬、俞森、王克樊四人都在门口迎接罗峰。

“周会长。”罗峰直接步入大厅。

“监察使，我给你介绍一下重要的客人。”

周正永很有眼力见儿，带着罗峰朝徐家族长徐云国走去。

罗峰一下子就看到了那白发老者，他感觉此人有些熟悉，他远远地见过白发老者一次。

“这位是徐家的族长徐云国老先生。”周正永笑道。

“老朽很高兴见到罗监察使，罗监察使名声在外，然而，此次相见，没想到罗监察使竟然如此年轻，让人惊叹啊！”徐云国满脸笑容，“罗监察使年纪轻轻，实力却极强，将来不可限量啊！”

听到这一番吹捧，现场不少人暗自冷笑。

徐云国不就是认定罗峰是自己的准孙女婿吗，至于这样热情吗？

“不敢，不敢，晚辈第一次见到徐老，不胜荣幸。”罗峰笑着说道。

“监察使，我们去那边……”周会长准备介绍另外一位重要客人。

“不急。”罗峰说完，直接走向徐欣。

当他的目光扫过徐欣旁边的扎着长发的青年时，不由得眉头一皱。

男人都有强烈的占有欲，一个陌生男子站在自己的女友旁边，罗峰心中很是不悦。

“请让一下。”罗峰对长发男子冷冷地说道。

雷宇风被罗峰紧紧地盯着，感觉到罗峰的眼神带来的压迫，不由得屏气凝神，本能地往后退了好几步。

见雷宇风退开，罗峰站在徐欣的面前，调皮地一眨眼。

徐欣展颜一笑，挽住罗峰的手臂。

“走吧。”罗峰和徐欣一起走向周正永。

周正永惊讶地看了徐欣一眼，而后露出一丝笑容，点点头。

“好的！”

看到这一幕，整个大厅一片哗然。

在这种重要场合，罗峰如此行为，显然是公开宣布他和徐欣的关系了。

在场的不少人很是失望，想要靠结亲的方法拉拢罗峰的人可是不少的。

徐云国和他的女儿都露出了满意的笑容。

“哼！”雷宇风的脸色很是难看。

“这位是我们JN基地市的市长叶中。”

“监察使，这位是国家特殊部门9处的刘彦处长。”

“这位是国家特殊部门11处的刘德凯老先生。”

“这位是JN基地市和徐家并列国内十二大家族的叶家族长叶一凡老先生。”

“这位是JN基地市北军区司令童学助。”

……

在周正永的介绍下，罗峰认识了诸多重要人物，这些人在C国拥有很大的势力。

此时，这些人面对罗峰时，一个个态度都非常友好。

“监察使，还有最后一位。”周正永低声说道，“这一位的身份可了不得，他是C国军方最强特殊部门‘华山’二组的组长，他的老师是华山组织的开创人贾谊，贾谊可是一名超越战神的存在。”

军方的最强特殊部门华山？！

“怎么叫‘华山’这个名字，好别扭。”罗峰低声说道。

“这是开创者贾议员定下的，没人知道是什么缘由。”周正永低声回道，“贾议员可是C国中屈指可数的超越战神的存在之一，地位极高，他开创的部门拥有很多特权。”

周正永不再多说，将罗峰带到一个中年男子的面前。

当罗峰和国内最强特殊部门的代表说话的时候——

“哈哈，罗监察使，我来晚了，抱歉啊！”

一道爽朗的声音响彻整个大厅。

第176章

不容退缩

喧闹的大厅一下子安静下来。

众人都转头看去，只见一个精瘦的穿着黑西服的中年人走了过来。

此人双眸明亮，嘴角泛着笑意。

他转头朝四周看去，大声说道：“罗监察使人呢？他在哪里？我可是一直想见见罗监察使，看看他到底是何等少年英雄。”

“爸。”雷宇风当即走到中年人的身侧。

此人正是JN基地市雷电武馆的监察使——雷猛！

能担任大型基地市的监察使，雷猛可是高级战神中颇有名望的人物，论实力，他比李耀要强得多，当然，他的实力比卡特兰要弱一些。

卡特兰的身体素质达到了高级战神级巅峰，而且还有极强的精神念力。

而雷猛只有身体素质达到了高级战神级巅峰。

“雷猛来了，接下来就有意思了。”

“不知道事情会怎么发展呢。”

大厅中的各方大佬饶有兴致地等着看戏。

谁不知道雷电武馆和极限武馆一直是针锋相对，彼此竞争的？别人不敢砸极限武馆的场子，雷电武馆的人敢。

而洪和雷神对于各自麾下的人马的争斗持默许的态度。

罗峰正和华山的代表面对面，听到雷猛的话，却看都不看雷猛一眼，继续微笑地看着眼前的华山代表。

他伸出了手，笑道："你好，我是罗峰，早闻贾议员大名，对贾议员一直很是敬仰，很高兴能认识贾议员的弟子。"

"在下江龙，很高兴认识罗监察使此等青年才俊。"

江龙对罗峰的好感大幅度上升。

刚才雷猛突然出现，最不爽的就是江龙。罗峰刚要和他说话呢，雷猛就出现了，如果罗峰转头去和雷猛交谈，将他当空气，那他岂不是很丢面子？

而罗峰仿佛没看到雷猛，继续和江龙交谈，江龙心里当然舒坦。

大厅另一边的雷猛心中就不痛快了。

"监察使，江组长可是贾议员最厉害的一个弟子。"周正永回过神来，继续介绍道，"现如今，江组长已经是高级战神了，是华山组织中一等一的高手。"

"我和罗监察使相比，还有很大差距呢。"江龙谦虚地道。

"论经验，江组长可比我强得多。"罗峰笑着说道。

罗峰给江龙面子，江龙自然也会给罗峰面子。

"失陪一下。"罗峰说道。

"罗监察使随意。"江龙笑道，"回头我们再聊。"

和江龙交谈一番后，罗峰才带着徐欣一起走向雷猛。

"罗监察使，我父亲特地赶来道贺，原本想和罗监察使畅快地交谈一番，可是罗监察使仿佛没看到我父亲……"雷宇风皱着眉头，不满地说道，"这真是让人……"

"宇风！"雷猛摆摆手，阻止儿子继续说下去。

罗峰见状，心中嗤笑。

若是雷猛真的觉得自己儿子的话不妥，恐怕早就阻止了，显然雷猛也认为罗峰怠慢他了。

之前罗峰收到了极限武馆全球总部发来的有关监察使责任的邮件，邮件中提到了要维护极限武馆的声誉。特别是和雷电武馆竞争时，一定要压过对手。

和雷电武馆竞争已经成了一种传统。罗峰继任极限武馆监察使一职，当然不能当软脚虾。

“抱歉，我刚才在和江龙先生说话，雷监察使突然出现，我总不能无视江龙先生吧！雷监察使，你说对吗？”罗峰笑道。

雷猛眉毛一挑，没有吭声。

“雷监察使，你今天能来这里，我是很高兴的。”罗峰笑容满面，缓缓地说道，“待会儿我们再好好聊聊。”

说完，罗峰看了周正永一眼。

周正永会意，当即朝大厅前面的台上走去。

台上。

周正永看着下方的人，笑道：“9月1日这一天，我们JN基地市极限武馆迎来了新一任监察使。新任监察使可是独自击败了‘幻魔’卡特兰、‘巨熊’凯塔、‘血影’伊凡、‘秃鹫’李耀这四名高级战神。”

简单的几句话，就让下方的雷猛脸色很不好看了。

雷猛的实力虽然很强，但是和卡特兰相比，还是差一些的。

而罗峰能一挑四，若是罗峰和雷猛单打独斗，必定能轻易击败雷猛。

“四位中，有三位都拥有黑神套装，遇到新监察使，却依旧是输。此外，新监察使得到了极限武馆最高决策层的‘无敌战神’的评价，新监察使很年轻啊，才19周岁。不用我说，大家都知道新监察使是谁了吧！让我们欢迎……JN基地市极限武馆新一任监察使……无敌战神……罗峰。”

周正永高亢的声音响彻整个大厅。

下方的众位来宾都笑着鼓掌，同时，音乐声响起。

罗峰和旁边的徐欣说了一声，而后走到了台上。他看着下方的众人，目光掠过雷猛的时候，表情没有一丝变化，依旧保持微笑。

“各位，”罗峰看着众人，“JN基地市是我的家乡，能够在这里长大，而且成为JN基地市极限武馆的监察使，我倍感荣幸。作为监察使，我知道自己承担着重大的责任，我一定会做好，绝不会有损极限武馆的声威！”

话音刚落，台下响起了热烈的掌声。

雷猛等人却只是冷眼旁观。

“C国是我的祖国，祖国有难，我不会袖手旁观。而且，怪兽和人类之间的战斗是种群之战，也不容许我退缩，之前我已经接受了李达威将军的邀请。”罗峰看向下方的李达威。

李达威笑着点点头。

“好，我要说的就是这些。今晚大家高高兴兴地吃喝。周会长，准备宴席吧！”罗峰笑道。

宾客们共进晚餐，吃饭是次要的，聊天才是主要的。要知道，能来这个晚宴的可都是大人物，他们平常很少见面。比如国家特殊部门的要员，哪里是想见就能见到的？

晚宴过后，宾客们都吃着水果，三两成群地聊着天。

大厅里回荡着柔和的音乐，气氛很是融洽。

罗峰和江组长、刘德凯小声交谈着。

“什么？！”一道惊呼声响彻大厅。

顿时，其他人都停止交谈，疑惑地看过去。

原来发出惊呼的竟然是东南军区司令李达威。

李达威正在接电话。

“我马上回去！”

李达威的表情严肃，当即挂掉电话。

“李司令，怎么了？”

JN基地市的市长叶中连忙走过来。

“大事不好，海域怪兽种群已经和东南军区前线的军队发生了战斗。”李达威脸色很是难看。

此话一出，整个大厅一片哗然。

海域怪兽种群开始进攻内陆了？！

“什么级别的攻击？”叶市长连忙问道。

“一级兽潮。”李达威回道。

大厅内的所有人都惊住了，就连不远处的罗峰的心中都很是震惊。

要知道，当初令战神陆纲丧命的只是三级鼠潮。在三级兽潮之上，还有二级兽潮和一级兽潮，当然还有传说中的灾难级兽潮。

不过，全世界发生灾难级兽潮的次数是极少的，灾难级兽潮的标志是有王级怪兽参与，一般都会有灾难性的后果。

一级兽潮也很厉害，这意味着有无穷无尽的怪兽发起攻击。

“现在一级兽潮爆发了，我必须马上回去，希望诸位战神能在关键时刻帮一把。”

李达威看向众人。

现场的战神可有不少。

“这个时候，我们怎么能退缩呢？”雷猛大声说道。

与此同时，他有意地看向罗峰。

“李司令，事不宜迟，我们现在就走。”罗峰直接对李司令说道。

这个关键时刻，他当然要参与抗击一级兽潮。

虽然雷猛和罗峰针锋相对，但是一级兽潮爆发了，他们这两大监察使怎么能坐视不理呢？一旦这样做，岂不是毁了他们各自所属武馆的声威？他们既然担任了监察使的职务，自然要扛起应该负的责任。

“罗峰，你要小心。”徐欣走上前，担忧地道。

“放心。”罗峰微微一笑，捏了一下徐欣的鼻子。

当即罗峰乘坐智能战机，雷猛则乘坐自己的飞碟形战机，还有其他欲参战的一些战神都乘坐战机，数架战机一一升空，迅速朝东南方向飞去。

李达威乘坐着一架飞碟形战机，他的旁边坐着一个青年。

“司令，我们用这一招的话，恐怕会有人猜到吧。”旁边的青年笑道。

李达威郑重地说道：“有人猜到又怎么样？海域怪兽不断地集结，单单是浦江中的水域怪兽的数量就让我们胆战心惊了，今天不战的话，恐怕过一两个月，怪兽种群会发起攻击，我们总不能等怪兽种群主动发动攻击吧？还不如提前发起战斗。”

“我们若是提前发起战斗，海域怪兽肯定准备不足。而且，借着这一场晚宴，可以让不少战神帮忙。”李达威微微一笑，“特别是罗峰和雷猛，一个是无敌战神，一个拥有黑神套装，在我们军队的配合下，他们能发挥的作用不弱于20万大军。”

旁边的青年点点头。

“你说，罗峰和雷猛加入大战后，待会儿谁杀的领主级海域怪兽更多？”李达威问道。

第177章

人类和怪兽的战争

王级智能战机中。

“1号，跟随最前面的飞碟形战机！”罗峰吩咐道。

只见罗峰身上的黑色西装瞬间开始变化，很快就迅速收缩，而后消失，露出了里面的白色衬衫。

他脱掉白色衬衫，露出了里面的黑色背心，黑色背心中飞出了一把把飞刀。

“呼呼！”飞刀迅速组装，形成了遁天梭。

“这次是海域怪兽兽潮，怪兽肯定不计其数，我若是带着那金线网恐怕会碍事。”罗峰暗自思忖着。

他当即没有携带金线网，金线网只有在一对一战斗的时候能够起到奇效。

黑色皮膜覆盖全身，迅速变化成一套作战服。

此外，罗峰的头上出现了黑色头盔。

“各位战神。”一道声音从通信手表中传来，“我是李达威，我是李达威，还有50秒就将抵达前方阵地。”

“前方的海域怪兽不计其数，请战神们进入前方阵地，协助军队抵抗此次兽潮的攻击。拥有黑神套装的战神，可以尝试攻击怪兽群。”

“抵达阵地！”通信手表中再次传出一道声音。

罗峰轻声说道：“1号，打开舱门。”

“哗啦！”舱门打开了。

身穿黑色作战服，戴着头盔，背着血影战刀的罗峰脚踏遁天梭，直接疾速飞出。

王级智能战机的舱门再次关闭，悬浮在半空中。

一架架飞碟形战机迅速降落到下方的基地中，基地的下方是浦江的其中一段水域。这段水域完全被大量岩石、钢筋、水泥给堵塞了，上面建设了一个极为庞大的用钢铁和水泥铸就的基地。

激光炮的炮身泛着冷光，粗壮的炮管从一个个炮口伸出。

“这就是一级兽潮？！”

罗峰脚踏遁天梭，在近千米的高空俯瞰下方，完全震惊了。

浦江作为东海海域中无数怪兽进攻内陆的重要通道，数十年来，无数海域怪兽前赴后继，令浦江的宽度和深度都变了，比大涅槃时期之前更加惊人。浩浩荡荡的浦江中不知道潜伏了多少水域怪兽，而那个战争基地将整个浦江都给堵塞住了，让怪兽们无法通过。

此刻——

“轰隆隆——”炮火声惊天动地。

各种各样的水域怪兽从浦江中或是弹射飞出，或是迅速爬出，其中有凶悍的节肢类怪兽、最熟悉陆地的爬行类怪兽、诡异的腔肠类怪兽、棘皮类水域怪兽，以及数量最多的鱼类怪兽。

海域怪兽比陆地怪兽要可怕得多，一是，海域怪兽的数量极多；二是，海域怪兽的能力无比诡异。比如：大涅槃时期之前，被发现的海域中的虾类怪兽和蟹类怪兽就有数千种，算上未知的怪兽，应该有数万种。经过变异之后，虾类怪兽和蟹类怪兽的数量达到了惊人的程度，其他腔肠类怪兽和棘皮类怪兽就更加不用说了。

大涅槃时期之前，海洋中的怪兽超过200万种。

大涅槃时期之后，就没人知道海洋中到底有多少种怪兽了。只知道，各种各样可怕的怪兽太多了，当年，没有一个国家敢小瞧海域怪兽。

“天哪！这些怪兽都是什么种类啊？”罗峰无比震惊。

罗峰的目光变得冷厉。

黑色皮膜瞬间覆盖了他的全身，只露出一双眼睛。

而后，罗峰脚踏遁天梭，疾速俯冲下去。

在高空看的时候，下方的怪兽是密密麻麻的，待罗峰俯冲下去，只觉得下方的怪兽更是惊人。

各种各样的鱼类怪兽从江中跃出，一跃就是二三十米高，那些鱼类怪兽露出尖锐的牙齿，很是凶悍。

“罗峰、雷猛，请你们击杀那些上岸的领主级水域怪兽。”李达威的声音从通信手表中传了出来。

“领主级水域怪兽？”

罗峰朝下方一看，一眼就看到一头十五六米长的水域怪兽，这头水域怪兽的背上顶着一个庞大的乌龟壳，龟壳上有着凸起，泛着暗金色的光芒。它的脑袋仿佛是恐龙的脑袋，头骨坚硬，还生出了一根黑色尖角，牙齿宛如锯齿，没人敢怀疑其牙齿的威力。

它正迅速地移动着。

“无法瞄准，它移动的速度太快了。”千米之外的一座高楼上，其中一个激光炮据点的操作人员焦急地说道。

“这些领主级怪兽都成精了，吃过亏后，一旦上岸，就不会再停顿一下。”

激光炮的速度再快，可也要指挥者下达命令，而后操作者才能按动按钮。

人类神经反应的时间，再加上按动按钮的时间，使得操作者根本没办法瞄准目标。

“轰——”一个个口径超过100毫米的炮口发出的炮弹疯狂地轰炸着怪兽。

水域和基地之间的陆地简直成了一片火海，然而，仍有无数的水域怪兽疯狂地杀来。

一道黑影闪电般地穿梭在无穷无尽的海域怪兽中。

“噗——”基地发起了猛烈的火力进攻。

不少大口径的子弹射向罗峰，甚至还有炮弹朝他轰击过来，然而都被一股无形的能量控制住了，发生了转弯，轰击在旁边的一头横行的蟹类怪兽的身上，蟹类怪兽当场丧命。

黑影丝毫没有减速。

“去死吧！”

“唰——”六道刀光迅速袭出，欲冲击基地中的巨型龟鳖类怪兽。

顿时，那些巨型龟鳖类怪兽被击中，庞大的身躯随着惯性往前冲了一段距离，撞飞了不少其他海域类怪兽，便一动不动了。

“好！”

“厉害！”

“罗监察使果然很强！”

基地中的不少人惊喜地叫道。

“轰隆！”

此刻，一头蛇形的巨型怪兽撞击着基地。

基地建筑的墙壁猛地一震，顿时早已经千疮百孔的墙壁再一次倒塌，大量水泥块脱落了。

同一时刻，一道耀眼的白光从基地的其中一座塔楼上射了出来。

根本不容领主级蛇形怪兽躲闪，那道白光直接贯穿它的身体。

激光炮？！

不过，这头领主级蛇形怪兽在撞击基地建筑的墙壁的同时，释放出了具有最强威力的电光。

“啪！”一道雷电猛地闪烁起来，而后沿着其中几个炮口迅速蹿到基地内部。

这恐怖的雷电令基地中的武者死伤不少。

“领主级怪兽竟然这么多？！”罗峰暗自惊讶。

他的目光一扫，再次锁定一头领主级怪兽。他的身体强度极大，根本不在乎被炮火攻击。一般的反器材狙击枪也只能威胁初级兽将级怪兽，而那些超大口径的炮弹一般击杀中级兽将级怪兽。至于想要击杀高级兽将级怪兽，完全要靠运气了。而若是想要击杀领主级怪兽，则只能靠激光炮了。

而黑神套装的韧度比王级怪兽还要强。要击杀身穿黑神套装的武者，一般要靠惊人的冲击力。罗峰之前就拿李耀没办法，毕竟李耀的黑神套装可以抵消九成冲击力，剩下的一成冲击力会弥漫全身，对身体的伤害极小。

基地中的九成激光炮都是用来对付领主级怪兽的，那等威力的射击，就算是波及罗峰，也伤不了罗峰。

……

“第三头领主级怪兽！”

只见一头身长达30多米的庞然大物朝罗峰袭来，那一只只黑色的触手疯狂地挥动，欲绞杀罗峰。

面对这庞然大物，罗峰并不畏惧，脚踏遁天梭的他灵活地躲开触手的攻击，同时一道道冰冷的刀光袭向这头章鱼类怪兽。

基地的指挥大厅。

三维虚拟投影模拟出了外界发生的战斗场景，李达威的神情凝重，他旁边站着军方的其他高层。至于战神们，早就跑到前线去辅助军队，对付一些冲进基地的怪兽了。

“嘀——”警报声突然响起。

“透明水母类怪兽闯入基地。”

警报系统立即发出了提醒，同时周围的三维虚拟投影显示出了画面，在红外线的探测下，有着大量柔软触手的透明水母怪兽进入了基地的外围，还好基地的外围的战士极少。

“3号小队，前往H21陷阱。”李达威直接下令。

忽然——

“轰隆！”整个基地猛地震动起来。

基地指挥大厅中的众人身体不由得一晃。

“一些非常强大的水域怪兽正疯狂地撞击基地的基座。”有人大声喊道。

“它们开始玩真的了。”李达威依旧面无表情，冷冷地下令，“以基地为中心，朝基地周围千米范围内投放凝固燃烧弹。”

“是！”

命令当即传达下去。

一名穿着军服的老者忍不住问道：“司令，现在就投放凝固燃烧弹，早了点吧？”

水域怪兽虽然厉害，但是在岸上极难存活。水域怪兽发生了变异，它们可以在短时间内待在岸上，时间一长，就容易缺水而死。

水域怪兽是无法脱离水的，而凝固燃烧弹就算烧不死水域怪兽，也能快速地消耗它们体内的水分，所以火焰是对付水域怪兽极为有效的武器。

“不早！”李达威的脸上难得地露出一丝笑容，“这次我们可是有一位无敌战神帮忙，我本以为他没有黑神套装，可是他竟然拥有黑神套装，拥有黑神套装的无敌战神起到的效果可是惊人的。”

“速速联系罗峰。”李达威下令。

“罗监察使，请进入水底，将在水底撞击基地基座的大型水域怪兽给击杀。”李达威发出了请求。

三维虚拟投影上，罗峰刚刚击杀了一头腔肠类怪兽，收到这则信息后，他脚踏遁天梭，“呼”的一声，直接冲进了浩瀚无垠的江中。

第178章

声波攻击

罗峰在水中能看到一头头奇形怪状的水域怪兽。

当即，他散开精神念力，精神念力覆盖住周围百米的范围。百米范围内，各种不同种类的鱼类怪兽就超过百头，还有其他甲壳类怪兽。

“怪兽数量真多！”

罗峰越加感觉到海域怪兽对人类的威胁很大。

他继续往下冲。

此刻，一架架飞碟形战机在空中盘旋，而后投下大量的新型凝固燃烧弹。以基地为中心，周围千米的范围内，包括浦江两岸和江面上都被投下了这种海域怪兽最仇恨的武器。

“呼呼——”

顿时，基地周围千米范围内成为滔天火海。

海域怪兽的身体根本不怕火焰的灼烧，可是，它们体内的水分在迅速蒸发。有些腔肠类怪兽变异后，或许能在岸上生存两三个小时。可是，一旦被火焰灼烧，它们体内的水分大量蒸发，根本坚持不了两三分钟。

当然，怪兽的种类不同，在火焰的灼烧下，它们坚持的时间也不同。

这些凝固燃烧弹撒在水面上，继续燃烧着。

水浇不灭，泥土罩住也熄灭不了，怪兽不断地打滚，都灭不掉火焰，反而会让全身的火焰越来越多。也就是说，就算海域怪兽逃出火海，它们的身上依旧有火焰。

在滔天火海中，海域怪兽的整体实力下降七成。

即便如此，基地想要抵挡住海域怪兽的这一拨攻击，也是极难的。

浦江中。

“就是这三个大家伙。”

在江面的滔天火焰的照映下，江底的罗峰一眼就看到了远处的三个庞然大物，这三个庞然大物的身躯较长，最短的都有60米，最长的达到了惊人的90多米，如果它们站起来，堪比30层楼房高。

它们的共同点是都有锋利的尖角。它们脑袋上的锋利尖角一次次疯狂地撞击着基地的基座，那锋利的尖角每一次撞击都能刺入基座七八米深，令整个基座不住地震颤。不过，尖角刺出的宽度还无法让它们庞大的身体进入基座。

所以，它们只能一次次地撞击，待撞出足够的宽度，才能略微前进几米，然后再疯狂地撞击。现如今，它们才深入10米的样子。

“两头震山鲸，还有一头……嘶天兽？！”罗峰心中一惊。

体形最大的正是嘶天兽，另外两头震山鲸的体形也很大，应该是中级领主级怪兽，而那嘶天兽应该是高级领主级怪兽。

现如今罗峰根本不把高级领主级怪兽放在眼里。不过，这可不是一般的高级领主级怪兽。

虽然罗峰对于海域怪兽知道得很少，但是对一些名气极大、极为可怕的海域怪兽还是有所了解的，嘶天兽正是海洋中极可怕的几种怪兽之一。

“嘶天兽拥有无尽的力量，其最强的攻击为声波攻击。”

罗峰眉头微皱，立即控制黑神套装形成耳塞，塞住双耳，同时，让黑色头盔罩住他的耳朵，形成了厚厚的保护层。

“先以最快速度击杀嘶天兽，然后再消灭两头震山鲸。”

罗峰脚踏遁天梭，而后化作一道流光，疾速冲去。

不得不说，遁天梭很是神奇。在水中时，罗峰脚踏遁天梭飞行，遁天梭都有增速的效果，遁天梭不愧是连洪都无比重视的宝物。

“嗷——”

嘶天兽猛地回头，直接发出一道刺耳的吼声，随即吼声消失了。

“嗡嗡嗡——”

嘶天兽和罗峰之间的江水瞬间被轰出一条真空通道。

罗峰周围的江水完全消失了，可怕的声波瞬间袭向罗峰，速度之快，根本不容罗峰躲闪。

这是让无数战神惊恐的声波攻击，此刻竟作用在罗峰的身上。

不过，声波经过黑神套装那一层特殊的材质时，被削弱了不少，加上罗峰的耳朵被重点保护了，罗峰轻松地躲过了这一场劫难。

罗峰只是头有点疼，不由得露出一丝笑容。

“黑神套装能够抵挡尖锐的攻击，能够大幅度削弱武器的冲击力，连声波都能大幅度削弱，黑神套装果然厉害！”

这源自9号古文明遗迹的黑神套装的确神奇。

“嗖！”

罗峰抵挡住了声波攻击，而后直接化作一道流光，疾速冲向嘶天兽。

就在这时，罗峰旁边的江水震荡起来。

一道道攻击袭向罗峰。

“唰——”

6把弯曲的飞刀袭向前方七八十米的地方。

顿时，一阵痛苦的嘶吼声响起。

江水荡漾，乳白色的怪兽血液流淌开来。

“哼！透明水母类怪兽竟然敢偷袭精神念师，找死！”罗峰冷笑一声。

海域怪兽中，水母类怪兽有很多种，现如今发现的三种都是透明的，肉眼无法看到。虽然水母类怪兽的攻击手段有所不同，但还是被统称为“透明水母类怪兽”。对于人类武者而言，它们的威胁是非常大的。

罗峰肉眼看不到透明水母类怪兽，但是他的精神念力覆盖了周围百米范围，早就发现透明水母类怪兽了。

“嘶天兽！震山鲸！”罗峰疾速冲向那三头巨型领主级怪兽。

……

和过去一样，这一场人类和怪兽的战斗很是惨烈，战斗一直持续到第二天早晨8点多。

虽然海域怪兽没有攻破基地，但是有少数领主级海域怪兽杀进了基地。而且，大群会放电的、会喷射毒液的，以及会喷射类似冲击波的气泡的各种诡异的海域怪兽进入基地的堡垒，令士兵死伤不少。

基地的指挥大厅中。

军方的高层和前来帮忙的一些战神都聚集在这里。

“谢谢各位，这次我们能够成功地抵挡住这一拨海域怪兽的攻击，半年内，估计海域怪兽不会发动第二拨大攻击了。”

李达威的心情非常好，此次损失虽然不小，但是和过去相比，要小得多。

其中立功最大的就是罗峰！

这一拨战神中，有来自军方的，有来自两大武馆的，而拥有黑神套装的只有罗峰和雷猛。

虽然雷猛很厉害，但是那些海域怪兽一旦打不过就可以逃跑。雷猛能击败领主级海域怪兽，可是想要击杀领主级海域怪兽，难度非常大。

罗峰就不同了。

他脚踏遁天梭，控制飞刀发起攻击，没有领主级海域怪兽的速度能比飞刀的速度快，那些领主级海域怪兽都殒命了。

此次大战，雷猛击杀了两头领主级海域怪兽，关键时刻击退不少其他海域怪兽，对于军方的帮助不小。

而罗峰击杀了15头领主级海域怪兽。

“各位战神，你们把击杀的怪兽的材料都卖给我们HR联盟吧！”指挥大厅中的一名老者笑着说道。

“想要卖给极限武馆的，可以找我。”李达威说道。

战神们不顾性命，为军方战斗，一般都不会索要好处费。

不过，战神们亲手击杀的怪兽不少，只要能找到那些怪兽的尸身，一般会将怪兽尸身的材料卖给HR联盟，毕竟HR联盟的开价是最高的。

对此，C国军方是很支持的。因为HR联盟能够在C国大行其道，C国在背后占有极大的利益。

“这次绝对是罗监察使赚得最多啊！”

“罗监察使，这次你可赚大发了！”

一群战神笑着恭喜。

因为有罗峰在前面抵挡怪兽，这些身处基地一线的战神们没有一人丧命，大家的心情都很不错，也很感激罗峰。

“其他领主级怪兽就算了，我这里有三头高级领主级怪兽的材料。”

罗峰背上的大型黑色背包自动打开，大量高级领主级怪兽的材料跌落在地。他击杀了15头领主级怪兽，在击杀极其厉害的三头高级领主级怪兽的同时，顺便用飞刀将那三头怪兽身上的材料切割下来了，并收进了背包之中。

他只收了三头高级领主级怪兽的材料，至于其他领主级怪兽的材料，算是献给C国军方吧！

“哈哈，那我就厚颜收下了。”李达威也不拒绝。

“李司令，你竟然都不客气一下。”旁边有战神调侃道。

李达威朗声大笑，道：“罗峰可是大财主，哪里在乎那么点小钱？”

正在检验三头高级领主级怪兽材料的老者瞪了李达威一眼，道：“老李，其他领主级怪兽的等级虽然都是初级或者中级，但是架不住数量多，我估计，加起来值300亿。”

在HR联盟，一头初级领主级怪兽的售价是5亿—30亿，中级领主级怪兽的售价是15亿—90亿。

罗峰击杀的剩余的十二头领主级怪兽中，初级领主级怪兽居多，中级领主级怪兽较少，加起来，售价的确在300亿左右。

“嘶天兽？！

“九头蛇龙？！”

老者惊叹不已。

嘶天兽和九头蛇龙都是高级领主级怪兽中极为可怕的，比铁甲龙还要可怕得多，因为它们是海域怪兽，击杀的难度更大。

“这两样怪兽材料我各算200亿，剩下的怪兽材料算120亿，全部加起来一共是520亿。”老者道。

“行！”罗峰点点头。

这一场大战终于结束了。

罗峰其实并不是很开心。

他成为无敌战神后，并不把金钱放在眼里，在他看来，真正的宝物是用金钱买不到的。

第179章

心灵洗礼

基地。

李达威亲自送罗峰离开，两人并肩走在基地外面。

“此次损失如何？”罗峰问道。

“此次大战，1000多名战士丧命了，还有近千名战士残废了。”李达威摇摇头，长叹一声，“这次算是好的，有你帮忙，极具威胁的几头领主级怪兽都被你解决了，我们应付起来容易得多。你一人就抵得上20万大军啊！若是换作过去，人类和海域怪兽大战，人类必定死伤惨重。”

此次他也是好运，很好地利用了这次战神聚集的机会。

“不过……”李达威叹息一声，又道，“我们这次虽然杀死了亿万头海域怪兽，但是对于海域中的无数怪兽而言，只是九牛一毛。”

“九牛一毛？！”罗峰很是震惊。

“嗯！你是不会懂的……”李达威摇头道，“你没有经历过生死挣扎的岁月，你根本没办法理解我们这一代人的心情。”

罗峰闻言一怔。

李达威感叹一声，又道：“我出生在和平年代，我的家境算不上大富大贵，算是小康水平。我无忧无虑地长大了，整天玩着网络游戏，看着网络小说，父母训斥我几句，我就很是不耐烦。”

罗峰惊讶地看着李达威。

这个年代，学生们课余时间大多待在武馆中，成为武者，才是年轻人的追求。

“别用这种眼神看我，你没经历过我那个年代，所以你想象不到的。”李达威陷入了回忆，“那时，我们会在网络论坛上聊天，偶尔出去郊游、聚餐，真的是无忧无虑。可是，自2215年1月开始，我们仿佛从天堂掉到了地狱，那年，我正准备参加高考，然而，高考取消了，噩梦降临了。病毒通过空气传播到全世界，只要是需要呼吸的，都会被传染，我的朋友相继死去，我暗恋的女生、一起打篮球的兄弟、我的邻居，以及一些网络游戏的公会兄弟都死去了。当时我几近崩溃……

“后来，我才知道那只是噩梦的开始。2215年下半年，无数变异的怪兽朝人类聚集的城市发动了进攻，从一开始零星的战斗，到后来的疯狂大战，我们都没有把那些怪兽放在眼里，我们认为它们在人类的炮火下是不堪一击的，可是我们错了……

“真正的灾难开始了！城市被攻破，人类开始大逃亡，近6年的大逃亡。我一次次和死神擦肩而过，若失败了就是死亡，所以我必须撑过来。我从一个没有经历过挫折的青年，变成冷酷的铁血战士。”

李达威的声音低沉。

“近6年，我看着我的父亲为我而死；我看着在生死逃亡的过程中，我深爱的女友命丧怪兽之口，而我只能咬着牙、流着泪继续逃亡。我一次次苦练，拼命压榨身体的能量。

“终于，人类凭借激光炮、强大的武者和陆地上的怪兽打个平手。自此，大涅槃时期结束，人类进入了‘基地市时期’，而我正式加入军队。一晃，30多年过去了。”

李达威微微一笑。

罗峰却觉得那笑容中蕴含着苦涩。

“30多年，人类和怪兽的战争从未停止。”李达威摇摇头，又道，“你知道，这30多年里，我指挥的军队死了多少人吗？”

罗峰闻言一愣。

"我自己都说不出准确的数字。一份份死亡通知送到他们家，他们都是为人类的生存而死的。"李达威的脸上有着悲哀的神色，"可是，我惊讶地发现海洋中的怪兽种群每一年发动进攻时，都会出现一些新的怪兽和更厉害的怪兽。"

"这说明了什么？"李达威紧紧地盯着罗峰，"这说明海洋怪兽不断变得强大。"

"我怕！我很怕！"李达威眼中隐隐泛着泪花，"人类无法主动进攻，怪兽隐匿在海洋中，不断地变异，变得强大，我怕有一天人类会灭亡。"

罗峰心中一惊。

"不过，海域怪兽想要攻击人类，必须通过水路，从海洋杀入内陆，所以……我这一辈子的使命就是阻拦它们，绝不轻易任它们前进一分一毫，我阻拦它们前进的距离越远，基地市的缓冲余地就越大。自我当上东南军区司令起，整整11年6个月3天，海域怪兽就没能沿着浦江往内陆前进一步。"

罗峰听得心中激荡，打心底尊重眼前的这位前辈。因为有他们的付出，罗峰这些年轻人才能在基地市平平安安地长大。

"这一辈子，我跟这些海域怪兽耗上了。我希望，C国的子孙们能有未来。"李达威轻声说道。

是啊！如果基地市被海域怪兽攻克了，子孙们还有未来吗？

"罗峰。"李达威轻轻地拍了拍罗峰的肩膀，"人类想要生存，能倚仗的王牌只有两个：一个是高科技激光炮；一个是实力极强的武者，比如世界第一强者洪。而今人类想要更好地活着，能倚仗的王牌还是两个：一是，发明比激光炮更厉害的武器；二是，多出现一些如洪和雷神一般的绝世强者，甚至出现超越洪和雷神的强者。"

李达威看着罗峰，道："罗峰，年轻的时候，没人教我，我走了岔路；现在我成了中级战神，修为已经到顶了，没有进步的希望了。

"你不同，你今年还不到20岁。罗峰，你知道吗，一名超越战神的存在堪比百万大军，洪和雷神此等人物更是无比强大。

“现如今，人类能够在基地市这么安稳地生活，就是洪和陆地上的王级怪兽们进行谈判，从而达成的局面，所以洪比一个国家的军队更有用，我希望你能像洪那样，甚至比洪的成就更高。”

……

李达威目送罗峰乘坐智能战机离去，表情复杂，喃喃自语：“我已经老了，而罗峰还有无限可能。”

……

李达威送罗峰离开时说的那番话在罗峰的心中掀起了惊天巨浪。

过去拼命地修炼，罗峰主要是为了父母，为了让弟弟能够重新站起来。自从成为无敌战神，罗峰虽然依旧努力修炼，但是他心中已经没有很大压力了。

他早就不将李耀放在眼里了。

如今他的家人都过得很好。

至于金钱，现在金钱对于他已经没有太大意义。

权力和地位？这些也不算什么，那些家族财团的高层和军方大佬都对他无比热情。

“爸，妈。”

明月小区，罗峰刚刚回到家中。

“小峰回来啦，早饭都给你准备好了。秦妈……”正在看书的罗洪国当即大声喊道。

“你弟弟在外面跑步，他的腿好了之后，每天都会去跑步。”罗洪国笑容满面，显然开心得很，“对了，小峰，你打算什么时候结婚啊？我和你妈现在没有别的想法，就想抱个大孙子。”

罗峰坐在餐桌前，喝着热腾腾的米粥，听着父亲的唠叨，感觉很幸福。

在基地时，战士们不顾性命和怪兽大战，故而基地市中的居民能安稳地生活，或许，这就是李达威司令和无数战士拼命战斗的原因吧。

“喂，阿文。”罗峰坐在练武厅的地面上，正在通电话，“什么？今年暑假你和你女朋友出去旅游了一趟，你小子够浪漫的啊！嗯！好！不过，最近没有时间，月底我还要出去一趟，回头再去找你。嗯！就这样，拜拜！”

罗峰的脸上满是笑容。

看来阿文的小日子过得不错。

罗峰的父母也过得很好，弟弟和他的女朋友在热恋中……

罗峰的脑海中浮现出了李达威的那句话——我希望C国的子孙们能有未来。

“能有未来！”罗峰喃喃自语，“我希望父母能安享晚年，我还希望我的弟弟将来娶妻生子，并培养他的孩子长大成人。我不想这一切被怪兽种群给毁掉。”

这一刻，罗峰的心前所未有的坚定。

“我也想追求生命极限，不断超越自己。我想成为议员，成为议长，甚至比这些人更强。

“我也想像洪一样，凭借一己之力，震慑陆地的怪兽种群！

“我还想让C国的子子孙孙都能有未来！”

罗峰的眼神很是坚定。

“努力！

“前进！

“超越！

“当我死去的时候，我不想为了因过去的不努力造成的遗憾而后悔！”

这一次心灵的洗礼让罗峰的信念前所未有的坚定。

整个9月，罗峰全身心地投入刀法、身法、身体素质等修炼之中，他丝毫不觉得枯燥，反而发自内心的感到喜悦。

他体内的基因逐渐蜕变，并且完善。

他的实力一次次进步。

身体发生的这种本质变化让人着迷。

一般来说，强迫自己修炼，效果反而比较差。而享受修炼，并且喜欢生命本质变化的感觉，反而令进步速度惊人。

9月29日早晨，罗峰给自己进行测试的时候，他发现拳力竟然达到了25.8103万千克，超过之前的25.6万千克，身体素质达到了高级战神级。

9月29日下午2点多。

罗峰穿着以最优价在战神宫中购买的一套SS级血红色作战服，背着一把SS级血影战刀，斗志昂扬地走出了家门。

“爸、妈，这次我出去的时间长短难定，你们要好好保重。罗华，我不在家，你照顾好爸妈。”

“知道了，哥。”

“你在外面千万要小心啊！”罗峰的父母叮嘱道。

罗峰微微一笑，而后走向旁边的智能战机，智能战机的舱门自动打开了。

罗峰进入其中，舱门自动关闭。

“呼！”

深蓝色的三角形战机迅速上升，飞出了JN基地市防御系统覆盖的区域，而后化作一道流光，朝极限武馆全球总部飞去。

第180章

古文明遗迹

洪宁基地市，极限武馆全球总部是一座古老的飞船式的庞大建筑。

此时，一架深蓝色的三角形战机缓缓地降落在巨型飞船式建筑旁的停机坪上。

智能战机内。

“9号古文明遗迹中没办法使用黑神套装，我只能将黑神套装放在这里了。”罗峰伸出右手，很快黑色皮膜覆盖了右手，形成了一只黑色手套，“我还要解除对黑神套装的控制。”

黑神套装吸收主人的血液后，就会产生变异，从而和主人的身体前所未有的契合，就好像皮肤一样。此外，黑神套装可以千变万化，甚至隐藏于皮肤之下。不过，它有一个缺点，那就是一旦上身，很难脱离身体。

要让黑神套装脱离身体只有两个办法：第一，主人身死；第二，主人主动控制黑神套装将其吸收的血液给逼出来。

“现在我只能让黑神套装脱离我的身体，之后，我再次让它发生变异，从而和我的身体达到契合状态。”罗峰无奈一笑。

片刻，黑色手套就掉落到智能战机的座椅上。

“1号，收好黑神套装。”罗峰当即下令，随即离开了智能战机。

巨型飞船建筑内，罗峰刚刚出现，就被迎接到某个休息室。

宽敞的休息室内有数十个座椅，里面已经:6人了，看他们的长相，罗峰一眼就判定，其中有一对男女应该是C国人，其中一人闭着眼睛静坐着，应该是I国人，还有两个同样闭眼静坐的黑人，一个有着金色卷发的白人。

“你好，罗峰，我是拓跋岩，来自J基地市。”那C国男子走过来，自我介绍道，“据我所知，我们这一拨人中，来自C国的只有你和我。哦，不对，刚才和我说话的李小姐是洪宁基地市的人。”

“嗯！”罗峰点点头。

他和拓跋岩交谈了两句，就坐到一旁静修，为即将进入9号古文明遗迹做准备。

很快，第八名成员也来了。

至此，极限武馆这一次前往9号古文明遗迹的战神全部到齐。

“各位，请跟我来。”

在一个穿着宽松红袍的男子的带领下，罗峰一行人来到了由奇怪的紫色木头制造而成的静室中。

那些紫色木头并非罗峰等人见过的任何一种木头，不但有着奇异的香味，而且还能让人心静。

洪站在静室中，背对着罗峰一行人。

“馆主！”罗峰等8人都微微躬身。

洪这才转身，目光扫过罗峰一行人，淡淡地道：“9号古文明遗迹虽然危险程度是古文明遗迹中较低的，但是死伤率很高。你们中若是有后悔的，想要退出，可以现在说出来，一旦进入9号古文明遗迹，到时后悔可就晚了。”

所有人都沉默不语。

“很好。”洪淡淡地道，“妖娆，进来。”

“唰！”

一道模糊的人影出现在门外，而后变成一个身穿黑色长袍、戴着金色面具，披散着黑色长发的神秘女子。

面具遮住了她的脸，罗峰他们只能看到她的眼睛、鼻子、嘴巴，仅仅如此，他们就判定她是一个绝世美人，她那双眼眸好似能勾人魂魄。

“她是个混血儿。”罗峰根据神秘女子的眼睛就作出了判断，“原来她就是三大亲卫之一，名唤‘妖娆’。今日得见，她不愧‘妖娆’这个外号。”

三大亲卫是极限武馆馆主洪麾下极其忠诚的手下。

他们一直跟随着洪。相较于五位巡察使，他们的实力要高一些。

“你们待会儿出发前往9号古文明遗迹，由妖娆带队。”洪说道。

“是！”众人都恭敬应命。

“罗峰留下，其他人退下。”洪吩咐道。

很快，静室中只剩下罗峰和洪两人。

洪淡淡地道：“罗峰，你通过内部电话询问过9号古文明遗迹的事，你不想去9号古文明遗迹？”

“馆主，”罗峰微微躬身，恭敬地回道，“我的确拨打过内部电话询问相关的事，那时，我认为进入9号古文明遗迹要冒生命危险，却只为得到一套黑神套装，付出的代价和最后的收获不成正比，不值得，所以当时我是比较犹豫的。”

“那你现在改变主意了？”洪惊讶地看向罗峰。

“嗯！”罗峰点点头，“追求生命极限的道路困难重重，自当逆流而上，人生在世，没什么事情是百分百安全的。”

“我既然选择了这条路，就要有拼搏的勇气。如果此路是百分百安全的，反而没有挑战的意义。正是因为有危险，才能让我热血沸腾，充满斗志。而且，据说我通过9号古文明遗迹的成功率超过80%，我还有何畏惧？”罗峰笑着说道。

洪点点头。

罗峰的天赋很好，可是想要获得大成就，单单靠天赋是不行的。

相较于洪第一次看到的他，此时的他多了百折不挠的斗志。那是一种铁锤砸不弯、激流冲不垮的坚强意志。

想要真正突破生命的极限，成为全世界的巅峰强者，就要有舍我其谁、无人能阻挠的斗志。

“很好。我想告诉你，进入9号古文明遗迹的高级精神念师有失败的，却没有丧命的。”洪说道。

罗峰心中一动。

难怪当初让自己去9号古文明遗迹闯荡，洪好像挺有把握。

“当然，高级精神念师本来就少，例子不多，所以不能确定是百分百安全的。”洪补充了一句，“你既然决定进入9号古文明遗迹，就去和他们会合吧！”

“是，馆长。”罗峰当即离开了。

“嗖！”乾坤级的智能战机正以惊人的速度破空飞行。

舱内正是妖娆和8位战神。

“你们称呼我为‘议员小姐’即可。”妖娆的声音柔和，让人听得很舒服，“这次我们的目的地是9号古文明遗迹。9号古文明遗迹地处南美洲的一个丛林深处，是古文明遗迹中危险程度较低的。”

几人中的那个白人好奇地问道：“议员小姐，是不是还有其他古文明遗迹？”

“当然！”

在场的战神都看不到妖娆的面部表情，却能看到她微微上翘的嘴角。

“我可以告诉你们，1号古文明遗迹是地球上最早发现的古文明遗迹，地处北大西洋的百慕大周围海域的海底。”

所有人一听，心中一惊。

“不过，现如今没有人有任何办法进入1号古文明遗迹。”妖娆的声音有些沉重，“即使是再厉害的高手，携带再坚硬的金属兵器，只要跨入1号古文明遗迹的入口，就会被毁灭。”

罗峰等人震惊了。

“连洪和雷神此等高手都进不去，貌似连SS级材料或者一些更坚硬的材料在1号古文明遗迹的入口都会被毁掉……”

“这个地方也太邪门了，还是别想了，安心修炼吧。”罗峰心中暗道。

“各位，听好了，我只说一遍。”妖娆的音调陡然提高。

“9号古文明遗迹是古代用来‘选拔淘汰’的试炼性质的遗迹。你们进去后，战神级武者沿着A型号通道进入遗迹的深处，精神念师则沿着B型号通道进入遗迹深处。”

所有人都竖起耳朵仔细地听着。

也就是说，精神念师和武者在里面的遭遇不一样。

“进入9号古文明遗迹深处后，每个人的遭遇都不相同，难度也不一样。成功者即可得到9号古文明遗迹的奖励，也就是一套黑神套装，失败者非死即残。”

妖娆忽然站起身来，面向乾坤级智能战机的控制台，下令道：“口令……9号古文明遗迹。”

“唰——”8道红色光芒从智能战机内射出，直接射向罗峰等8位战神手腕上的通信手表。

众人很是疑惑。

“别紧张。”妖娆的嘴角微微翘起。

“9号古文明遗迹内有语言和文字，不过，跟我们地球上的语言和文字都不一样。”妖娆顿了顿，又道，“你们若是听不懂9号古文明遗迹中的语言，看不懂文字，将会大大浪费你们的时间。早期，有战神不懂那些语言和文字，在9号古文明遗迹中待了7个多月才出来。”

“如果能听懂语言，看懂文字，你们会事半功倍。进入之前，我会给你们的通信手表中安装一套翻译软件，这套翻译软件可以将9号古文明遗迹的文字和语言翻译成通用的文字和语言。你们出来之后，我会负责卸载这套9号古文明遗迹的翻译软件。”

过了5分钟，翻译软件安装结束了。

南美洲的丛林中。

当夜，乾坤级智能战机从高空俯冲而下，而后缓缓地降落。

“哗！”舱门打开了。

罗峰等8位战神和妖娆一同走了出去，映入眼帘的竟然是一片荒地，荒地周围则是一望无际的丛林，还能看到一些怪兽。

只是，没有一头怪兽胆敢靠近这里。

只听得“哧哧”的声音响起，地面竟然直接朝两侧分开，出现了一条足足有5米宽的地底通道。

“嘟！”银灰色电梯直接上升到地面。

电梯门打开了，出来一名穿着红袍的老者。

“妖娆议员！”红袍老者微微躬身。

“嗯！”妖娆点点头，而后看向罗峰等8人，“好了，你们赶紧进去，之后进入9号古文明遗迹。你们每个人遇到的情况会不一样，我希望你们都能够活着出来。”

随即，妖娆直接转身，进入乾坤级智能战机，乾坤级智能战机迅速地飞走了。

“各位请抓紧时间，9号古文明遗迹今年开放的时间很短，只剩下最后两个小时。”红袍老者提醒。

第181章

脑域阔度

“最后两个小时？9号古文明遗迹的开放竟然还有时间限制。”罗峰心中暗道。

而后，他和其他7位战神一道进入了银灰色电梯。

红袍老者当即按动电梯的按钮。

“嘀！”电梯门关闭了。

随后，银灰色电梯开始启动，迅速下降。

“哧哧——”那个通道口迅速关闭。

丛林深处的这一片荒地再度恢复了平静。即使如此，丛林中游荡的诸多怪兽都不敢靠近。

“哗！”电梯门打开了。

一条合金铸造的黑色走廊出现在眼前，黑色走廊的上方挂着日光灯。

“各位，欢迎大家来到9号古文明遗迹的人类驻扎基地。”红袍老者说，“现在我们都比较赶时间，所以，我就不唠叨了，各位，跟我来！”

红袍老者在前面走，罗峰等8人跟在后面。

黑色走廊上，一行人通过了九道关卡，终于来到了一个空旷的大厅，大厅中聚集着来自世界各地的近百名武者。

此时，这些武者大多坐在电脑前。

“欢迎8位战神！”

“战神们，预祝你们活着出来！”

“加油！你们活着回来后，迎接你们的将会是美味的香槟！”

地下基地的人都兴奋得很。

罗峰等8人却都保持沉默。

旁边的红袍老者微微一笑，道：“别理会这群家伙，他们待在地底基地的时间很长，难得看到外人，所以都很是兴奋。好了，各位，你们准备好了吗？”

罗峰等8人都没有吭声，只是点点头。

“很好！打开入口的通道！”红袍老者高声说道。

“咔——”

大厅正前方的弧形合金墙壁竟然裂开了，出现了一条圆形通道。

“什么！”

“天哪！”

一直沉默的7位战神看着圆形通道，眼中满是惊骇之色。

罗峰也难掩震惊之色。

这条圆形通道的前部分都是合金，可是越往里面走，他们发现通道呈现出了古怪的黑褐色，通道仿佛是由一个个树根形成的。

通道的尽头竟然有着不断发出光芒的镜子。

“你们沿着通道一路往前走，进入那放光的镜子里。哦，不对，其实不是镜子，而是9号古文明遗迹的入口。一旦你们进到入口，再也无法后悔。8位战神，希望你们都能活着出来！”红袍老者看着罗峰等8人，大声说道。

空旷大厅中的人也都定定地看着罗峰等8人。

他们此去，生死未知。

8位战神都沉默了，一动不动。

“各位。”半晌，罗峰直接走向通道，“我先进去了。”

“走！”

“Go！”

罗峰走在最前面。

紧接着，一位位战神接连走入通道。

“咔——”身后的合金墙壁关闭了，他们再也没有回头路了。

罗峰一行人走在宛若黑褐色老树根形成的怪异通道内，一阵阵奇异的味道弥漫开来。

罗峰嗅了嗅，道：“嗯！这味道是树根发出来的，怎么跟黑神套装的味道很像？”

只要贴近黑神套装，就能闻到一丝很淡却永久不散的奇异味道。

“发光的镜子！不，那是9号古文明遗迹的入口。”罗峰定定地看着前方发出道道光芒的圆形“镜子”。

“罗峰兄弟，祝你好运。”后面的拓跋岩大声说道。

“你也好运！”

罗峰朗声大笑，没有丝毫犹豫，直接进入了入口。

入口仿佛荡漾的水面，轻易地将罗峰给吞没了。

“罗峰，我来了。”

一名黑皮肤的战神一咬牙，也一脚迈入了入口。

其他人相继进入了入口。

这是一间黑色大厅，大厅的屋顶是半球形的。整间黑色大厅有数百平方米，一道道迷蒙的光芒从黑色大厅的屋顶射下，令整间大厅显得如梦如幻。

“这就是9号古文明遗迹？！”罗峰站在大厅中，环顾四周，脸色微变，“其他人呢？”

同一时刻，拓跋岩等7位战神出现在其他的黑色大厅中，每个黑色大厅的构造都是一模一样的。

“不愧是古文明遗迹。我一脚踩进入口，刹那间，就进入了这个大厅。而且，我还跟其他人分散了。”拓跋岩好奇地看看四周。

来之前，他们都知道，每一位战神在9号古文明遗迹中的遭遇都是不一样的，遇到的难度也是不一样的。

忽然，一道迷蒙的彩光笼罩了拓跋岩。

而后，一连串奇怪的声音在大厅内响起。

“幸亏有翻译软件。”拓跋岩低头看向手腕上的通信手表。

下一瞬，通信手表传出翻译后的语音——请进入A型号通道。并且通信手表的屏幕上出现了与语音匹配的9号古文明遗迹的文字。

黑色大厅微微震动，过了一会儿，就出现了一条黑色通道，黑色通道旁有着复杂的文字。

“咦！这里的文字和我通信手表上显示的文字一样，这应该就是A型号通道。反正就这么一条通道，我也没别的选择了。”

拓跋岩直接走向黑色通道。

他进入黑色通道后，黑色通道瞬间变得模糊，而后消失不见了。

同一时间，其他战神也沿着通道进入了9号古文明遗迹的深处。

黑色大厅中，迷蒙的彩光笼罩了罗峰。

“怎么回事？彩光笼罩我这么长时间了，怎么一点反应都没有？”罗峰疑惑得很。

他抬头看向彩光，根本不知道其他7位战神都被彩光笼罩住了。

然而，其他7位战神很快就沿着各自的通道进入了9号古文明遗迹的深处。

唯有罗峰还停留在原处。

“嘀嘀——”一阵刺耳的声音忽然响彻整个黑色大厅。

“翻译软件。”罗峰当即低头看向通信手表，翻译软件是打开状态。

通信手表中传出了语音——警报。

“警报？！”罗峰心中一凛。

罗峰并不知道，自从人类发现9号古文明遗迹，从未出现过这种情况。

只见笼罩着罗峰的彩光忽然消失了，同时黑色大厅半圆球形的屋顶上，迅速伸出一根根手指粗的水晶绳索，100多根水晶绳索的速度极快，比雾岛的长藤速度还要惊人。

“不好。”罗峰欲要闪躲。

可惜，水晶绳索的速度之快达到了不可思议的地步，不容罗峰闪躲，瞬间捆住了罗峰。

“怎么回事？我怎么从来没听说，一进入9号古文明遗迹，就会被水晶绳索捆住？”

罗峰当即控制背包中的遁天梭，6把飞刀从背包中飞出，狠狠地砍向水晶绳索。

遁天梭的飞刀狠狠地砍在水晶绳索上，却没有留下一点痕迹。

“开！”罗峰奋力挣扎。

与此同时，他连续控制飞刀切割水晶绳索。

可惜，对于捆缚力极强的水晶绳索，那些飞刀一点用处都没有。罗峰渐渐明白，自己的实力虽强，但是在9号古文明遗迹中依旧没有一点反抗之力。

也对，这可是能够赐予黑神套装的9号古文明遗迹，岂是他能轻易对付的？

“9号古文明遗迹中充满了未知的挑战。没想到，我一来这里，就遇到了这种状况。不过，这些水晶绳索只是捆住了我，应该没有要杀我的意思。”罗峰暗自思忖。

此刻——

捆住罗峰的水晶绳索上出现了数道流光，流光透过水晶绳索，迅速朝黑色大厅的顶部传递过去。这个过程持续了约30秒的时间。

“嗖——”水晶绳索迅速收拢，而后融入屋顶中。

一阵声音回荡在黑色大厅中。

罗峰连忙低头看向通信手表，只见通信手表显示屏上浮现出复杂的文字，同时发出了一段罗峰听得懂的语音——恭喜你，你的脑域阔度为21，大于18，有资格进入本试炼基地的精英通道。精英通道5000年来第一次打开，请等待15分钟。

罗峰站在黑色大厅中，脑中一片混乱。

妖娆不是说9号古文明遗迹中只有A型号通道和B型号通道吗？这怎么突然冒出了精英通道，而且还是5000年来第一次打开？

“什么是脑域阔度？”罗峰心中很是疑惑，“我的脑域阔度为21，大于18？听起来，脑域阔度18是合格线。还有，5000年来，许多战神进入这里，却没有一个人能进入精英通道？”

如今，他成了5000年来第一个进入精英通道的，此事到底是好是坏？

在罗峰看来，好的方面，精英通道不同于A型号通道和B型号通道，估计会有意外的收获。

坏的方面，一旦进入精英通道，前人的经验一概不适用了。5000年来，精英通道第一次打开，没人知道进入精英通道会发生什么。

“15分钟，时间过得真慢。我的通信手表一点信号都没有，看来身处9号古文明遗迹的内部，根本没办法和外界联系。”罗峰瞥了通信手表一眼，心中暗道。

其实这也无可厚非，如果还能和外界联系，极限武馆和雷电武馆怎么会对9号古文明遗迹了解甚少呢？

时间一分一秒过去……

罗峰默默地等待着。

一道说话声在黑色大厅中响起，同时大厅的墙壁开始缓缓震动。

罗峰低头看向通信手表，通信手表翻译出了一句语音——请进入精英通道。

只见黑色大厅的墙壁上出现了深不见底的黑色通道，黑色通道旁还有着复杂的文字，和通信手表屏幕显示的文字很像。

第182章

死亡任务

“精英通道……”

罗峰心念一动，365把飞刀立即沿着他刻意弄出的背包缝隙迅速飞了出来，而后形成遁天梭。

罗峰纵身一跃，踏上遁天梭，他的速度和灵活性都强了不少。

“走！”

“嗖！”遁天梭以极快的速度飞进了黑色通道。

黑色通道幽深，罗峰飞行了500多米的距离后，终于看到前方有一条条岔道。

“9条岔道，迷宫？”罗峰眉头皱起。

照妖娆所说，还有他之前经历的，他可以肯定，9号古文明遗迹是一个用来淘汰弱者、筛选强者的试炼地，之后还会有各种试炼。

“如今出现了迷宫，我该怎么做？”罗峰陷入了沉思，“嗯，先选一条路。”

罗峰沿着左侧第一条岔道飞了进去。

仅仅片刻，这条岔道的尽头又出现了9条岔道。

“这么下去，再厉害的高手都会迷路的。”

罗峰环顾四周，四周都是由黑色树根形成的一条条古朴通道，没有任何特色。

距离罗峰约300米的一条岔道中，墙壁上透出一道模糊的黑影，片刻，仿佛水滴滴落一般，黑影落在了岔道中，半晌，变成了一个戴着银灰色面具的黑袍人。

其他岔道中发生了同样的事情。罗峰前方的9条岔道和后方的9条岔道中都出现了一个戴着银灰色面具的黑袍人。

这18个黑袍人沿着岔道朝罗峰的方向聚集。

“嗯？”罗峰一眼就看到远处的岔道走出了一个黑袍人。

这个黑袍人戴着银灰色面具，瞳孔是绿色的，眼神中有着杀意。

“又一个？！”

此时，另外一条岔道中也走出一个黑袍人。

3个，4个，5个……

9个黑袍人站在前方的9条岔道的入口，恨恨地盯着罗峰。

突然，罗峰的后方传来了吼声。

“后面也有9个黑袍人？！”

罗峰的精神念力发现，自己所在通道的后方也有9个黑袍人，他们正朝自己走来，同时发出了低低的嘶吼声。

忽然——

“嗖——”前后方的黑袍人都闪电般沿着通道冲向罗峰。

“不能被他们堵在通道中，否则麻烦就大了。”

“只能冲了！”罗峰心中暗道。

他脚踏遁天梭，一手持着六棱盾牌，一手持着血影战刀，宛如一道血红色幻影，疾速冲向前方。

“给我破！”罗峰大喝一声。

“唰——”6把飞刀疾速袭向第一个冲进通道的黑袍人。

那黑袍人低吼一声，戴着银灰色手套的双手竟然直接和飞刀硬碰硬，欲挡住速度惊人的飞刀。

每一把飞刀都有极强的冲击力，6把飞刀同时作用在黑袍人的身上。

黑袍人被轰得往后飞退，飞出通道的同时，还撞飞了另外一个黑袍人。

后方通道的9个黑袍人的速度显然不如罗峰。

不过，前方通道入口的另外8个黑袍人没有再继续冲进去，而是堵在入口。

“挡我者，死！”

罗峰的速度飙升到极限，甚至产生了气爆声。

在如此快的速度下，空气都被压迫得发生了扭曲，从而形成了波纹。

6把飞刀在罗峰的前方飞着，为罗峰扫除阻碍。

前方通道入口的8个黑袍人怒吼着，同时挥动戴着银灰色手套的右手。

“伤其十指，不如断其一指。”罗峰目光冷厉。

“嗖！”

遁天梭猛地划出一道弧线，疾速朝右侧冲去，它的目标只有一个——最右边的那个黑袍人。

罗峰的左手则持着盾牌，准备硬抗可能遭遇的攻击。

“砰——”三拳重重地砸在罗峰左手持着的盾牌上。

每一拳都重若泰山，幸好这三拳是先后发出的，若是同一时刻击中罗峰，没有一点缓冲，恐怕会把罗峰活活砸死。

罗峰喷出一口鲜血，他的左臂完全骨折了。

“去死吧！”罗峰恨恨地盯着最右侧的黑袍人。

6把飞刀宛如闪电般袭向最右侧的黑袍人。

“啊——”最右侧的黑袍人怒吼的同时，闪电般挥动双手。

可是，罗峰的飞刀的速度太快了。

其中两把飞刀成功地划中了黑袍人的脖颈，黑袍人当场丧命。

“滚开！”

罗峰一声怒吼，双眸泛红，右手中的血影战刀瞬间化作一道霹雳电芒。

霹雳电芒快到极致！

罗峰脚踏遁天梭，移动速度超过1000米/秒，九重雷刀第四重完全爆发，携着霹雳意境，这是有史以来威力最强的一刀。

刀锋直接掠过另外一个黑袍人，那个黑袍人没了气息。

“啊——”

其他黑袍人都愤怒地闪电般冲来，奔跑速度达到了800米/秒，比李耀都要快得多，速度堪比卡特兰。

剩下的16个黑袍人疯狂地追杀罗峰。

“想杀我，做梦！”罗峰嗤笑一声。

而后他闪电般沿着最右边的通道冲了进去。

“嗖！”一道人影一闪而过。

罗峰脚踏盾牌，速度达到1300米/秒，比那些黑袍人的速度要快得多，仅仅一会儿工夫，他就将这群黑袍人甩得远远的。

而后，他沿着一条又一条岔道飞着，飞了半分钟，才停了下来。

“9条岔道，又有9条岔道，再有9条岔道，连绵不绝……他们能找到我才怪。”

罗峰对于迷宫的设计赞叹不已。

这迷宫可是一点都不简单。这么大的迷宫，到底怎么建造出来的？

“我飞了这么远，短时间内，恐怕自己都找不到回去的路了。”罗峰摇头一笑，“还好，我总算逃过一劫。那16个黑袍人太难缠了，个个堪比战神级巅峰武者，而且他们戴的手套很是怪异。”

若是被那16个黑袍人追上并包围，没穿黑神套装的罗峰根本没有活下来的把握。

……

原先战斗的地方，16个黑袍人一动不动，丧命的黑袍人的尸身倒在了通道中。

忽然，那两具尸身缓缓融入地面，消失不见了。

16个黑袍人的身体虚化，也消失不见了。

9号古文明遗迹的某核心处，成千上万根水晶绳索往同一个方向延伸，同时道道流光从它们内部传递，向核心处会合。

黑褐色树根形成的岔路口前方是9条岔道。

“又是9条岔道？！这样下去，什么时候是个头啊？”

罗峰很是恼怒，不由得停了下来。

每个岔路口都是一模一样的。

“我若是成功通过，可以得到一套黑神套装。可是，怎样才叫成功过关呢？”

罗峰看着眼前的9个岔路口，很是无奈。

如果有人和他说，打败几个黑袍人，就算过关，他无论如何也会拼一把。可现在，一点提示都没有。

罗峰不由得摇摇头。

……

寂静的岔路口，罗峰还在思考怎么办。

忽然——

“唰——”

一道道流光从高空疾速射下，瞬间这数道流光就形成了一个高5米，长宽都达8米的水晶房子。

罗峰就置身于水晶房子之中。

“怎么回事？我还没反应过来，那些流光就形成了一个水晶房子，还把我给关起来了。”

罗峰看着水晶房子，心念一动，顿时6把飞刀袭向水晶房子。

水晶房子只是轻轻地震动，墙壁上一点裂痕都没有。

“这房子是什么材质？即便材质是金刚石，也经不起我的飞刀的袭击啊，在6把飞刀的猛烈袭击下，金刚石也会化成粉末。”罗峰心中暗道。

他使出全力一击，极强的冲击力作用在水晶房子的墙壁上，竟然一点裂痕都没有，自己怎么出去呢？

这时，一道神秘的声音回荡在水晶房中。

“精英学徒罗峰，你的死亡考核任务正式启动！其间，你会得到食物和水。考核密室的墙壁上刻着精神念师之掌控师秘传的基础312式，学好基础312式，你将有机会破开这个考核密室。”

罗峰的目光扫向水晶房子的墙壁，只见半透明的水晶房子的墙壁上有着许多雕刻，主要是300多幅人体画，同时附有9号古文明遗迹的文字说明。单单用肉眼看，罗峰就感觉很复杂。

然而，这还只是精神念师之掌控师秘传的基础312式。

“死亡考核任务的要求是3年内破开考核密室。如果你在3年内没能破开考核密室，即为失败。失败了，必死无疑。”

第183章

罗峰的死讯

9号古文明遗迹深处迷宫中的半透明水晶房子内。

“失败了，就是死？”罗峰的脸色一下子变得很难看。

他身处9号古文明遗迹中，根本没办法和外界联系，而如今又要完成这个特殊的死亡考核任务，而且只有3年的时间，这是何等的难啊？

可是，如果他真的长期被困在9号古文明遗迹之中，外界会怎么断定此事呢？估计外界会认定他已经死亡了吧！到时候，极限武馆的人会通知他的父母，连徐欣也会知道此事。

“怎么办，我根本没死啊！可是我如果长期被困在这里，是根本没办法和外界联系的。”

罗峰万分焦急。

一想到父母、弟弟，以及徐欣都会以为他死了，他就更加着急了。

“我竟然接到了这个什么死亡考核任务，早知道我宁可不要黑神套装了。”

罗峰不敢想象，如果自己3年都没回去，家里会发生什么事情。

“快！我必须以最快的速度破开这个考核密室。”罗峰死死地盯着水晶房子的墙壁。

他顾不得其他，一咬牙，6把飞刀化作刀光，轰击在水晶房子的墙壁上。

“轰！”罗峰一次又一次竭尽全力地用飞刀轰击水晶房子。

“给我破开啊！”罗峰歇斯底里地叫道，“我不想在这里待3年！”

他一次又一次地轰击水晶房子，可是水晶房子古怪的类似水晶材质的墙壁上连一点裂痕都没有。

“没用，没用。”罗峰无力地跪倒在地上。

他仔细地想了想，这个死亡考核任务的时间是3年，这说明要破开水晶房子是很难的事情，如果他能通过通信手表联系到外界，告诉父母、弟弟，以及徐欣自己还活着，那该多好。

可是，如今自己根本无法联系外界。

一旦父母有个好歹，他得到黑神套装又能怎么样？

“我没法反抗，只能接受。”

罗峰的目光扫过水晶房子墙壁上的一幅幅图和文字，心中暗道：“既然给了我3年时间，那我要争取在3个月内就破开考核密室。”

“嘀！”罗峰按动通信手表的按钮。

顿时，通信手表开启了摄像功能，将水晶房子墙壁上的大量图画和文字都拍摄下来了，然后经过翻译软件，全部翻译了出来。20多分钟后，掌控师秘传的基础312式就出现了。

2257年9月29日22点56分。

罗峰开始修习掌控师秘传的基础312式。对于回家的强烈渴望，使得罗峰将全部精力都投入修炼之中。

水晶房子中有食物和水，除了吃喝，罗峰其他时间就完全沉浸在修炼中。

罗峰开始修炼后，才发现基础312式博大精深。论深奥程度，基础312式可比《天神图录》上的功法要高明得多。

《天神图录》中都是一幅幅单调的图，让人控制飞刀等武器，不断地模拟图上的功法，其中的修炼道理就是拳打千遍，其义自现，简单地说，就是熟能生巧，不断地锻炼人控制飞刀修炼，从而达到增强控制能力的效果。那些图其实就是洪通过智能系统推理出来的，一幅比一幅难。

基础312式就不同了。当初，建造了9号古文明遗迹的宇宙中有一股势力，该势力中的精神念师之掌控师一脉创造出了一套基础修炼方法。正是因为这套秘传基础修炼方法，很多比罗峰要强得多的强者产生了。

罗峰当初购买的被洪当成珍宝的《精神念师基础》，是近数十年来地球上的人类的智慧结晶。

而基础312式是经历了亿万年的考验从而产生的秘法。

罗峰刚开始修炼，立即感觉到了两者的区别。苦修《天神图录》上的功法那么久，他的进步甚微。可是，他修习基础312式没多久，控制飞刀的能力就大大增强了，这种提升速度令罗峰感到很是骇然。

……

“轰！”罗峰再一次袭击水晶房子。

“还是不够。”水晶房子中，一脸胡茬的罗峰紧紧地盯着墙壁，墙壁上并无丝毫裂痕，轰击墙壁的10把飞刀顿时飞了回去。

10把飞刀一同袭击，每一把飞刀的冲击力都是极强的，却依旧没有给墙壁留下丝毫裂痕。

“继续！”罗峰再度沉浸在修炼基础312式之中。

从能控制6把飞刀，到能控制10把飞刀，仅仅过去了2个月零21天。

要知道，罗峰修习《天神图录》上的功法一个多月的时间，都依旧只能控制6把飞刀，没有丝毫突破。

相比之下，这两种修炼方法，提升实力的速度的确有差距。

9号古文明遗迹入口的地下基地。

“3个月了！”红袍老者长叹一声，“整整3个月，罗峰都没出来，将消息通知极限武馆吧！”

“是！”基地中的工作人员连忙发送消息。

……

罗峰在9号古文明遗迹中埋头苦修，并不知道外界发生了动荡。

此次进入9号古文明遗迹的一共有8位战神，都是极限武馆的，有5人活着出来了。这5个人当中，有两人是完好的，还有三人残废了。另外三人没能出来。

一般来说，如果没能从9号古文明遗迹中活着出来，就会被认定为死亡。

没有出来的3个人中，有名气极大的无敌战神罗峰。没人能够想到，罗峰竟然会失败。即便失败，以罗峰的超强实力，他好歹能逃出来，最不济也就变成个残废。

可是，罗峰和其他两位战神都没有了任何消息。

极限武馆的全球总部。

洪默默地站在窗前，透过玻璃窗，看着外面。

“馆主。”妖娆恭敬地唤道。

“没想到，我没想到……”洪长叹一声。

这一次，进入9号古文明遗迹的8人，有5人出来了。最快出来的那位战神仅仅在9号古文明遗迹中待了3天，最晚出来的待了15天，剩下的3人一直没有出来，其中就包括罗峰。

按照常理，如果3个月不出来，就会被判定为死亡。

之前没有翻译软件，进入9号古文明遗迹的战神听不懂，也看不懂，被困在9号古文明遗迹中最长的有7个多月。自从有了翻译软件，战神们的效率大大提高了，在9号古文明遗迹中待得最久的也才一个半月。

极限武馆延长了判定死亡的时间，将判定死亡的时间定为3个月。3个月内，若是没能从9号古文明遗迹出来，就会被认定为死亡。

“这次有3人没有出来。”洪低声说道，“你把除了罗峰之外的两人的死讯通知他们的亲人。另外，通知罗峰的家人，罗峰有可能死亡，但是还未确定死亡。”

“是！”妖娆恭敬领命。

“可是，馆主，已经3个月了，罗峰还没出来。”妖娆忍不住说道。

洪长叹一声，道：“我不相信罗峰会死在9号古文明遗迹之中。去吧！”

“是！”妖娆当即退下。

洪默默地看着窗外，陷入了沉思。

他第一次见到罗峰，是在精英训练营，那一次他对于罗峰超高的天赋极为惊讶。后来，他对罗峰越来越赏识，甚至将遁天梭交给了罗峰。

他认定罗峰将来很可能成为他的得力助手。没想到，罗峰只是进入了危险程度较低的9号古文明遗迹，就到现在都还没出来。

清晨，Y城，明月小区。

“洪国，你说这到底是怎么回事？”龚心兰担忧地道，“3个月了，我们都联系不到小峰，我心里一直慌得很。”

“你就放心吧！”客厅中，正看着报纸的罗洪国咧嘴一笑，“我们儿子可是绝世高手，杀怪兽都轻而易举，上次东南军区司令还来咱们家道谢了呢。”

忽然——

门铃声响起。

“说不定是小峰回来了。”罗洪国立即起身。

然而，厨房中的龚心兰走得比他还快，一下子就走到了门口，打开了门。

“你们是？”罗洪国和龚心兰疑惑地看着眼前的两人。

门外站着一个漂亮的女子，她的身后跟着一个少女。此时，又有四人走上前来，正是极限武馆JN基地市的周会长和三位主管。

六人的表情都很是沉痛。

“洪国，不太对劲，我有点心慌。”龚心兰小声地道。

“周会长，你们赶紧进来吧。”罗洪国笑道。

六人当即进了屋子。

为首的女子微微躬身，道：“罗先生、罗夫人，我是罗峰的师父江芳。”

“原来是江芳老师，我听小峰说起过你。”龚心兰笑了起来。

“我今天来这里，是来告诉你们一个消息的。”江芳的脸上浮现出哀痛的神色。

她到现在都不敢相信，很有悟性，又刻苦修炼的罗峰就这么……

罗洪国和龚心兰彼此相视一眼。

“你们的儿子罗峰进入了9号古文明遗迹已经超过了3个月，我们怀疑他已经死亡，所以前来通知二老。”江芳低声说道。

“什么？！”

龚心兰的眼睛瞪得滚圆，而后直接昏厥了。

罗洪国身体不由得颤抖，可还是扶住自己的妻子，眼泪忍不住流下。

江芳当即扶住龚心兰。

片刻，龚心兰睁开眼睛，看到眼前的江芳，声音都有些颤抖：“江老师，不可能，不可能的，我家小峰不可能有事的……”

龚心兰的脸色很是苍白。

“两位，我们目前只是怀疑，还未确认罗峰已经死亡。”江芳连忙说道。

“对，只是怀疑。”罗洪国扶着龚心兰，“没事的，小峰会回来的。”

龚心兰却忍不住流泪。

极限武馆可是全世界第一大势力，极限武馆都派出战神来通知他们了，此事很可能是真的。没点影子的事，他们怎么会乱说？

罗洪国心里清楚，他的儿子罗峰恐怕是遭遇不测了。

“周会长，你们好。”

这时，笑容满面的罗华走入家门。

一看到父母的样子，他当即慌了，连忙冲进去，问道：“爸、妈，你们怎么了？”

第184章

一年零三个月

自从得知罗峰疑似死亡的消息后，罗峰的家人就陷入了痛苦之中。

可是，他们仍抱着最后一丝希望，那就是罗峰还没被确认死亡。这些日子，他们一直焦急地等待着，而且没有将这个消息告诉罗峰的女友徐欣。

时间一天天过去。

世上没有不透风的墙。罗峰失踪5个月后，徐欣得知了罗峰疑似死亡的消息。她焦急地找到罗峰的父母，询问罗峰的事情，罗峰的父母只能告诉她真实的情况。

虽然罗峰十有八九丧命了，但是他们一直都在等着罗峰回来。只要极限武馆没有认定罗峰死亡，他们绝对不会放弃。

9号古文明遗迹深处迷宫的水晶房子。

罗峰睁开眼睛，低头看着通信手表。

“一年，我陷入9号古文明遗迹中整整一年了。”

罗峰心念一动，一道道强大的精神念力疾速飞出，而后卷起一把把飞刀。

14把飞刀在罗峰的周围飞舞着，随后化作14道刀光，猛地轰击在水晶房子的墙壁上。

“轰！”

14把飞刀有着极强的冲击力，就算是穿着黑神套装的高级战神，恐怕也会被轰成重伤。

如果这14把飞刀连续轰击几次，恐怕能让穿着黑神套装的高级战神当场毙命。

“轰隆——”水晶房子微微震动。

“还不够。这14把飞刀的冲击力还不够。”

要知道，一般的高级战神的拳力极大，而高级战神一刀的冲击力比拳力更强。可罗峰还要强得多，他的实力远远凌驾于任何一名高级战神之上，甚至能威胁超越战神的存在。

可是——

如此强的冲击力，还是不能够攻破水晶房子。

“我一定能出去。爸、妈、徐欣，你们等着我回来。”

罗峰闭上眼睛，两滴眼泪从他的脸庞滑落。

虚拟空间。

大型会议厅中有着银色的地板、银色的墙壁，以及一张巨大的银色圆桌，还有六把通体漆黑的椅子。

此刻，五个白袍人和一个黑衣人端正地坐着，欲举行极限武馆最高层的圆桌会议。

极限武馆馆主洪和五位巡察使悉数到位。

“馆主，过去进入9号古文明遗迹中的战神，听不懂语言，看不懂文字，待在那里时间最长的也就7个多月。而听得懂语言、看得懂文字的，最多在里面待了一个月。”一个白人缓缓地说道，“罗峰进入9号古文明遗迹已经整整一年了，可以确认他死亡了吧？”

洪淡淡地道：“嗯！确认罗峰死亡。”

五位巡察使的脸色微微一变。

“传我的命令，将罗峰名下的遗产转给他的家人。”洪冷冷地说道，“罗峰的那架智能战机就留在极限武馆。”

“是。”五位巡察使恭敬应命。

他们的心中很是感慨，洪是何等身份，竟然亲自处理罗峰遗产这等小事，这说明洪对罗峰的家人很是关心。

洪命令将罗峰的智能战机留在极限武馆是有缘由的，罗峰的王级智能战机的价格昂贵，超过2000亿。

罗峰使用王级智能战机，没人敢说什么，毕竟罗峰是无敌战神。可是，如果罗峰的家人拥有王级智能战机，却是一场灾难。

而且洪亲自令人将罗峰的遗产转移给其家人，这样一来，就没人敢从中捞钱了。要知道，罗峰的遗产可不是小数目。

“可惜，罗峰死在9号古文明遗迹内，连悼念会都无法为他开。”柳巡察使叹息一声。

一般来说，若是有战神殒身，都会进行全国公开的悼念会直播。到时候，国家领导人和战神都会来参加，全国民众可以观看直播。

不过，在9号古文明遗迹中死去的战神是不会公开举行悼念会的。一来，举行悼念会的话，就要捏造死因；二来，有战神在9号古文明遗迹中待了7个多月，当时雷电武馆的人都以为他已经死了，为他举行了悼念会，不承想，7个多月后，那人活着出来了。对全国人民公开宣称已经死亡的人又活了，此前还为他举行了悼念会，这不是很荒唐吗？

自那件事之后，在9号古文明遗迹中死亡的战神，都不公开举行悼念会了。

“馆主，我们该商议一下选拔JN基地市的新任监察使了。”

2258年12月30号，极限武馆的官方网站上登了一则公告。

公告的内容是：无敌战神罗峰殒身了。

罗洪国和龚心兰当日就得知此事了。

他们当日就得到了罗峰名下的一笔巨大的财产，可是他们依旧伤心至极。

徐欣得到这个消息的当天，承受不住打击，选择退学，离开了学校。

她独自一人乘坐火车离开了JN基地市，去往异地。

徐家的人虽然有通天手段能找到徐欣，但是徐家族长严令不许去找徐欣，任由徐欣在外面散心，暗中保护即可。

JN基地市。

一年后，江南山水小区华耀峰山顶的别墅迎来了它的主人。

别墅中。

“哈哈！我真是开心啊！！！”李耀扭头看向旁边的维妮娜，兴奋地道，“极限武馆终于确认罗峰死亡，可惜啊，我没能亲手杀了他。”

维妮娜低声说道：“罗峰不是有家人吗，他敢杀了我们的孩子，那我们……”

“对。”李耀的眼中闪过一道精光。

“不过，他的家人受到了极限武馆的保护。”李耀冷笑一声，又道，“我们若是杀了罗峰的家人，会遭到极限武馆的人追杀，我们会倒霉的。最好的方法是用世俗手段来折磨罗峰的家人，让他们崩溃，最好是痛苦不已，而后自杀，这样就怪不到我们的头上了。”

李耀看向维妮娜，道：“这次我安排HR联盟的人去动手，应该没人阻拦吧！”

上次李耀准备动用世俗手段，却遭到了HR联盟地下议会的议长阻止。

“罗峰已经死了，谁会在乎他的家人呢？”维妮娜不屑地一笑。

罗峰在世的时候，就算是HR联盟，对他都有些忌惮，现在罗峰死了，还有什么好怕的？

“那就开始吧！”李耀笑道。

“我来安排HR联盟的心理学大师去折磨罗峰的家人，让他们崩溃，这是很简单的一件事。”维妮娜笑道。

明月小区。

“什么，我妈在莲花池公园和人吵架，还被人打了？”罗华不敢相信，“秦妈，不对啊，我妈怎么会和人闹成那样？”

旁边的保姆连忙说道：“那个泼妇说话太难听了，我听了都一肚子火。而且，她还有好几个帮手。”

罗华眼睛微眯。

虽然罗家最厉害的是罗峰，但是罗华的才华也是很惊人的，特别是智力方面，就算是罗峰，也自认不如罗华。

罗华年纪轻轻，就在股市中大展拳脚。股市可是极考验智力的地方，当初身有残疾的罗华就在股市里“搏杀”了。现如今，他已经是股市中的高手了。

一直以来，罗华的光芒都被罗峰给遮盖住了。罗华赚钱能力再厉害，也不及罗峰。

然而，罗华一点也不傻，反而很聪明。

“我一直害怕哥哥的仇家李耀会对付我们。最近，我们家发生了很多不好的事情，难道幕后之人是李耀？”罗华暗自思忖。

或许是他反应有点过激了，但是他不敢有丝毫松懈，现如今的他可是掌管着哥哥留下的数百亿资产，还有一个草木之灵千年黑乌根，据说此物是无价之宝。

两个月后。

“什么？”

李耀和维妮娜都心中一惊。

“我们也没办法，罗家的小子罗华竟然雇用了六名高级战将级武者当保镖，平常他爸妈出去的时候，有两名高级战将级武者随身跟着。”一个年轻男子恭敬地说道，“我们可没能力安排战神出手，硬来的话，根本没办法，我们只能来阴的。可是，罗华现在成了C国商业银行的第八大股东，可以调用C国特殊部门的人来保护他的家人。”

李耀和维妮娜听了，顿时目瞪口呆。

商业银行可是C国的第一大银行，市值近十万亿。仅仅国家财政部就掌控了超过50%的股份，而前十大股东拥有惊人的特权。不过，前五大股东都是大势力，而非个人，罗华只是一个毛头小子，怎么成为商业银行的第八大股东的？

即便他能拿出数百亿去购买股票，也得有人愿意卖出那么多股票啊！短时间内，要买进那么多股票，几乎是不可能的。

“在C国，我们HR联盟的势力没办法和国家的特殊部门相比，这是他们的地盘。”年轻男子道。

“滚！”李耀怒喝一声。

年轻男子不敢吭声，当即离开了。

李耀的脸色很是难看。

“没想到，罗家的罗峰就够难缠的了，罗华这个毛头小子也这么难缠。他到底有什么手段，竟然能成为工行的第八大股东？”

“哼！我斗不过你哥哥，我就不信了，还能斗不过你？！”李耀的眼中涌现出杀气。

李耀费尽心思对付罗家。

2258年12月26日，也就是罗峰被困在水晶房子的一年零三个月后的一天。

迷宫中，水晶房子晶莹剔透，美轮美奂，却比王级怪兽的鳞甲还要坚韧。

“轰！”随着一道巨大的轰鸣声，一道流光破开水晶房子的墙壁，飞了出去。

而后，一个身穿黑衫的高大男子大步走了出来。

“终于出来了！我终于出来了！”

第185章

古文明遗迹的奖励

一年零三个月，罗峰刻苦修炼，终于破开了水晶房子。

水晶房子的墙壁破开了一个大洞，“哧哧”的声音响起，紧接着，水晶房子化为道道迷蒙的光芒，融入了地面，消失不见了。

迷宫中响起了熟悉的声音。

“一年零三个月，我总算又听到这道声音了。”

罗峰连忙低头看向手腕上的通信手表，通信手表很快就翻译出了这段话——恭喜你，死亡考核任务，成功！请沿着前方的通道来见我，领取成功通过死亡考核任务的奖励。

这道声音仍在回荡，罗峰前方的黑褐色树根形成的墙壁迅速裂开，出现了一条三四米宽的通道，通道幽深，尽头有着迷幻的流光，正是形成水晶房子墙壁的那种光芒。

“终于成功了，我现在就去领取奖励。”罗峰背上背包。

“走！”罗峰纵身一跃，落在遁天梭上。

“嗖！”

遁天梭沿着通道迅速向前飞去，穿过幽深的通道，很快就来到迷蒙的彩光笼罩的宫殿。

这里仿佛是神仙居住的美丽宫殿，迷蒙的彩光弥漫开来。这座宫殿的长宽都有数十米，气势恢宏。

“你在哪里？”罗峰环顾四周。

宫殿中很是空旷。

忽然——

许多彩光汇聚在一起，迅速形成一道模糊的人影，下一瞬间，变成了一个光头水晶人。它的面容非常精致，如果是人类，算是很漂亮的。

“彩光凝聚成人了？！”罗峰看到这一幕，很是震惊。

9号古文明遗迹中发生的一切，已经超越了地球的高科技。就算是强大的武者，在9号古文明遗迹中都会不知所措。

此刻，面对这个光头水晶人，罗峰难免紧张。

光头水晶人张开嘴巴，说了一句话。

罗峰手腕上的通信手表立即翻译了出来。

“你好，罗峰。”

光头水晶人看了通信手表一眼，顿时，宫殿中的一道光芒射入了通信手表中。

罗峰大吃一惊。

通信手表屏幕上当即显示了光头水晶人操作的过程，这光头水晶人竟然在删除通信手表中的大量翻译信息。

“别紧张。”一道电子音响起。

“它会说C国的语言？！”罗峰很是惊讶。

“地球这个行星上的人类的发展都在我的监测之中，你们的文字变迁、文化变迁、历史变迁全部在我的监测之中，我当然懂得你们的文字和语言。”光头水晶人微微一笑，又道，“为了让你容易接受，我才以人的模样和你交谈。”

罗峰当即冷静下来。

也是，这9号古文明遗迹存在了不知道多少年，光头水晶人对地球的发展了如指掌也不足为怪。

“人类的科技还处于初始状态。”光头水晶人继续说道，“你们的所有讯息我都知道，所以我才能叫出你的名字。罗峰，你刚刚进入这里的时候，我就叫过你一次。”

罗峰心中一惊。

一年零三个月前，死亡考核任务启动的时候，就有人称呼自己为“精英学徒罗峰”，当时自己还以为是翻译软件的缘故，现在看来9号古文明遗迹的人早就知道自己的名字了。

“因为你启动了死亡考核任务，所以我才会直接叫出你的名字。”光头水晶人说道，“如果死亡考核任务失败了，你必死无疑，就不会泄漏这个消息。如果死亡考核任务成功了，你就有资格进入陨墨星，成为陨墨星的一员，自然会知道我在监测地球这个行星。”

“陨墨星？！”罗峰一愣。

光头水晶人微微点头，道：“嗯！现在我就给予你死亡考核任务成功的奖励。”

话落，光头水晶人一挥手，顿时宫殿深处的四件物品被一道彩光托着并飞了过来，分别是黑色的背心、银色的护臂、一本泛着点点星光的书、一块六边形的金属牌。很快，这四件物品就悬浮在光头水晶人的面前。

“第一件被你们称为黑神套装。

“第二件是辅助光脑。

“第三件是掌控师的攻击之法‘遁天’。

“第四件是陨墨星的令牌。”

光头水晶人抚摩着那块六边形的金属牌，上面写着两个复杂的字。

光头水晶人叹息一声，道：“我是按照主人设定的程序这么做的，可惜，你就算得到陨墨星的令牌，也无法让陨墨星的人来接你，从而让你进入陨墨星。”

“为什么？”罗峰现在脑子乱得很，“陨墨星又是什么？”

“陨墨星是浩瀚宇宙中的一处神秘之地。”光头水晶人看着罗峰，“可惜我已经无法联系陨墨星，你就更加无法靠着令牌联系到陨墨星了，按照基地的设定程序，我必须赐予你这块令牌，可是你根本用不到。”

罗峰心中暗惊。

听起来，陨墨星应该是宇宙中的一股神秘而强大的势力。很久很久以前，就建立了这个9号古文明遗迹，以监测地球上的一切。一般来说，只有筛选出来的精英才有资格进入陨墨星。

不过，现在9号古文明遗迹根本无法联系到陨墨星了。估计陨墨星遭了劫难，或者被毁掉了。

花无百日红，再强大的神秘势力也是难以永恒存在的，9号古文明遗迹仍旧完好无损，却联系不上陨墨星，当然是陨墨星出了问题。

“陨墨星的令牌对你无用，这黑神套装的用处你早就知道了。而辅助光脑是每一名基因武者和精神念师都想要的，它对你有很大的用处。”光头水晶人说道，“辅助光脑除了拥有通信手表的一切功能外，还有诸多其他功能，最重要的一个功能就是能测出目标的实力。”

“测出目标的实力？！”罗峰很是惊讶。

“你戴上它……”光头水晶人顿了顿，继续说道，“并且将精神念力渗透其中。”

说完，那银色护臂就飞向了罗峰。

“嗯。”罗峰先解开自己左臂上原有的护臂，戴上银色护臂。

当一道精神念力渗透进银色护臂之中，银色护臂迅速与皮肤融合，并且银色护臂的表面浮现出了大量的图画和文字。

“辅助光脑还具有翻译功能。”光头水晶人说道，“你的通信手表的翻译软件翻译的许多信息有可能泄漏，从而曝光这里的秘密，所以我已经将你的通信手表中的很多相关的讯息，包括掌控师秘传的基础312式全部删除了。”

罗峰点点头。

删除就删除，怕什么？他苦修了一年零三个月，练习了不知道多少次，早就将基础312式的秘诀背得滚瓜烂熟了。

“你按动辅助光脑左下侧的按钮，让辅助光脑对准谁，即可检测出谁的实力。”光头水晶人说道，“而且，你还可以语音控制辅助光脑。”

罗峰低头一看。

辅助光脑的表面平滑，只在边缘有一些按钮。

他轻轻地按动左下侧的按钮，并且将辅助光脑对准自己，顿时辅助光脑的表面浮现出了一些文字。

战力：精神念力（学徒九阶）、基因原能（学徒九阶）。

“什么是学徒九阶？”罗峰疑惑地看向光头水晶人。

“你已经是陨墨星的人，有权限知道这些讯息。”光头水晶人点点头，又道，“浩瀚无垠的宇宙中，产生了无数的生命，其中大多数生命的实力都是学徒级。所谓学徒级，用你们地球人的说法就是不入流。”

罗峰闻言一愣。

自己的实力竟然只能算是不入流的？也就是说，他在地球是超级高手，在陨墨星则只是普通大众。

“学徒级一共分为九阶，一阶是最低的，九阶是最高的。一阶相当于你们所谓的初级战士级，九阶就相当于高级战神级。”光头水晶人微微一笑，“你们所在的行星上的最强者洪得到过一些古文明科技传承，所以他知道要分成九个级别，估计他认为这九个级别的名称不好听，故而改成了战士级、战将级、战神级等。然而，在茫茫宇宙中，这一层次统称为‘学徒级’。”

罗峰深吸一口气。

“学徒级之上，就是行星级。能够达到行星级，才有资格被称为基因武者、精神念师；没达到行星级，就只是学徒而已，没资格被称为基因武者、精神念师。”

听到光头水晶人说的话，罗峰心中很是无奈。

他号称无敌战神，没想到，竟然没资格被称为精神念师。

“行星级也分为九阶。地球上，超越战神的存在就是行星级武者。”光头水晶人说道。

罗峰恍然大悟。

原来高高在上的议员们都是行星级强者。

“行星级武者在宇宙中闯荡，吃饱肚子是没问题的，有立足的根本。”光头水晶人淡淡一笑，又道，“不过地球没有那等科技，能够让你们进入宇宙之中。”

罗峰当即问道：“他们的实力有多强？”

罗峰很是好奇，地球上的超越战神的存在，洪、雷神这些人的实力到底有多强。

“绝大多数人的战力都是行星级一阶，少数人是行星级二阶，其中有两人是行星级三阶。”光头水晶人说道，“洪是行星级六阶，而雷神是行星级七阶，他们的实力比其他人强很多。”

罗峰错愕。

洪是行星级六阶，雷神反而是行星级七阶？！

“不对吧，洪的实力可比雷神要强。”罗峰忍不住说道。

“我所说的级别，指的是他们的身体素质、基因原能、精神念力，而非真正的战斗力。”光头水晶人缓缓地说道，“洪的身体素质和基因原能等的确比雷神要差一些，不过，他的真正战斗力要强一些。也就是说，身体素质、基因原能等强的，战斗力未必一定强。”光头水晶人定定地看着罗峰，“比如你，你的精神念力等级是学徒九阶，可是，你的振幅是16倍。你的基因原能等级是学徒九阶，振幅是3.5倍。”

现如今，罗峰已经能够同时控制16把飞刀并使它们发挥出最强的战斗力。

“同样是学徒九阶，振幅却有着很大的差别。”光头水晶人看着罗峰。

罗峰心中一惊。

没错，辅助光脑测试的只是身体基础。他刚来的时候，精神念力只能控制6把飞刀，现在能控制16把飞刀，实力相差极大，可是测试时，却都是学徒九阶。

“学徒九阶，振幅是16倍，这相当于行星级一阶，振幅4倍。”光头水晶人说道，“一般来说，行星级武者的战斗力爆发后，能达到之前的三四倍，所以说你现在的战斗力能媲美行星级一阶的武者，也就是你们所谓的超越战神的存在的战斗力。”

光头水晶人指向面前悬浮着的泛着星光的秘籍，又道：“不过，你还有一套掌控师的攻击秘诀‘遁天’，‘遁天’是掌控师专属兵器遁天梭的使用方法。你过去根本不懂得使用遁天梭，竟然将遁天梭当成普通的飞刀，真是侮辱了这件武器。”

“什么是掌控师？”罗峰问道。

“宇宙强者主要分为基因武者和精神念师这两大类，而基因武者和精神念师又细分为好几类，你就是精神念师中的掌控师，用你们地球人的话说，你是控物流派的。”

罗峰点点头。

看来，宇宙对于修炼早就形成了完整的系统。

“行星级的精神念师们都很渴望得到一件专属的念力武器，没想到，你竟然已经得到了一件，你很走运。”光头水晶人缓缓地说道，“那个洪虽然识得宝物，但是他甘愿将宝物送给你，他这么做有两个原因：一来，他不是精神念师；二来，他没有掌握遁天梭的使用诀窍。”

罗峰恍然大悟。

难怪洪那么舍不得，还说故意将价格标得很低，标价是30星辰。

就连行星级精神念师都渴望得到这么一件专属念力武器，而自己竟然早就得到了，罗峰心想。

“如果没有专属武器，实力只能发挥出少部分，而你拥有遁天梭，再结合攻击秘诀‘遁天’，很可能将遁天梭的威力和自己的实力真正发挥出来。如果没有遁天梭及其使用秘诀，你的战斗力仅仅堪比行星级一阶。可是，拥有了它们，如虎添翼，你的实力会大增。至于到底能发挥多少，就要看你能将遁天梭利用到什么程度。”光头水晶人说道。

罗峰心跳加速。

虽然他的修为没有突破到行星级，但是他的实力还算强，再加上遁天梭及其秘诀，一般的超越战神的存在都不是他的对手。

“一般来说，能控制12件暗器并发挥出最强的威力，就能突破到行星级。不过，你的天赋很高，脑域阈度达到21，突破的限制比平常人要高，你必须能控制16件暗器并发挥出最强的威力，才有机会突破。”光头水晶人说道，“现在你随时有可能突破，我在那个辅助光脑中留下了突破的要诀，你回去后仔细看看。”

罗峰很是激动。

难怪水晶房子的强度设定为只有16把飞刀才能破开，原来自己只要能够控制16把飞刀，随时可能突破到行星级。

“5000年来，你是来自地球的第一位陨墨星成员。”光头水晶人紧紧地盯着罗峰，说道，“记住，你不能骄傲。论战力的发挥程度，洪可比你高得多，境界方面他已经拥有自己的领域。可以说，在行星级的高手中，他算是无敌的。虽然你不可能进入陨墨星了，但是我仍希望你能超越他们，成为最强者。”

第186章

罗峰回来了

光头水晶人是9号古文明遗迹的控制核心智脑，这可不是洪所谓的智脑，而是真正具有人类智慧的智脑，甚至有着人类的感情。它最根本的程序就是忠诚于陨墨星，所以它自认是陨墨星的一员。

陨墨星是一股强大势力的核心根据地，只有真正有天赋、有毅力、有悟性的人才能进入陨墨星，就连行星级武者都没资格进入。

罗峰的天赋极高，在一年零三个月的时间内就完成了死亡考核任务，这说明他很有毅力，而且悟性很高，这样的人才有资格进入陨墨星。可惜，陨墨星出了大问题，这么多年来，核心智脑一直联系不到陨墨星，它推测陨墨星可能遭遇了劫难。

可是，它是智脑，必须服从根本程序，年复一年，在地球履行它的使命。

罗峰成为陨墨星的成员，而智脑有着人类的感情，它是希望罗峰能超越地球上其他人的。

“嗯，我会努力的。”罗峰点点头，又问道，“行星级以上还有什么级别？”

“行星级武者在宇宙中闯荡，只能混个温饱而已。”光头水晶人说道，“在行星级之上，就是恒星级，恒星级强者同样分为九阶。而恒星级之上就是宇宙级。”

“行星级、恒星级、宇宙级……”罗峰暗暗地记在心里。

“行星级武者可以在行星内飞行。而对于你们地球人而言，恒星级武者简直拥有能毁天灭地的能力，他们可以飞入太空，不过只是短暂飞行，无法在太空中长期生存。宇宙级武者可以在太空中闯荡，每一个都是真正的强者。

“对于你们地球人而言，宇宙级强者就是你们无法反抗的神灵，就连洪和雷神在他们面前都渺小如蝼蚁。宇宙级强者喷出一口气形成的冲击波都能要了洪的命。宇宙级强者可以在宇宙中和星际舰队战斗，每一个宇宙级强者都很强大。

“能达到宇宙级，就算是踏入宇宙强者的行列了。当然，只是刚刚踏入宇宙强者的行列。若是贪图享乐，宇宙级强者可以轻易地拥有数十个行星的领地，还可以拥有无数美女、仆从。

“然而，宇宙级之上还有更高的级别，那可是足以震慑宇宙中很多国家的。”

罗峰倒吸了一口凉气。

“宇宙中的无数生命都是学徒级，行星级武者只能混个温饱，恒星级武者算是厉害的，而宇宙级武者就是了不起的大人物，无数星球中才出一个宇宙级强者，宇宙级之上的强者更是少之又少，那是连宇宙中的很多国家都敬畏的。”光头水晶人说道。

罗峰震撼不已。

无数星球才出一个宇宙级强者？！可想而知宇宙级强者是极少的。

“努力吧！罗峰！你很有希望成为恒星级强者。如果你努力修炼，加上有点好运气，又能遇到名师，你还有一线希望成为宇宙级强者。”

罗峰哭笑不得。

这个智脑会不会鼓励人啊？他得不断努力，还要有好运气，再加上遇到名师，才有一线希望成为宇宙级强者，也就是说，他成为宇宙级强者的希望很是渺茫。

其实，光头水晶人说的一点也没错。

无数星球中只产生了一个宇宙级强者。罗峰的天赋虽高，但在浩瀚无垠的宇宙中，生命的数量极多，简直是无法计算的，比罗峰天赋高的以亿万计，比罗峰毅力强的很多，成为宇宙级强者的概率是很低的。

宇宙级强者可是能和星际战舰肉搏的。

“你这哪里是鼓励，分明是打击我。”罗峰无奈地道。

“回去吧！地球才是你的家乡。你要好好努力，让你的实力变得更强。如果有一天，这个地方被宇宙中的一些国家发现了，你将来会混得很好的，甚至能够帮助你的祖国。”说完，那个光头水晶人就消散了，化为无数流光，“通道已经打开了，你可以离开这里了。”

“回家！”罗峰心中一阵悸动。

宫殿的墙壁震动起来，而后形成了一条由大量黑褐色树根形成的通道，通道的尽头是一面散发着光芒的“镜子”。当初罗峰就是迈入这面“镜子”，而后进入9号古文明遗迹的。

“终于可以回去了。爸、妈、徐欣……”

罗峰将遁天梭等放入背包中，而后沿着通道，大步朝“镜子”走去。

随即，他一脚就跨出了“镜子”。

9号古文明遗迹的地下基地中。

这个基地是地球上的各方势力联手建造的，无论是五大强国、两大武馆，还是HR联盟，都有资格派人进入9号古文明遗迹。这里的诸多成员分别来自不同的势力。

穿着白袍的张倩站在电脑面前，伸了个懒腰。

“真无聊啊！唉！这本小说还没更新。”

地下基地中的工作人员要做的事情非常少，除了维持基地的正常运行，就是接待战神和联系己方势力的人。

除了一些用来办公的笔记本，这里还配备了许多娱乐性的电脑。

“我再玩玩游戏，就可以下班了。”张倩说道。

忽然，她脸色一变。

“咔咔咔——”

她猛地转过头来。

此时，基地大厅中的近百名工作人员全部转头看向大门，那是通往9号古文明遗迹通道的门。除非里面走出战神，这通道之门的系统感应到之后，才会自动打开这扇大门。

“有人出来了？不对啊，今年这批战神早在两个月前都出来了。”

2258年9月29日，有一批战神进入了9号古文明遗迹。不过，最晚的一个在10月25号已经出来了。

自从有了翻译软件，没人会在9号古文明遗迹中待三个月才出来。

“这到底是怎么回事？”

“上帝啊！”

所有工作人员都站了起来，看向缓缓打开的大门。

他们想要看看走出来的到底是谁。

通道大门已经打开了大半，一个全身乌黑的人大步走了出来。

“这是黑人？！”

所有人愣愣地看着眼前的人，此人有着大胡子，浑身脏兮兮的，乍一看还以为是黑人呢。

一道光芒扫过那人。

“欢迎你归来，罗峰战神。”地下基地的控制系统发出了电子音。

“罗峰？！”

“这人竟然是罗峰！！！”

“天哪！一年零三个月了，罗峰竟然活着出来了。”

大厅沸腾了。

当年罗峰死亡的事情轰动了全世界，极限武馆馆主洪极为重视此事，很多人都不相信罗峰已经死了。然而，最终他们都接受了这个事实。

没想到，一年零三个月之后，罗峰从9号古文明遗迹中出来了。

“欢迎你，罗峰战神。”顿时有人迎了上去。

“报告，罗峰回来了！”

“报告总部，C国的无敌战神罗峰还活着。”

地下基地内的许多工作人员当即向所属势力报告这个消息。

这绝对是惊天动地的消息！

罗峰竟然在9号古文明遗迹中待了一年零三个月。

极限武馆全球总部，顶层的一个空旷的房间中。

洪手持一杆长枪，闭上眼睛，默默地站在那里，而后缓缓地开始施展一招一式，他的速度极为缓慢，诡异的是，周围的空间发生了扭曲，长枪变得模糊不清。

“咚！咚！咚！”一阵敲门声响起。

“嗯？”洪微微皱眉。

他在修炼的时候，是禁止任何人来打扰的，敢在这个时候来找他的，只有五大巡察使和三大亲卫，别人根本没有权限来这里。他麾下的这八人都很懂分寸，除非发生了非常重要的事情，否则不会来打扰他。

“进来。”洪淡淡地说道。

门自动打开了。

三人走进了屋子，分别是穿着黑袍、戴着金色面具的两位亲卫和柳巡察使。

“什么事？”洪有些惊讶。

他没想到这三人竟会一起来找他。

“馆主。”柳巡察使的脸上有着激动的神色，连忙说道，“罗峰出来了。”

“什么？！”洪闻言一愣。

那位身材魁梧的亲卫沉声说道：“馆主，罗峰在9号古文明遗迹中待了一年零三个月，如今他活着出来了。”

这未免太不可思议了！

罗峰竟然在连洪都弄不懂的9号古文明遗迹中待了一年零三个月，时间这么长，罗峰肯定有一些特殊的收获。

“现在就出发，我亲自前去迎接罗峰。”洪露出了欣慰的笑容。

五大强国、两大武馆、HR联盟等势力几乎同一时刻收到了消息。

所有势力的人都震惊了。

9号古文明遗迹很是神秘，就连地球的高科技至今都无法弄懂。罗峰在有翻译软件的情况下，竟然还在里面待了一年零三个月，肯定有特殊的情况。

JN基地市，江南山水小区华耀峰山顶的别墅内。

“罗华，你真够厉害的，竟然能保住你老爸的命。”李耀坐在沙发上，手上端着一杯红酒，双眸中充满杀意。

“嗖！”一道人影闪电般地冲进大厅。

正是李耀的妻子维妮娜。

“你怎么慌慌张张的？”李耀眉头一皱。

他品了一口红酒，享受地闭上眼睛。

“罗峰回来了！”维妮娜急切地说道，“罗峰从9号古文明遗迹中出来了。”

李耀猛地睁开眼睛，酒杯从手指间滑落，摔在地上。

“啪！”酒杯砸在地面上，碎裂开来。

红酒洒了一地。

第187章

5万年

9号古文明遗迹的地下基地。

“罗峰战神，这是一套干净的衣服。”

“罗峰战神，你还需要别的服务吗？”

罗峰看了看门口的两个女子，挥挥手，道：“不用了！”

“啪”的一声，房门关上了。

“一年零三个月，我都没好好洗过澡。”

罗峰迅速脱下作战服，冲到卫生间，躺在浴缸里。

浴缸内正不断地冒着热水，当罗峰进去后，浴缸内的水迅速变黑。没办法，9号古文明遗迹中供应的水只能用来喝。

想洗澡？那简直是做梦！

罗峰躺在浴缸内，任由热水冲刷自己的身体。

片刻，罗峰忍不住用辅助光脑拨打了电话，辅助光脑已经将他通信手表中的电话号码全部复制了。

“一年多了，不知道爸妈怎么样了，身体还好吗？”

其实，刚从9号古文明遗迹中出来的时候，罗峰就想打电话了，只是那时他被基地的工作人员围着，根本挪不出空。

“嘟——”

电话很快就通了。

JN基地市，Y城，明月小区。

安静的房间中。

罗洪国正躺在床上，脸色苍白，旁边挂着吊瓶，显然正在输液。

房间里有两名护士。

“罗峰打来的电话，罗峰打来的电话……”特别的来电铃声不断地响起。

原本闭着眼睛、脸色苍白的罗洪国瞬间睁大眼睛，猛地转头，看向旁边柜子上的手机。

他顾不得自己身体不适，努力翻身，伸出左手去拿手机。

看到这一幕，旁边的两名护士吓了一跳，其中一名护士连忙说道：“罗先生，你不能动，我来。”

“没事。”

罗洪国突然仿佛有了无穷的力量，竟然迅速地抓起了手机。

看着来电显示，罗洪国不敢相信。

“真的是小峰打来的电话吗？！”

极限武馆的人早就确认了罗峰的死讯，罗洪国夫妇并不知道罗峰是被困在了9号古文明遗迹之中，所以一直以为极限武馆的人有确切的证据确认罗峰已经死亡。

罗洪国深吸一口气，当即按了接听键。

“喂。”罗洪国的声音沙哑。

他的心里既忐忑又期待。

“爸，是我。”

那充满朝气的声音在罗洪国的梦里不知道回响了多少遍，那是罗洪国极为熟悉的声音。

罗洪国的手都颤抖起来。

“小峰，小峰，是你吗？”

“是我，爸。”罗峰说道。

“你快点发视频，让我看看你。”罗洪国连忙说道。

他害怕是有人故意戏弄他的，毕竟现如今的科技发达，要模仿出罗峰的声音并不难。

“爸，我在洗澡呢，而且满脸胡子，邋遢得很。”罗峰不好意思地道。

“没关系。你快打开视频，我要看看你。”

片刻后，视频打开了。

罗洪国紧紧地盯着手机屏幕，浴室的热气中隐隐约约有一个人，湿淋淋的长发，脸上有着大胡子。

看到那双眼睛，罗洪国当即眼睛一亮。

视频中，一把飞刀飞了起来，在罗峰的脸上迅速一划，就把那些胡子给刮掉了。

顿时，一个帅气青年出现了。

正是罗峰!

正是罗洪国养了20年的大儿子。

“小峰，小峰，你没死，太好了，太好了。”罗洪国的眼眶一下子湿润了。

这段时间以来，他们夫妇二人因为罗峰的死讯伤心不已。

“爸，对不起，我被困在一个地方出不来，今天刚刚出来。我现在在南美洲这边，再过几个小时，就能到家了。”罗峰说道。

“好，好，别急，你的事情更重要。”罗洪国连忙说道。

忽然，房门打开了。

只见穿着棉毛衫的罗华正捧着一杯刚刚冲好的牛奶走了进来。

“放心吧，爸，事情都解决了，我很快就回来。家里都还好吧？”电话中传出了罗峰的声音。

罗华一下子愣住了。

“哥！”他瞪大眼睛，一下子眼泪就流出来了。

旁边的两名护士都吓了一跳。

罗华先生可是C国第一大银行商业银行的第八大股东，资产超过千亿，出入他家的都是政商界的大人物和国家特殊部门的人员。她们就是国家特殊部门专门派来照顾罗华先生的父亲的，如此了不得的大人物，此刻竟然流泪了。

“还好，家里都很好，你回来的话，就更好了。”罗洪国笑道。

“嗯，我很快就回来。”

当即电话挂了。

罗华走到罗洪国的身旁，问道：“爸，刚刚真的是哥打来的电话吗？哥真的没死？”

“嗯！再过几个小时，他就到家了。”罗洪国笑道。

“哈哈，哈哈哈……”罗华明明在笑，却不停地落泪，“我就知道，哥不会有事的，不会有事的。”

从小到大，罗峰一直在身边保护着他。后来，罗峰当了武者，不惜深入荒野区，猎杀怪兽，用怪兽身上的材料换取金钱，再用金钱去购买生命之水，就是为了让他重新站起来。

在他的心里，罗峰是特别重要的人。罗峰的死讯传来，父母很是伤心，他也很伤心，可是他必须撑起这个家。

他还不到20岁，就要应付李耀这个老狐狸，他的确很累。

J基地市。

徐欣正坐在咖啡厅的沙发上，她的面前放着一台超薄的笔记本电脑，笔记本电脑的桌面是一张罗峰和她的合影，照片上的罗峰笑得好像孩子。

徐欣敲击了一下屏幕，点开一个文件夹。

她默默地浏览着文件夹中的一张张照片。

“你好，能借你的手机用一下吗？”一个帅气的青年走过来，笑道。

徐欣瞥了他一眼，没有理睬他，又看向笔记本电脑。

青年眉头微皱，他眼角的余光瞥到笔记本电脑上的一张照片，那是徐欣和罗峰在荒野区的一座极高的建筑上拍的。

青年掉过头去，不由得心中暗骂：“哼！她竟然有男朋友了，鲜花插在牛粪上。咦，不对啊，那照片的背景好像是荒废的城市，那里似乎还有怪兽。”

一对情侣在荒野区的城市拍照？！

“看错了，一定是我看错了。”青年不敢相信。

这时，一阵悲伤的音乐响起。

青年疑惑地转头，道：“她竟然用这么哀伤的音乐当彩铃？！”

徐欣的身体猛地一颤。

这是她专门为罗峰的号码设定的彩铃，她当即拿出手机，按了接听键。

“徐欣，是我。”

听到熟悉的声音，徐欣冰封的心瞬间融化了。

地下基地的出口。

一身黑色休闲衫的罗峰背着一个超大的背包，面带笑容，看着从天际飞来的两道流光。

打了两个电话后，他心中轻松不少。

其中一道流光是罗峰的王级智能战机。

罗峰从9号古文明遗迹出来的时候，就给王级智能战机传了命令，王级智能战机立即飞了过来。

“嗯？那是……”罗峰看着旁边的一架血红色三角形战机。

两架战机同时降落。

战机的舱门打开了，阶梯伸了出来。

洪率先走了出来，他的身后跟着亲卫妖娆和巡察使柳河。

“馆主。”罗峰微微躬身。

“好！罗峰，你果然没让我失望。”洪直接走到罗峰的面前，目光灼灼地看着罗峰，“而且，我感觉到，你和过去不一样了。这一年零三个月，你的收获应该不小吧。走，我们先上战机再说。”

“是！”罗峰点点头。

罗峰如今很清楚洪的实力，洪达到了行星级六阶，而洪拥有领域，估计连行星级九阶武者都不是洪的对手。在行星级武者之中，洪堪称无敌。

行星级一阶的议员和洪的实力差距极大，就好像是初级战士和无敌战神的实力差距。

罗峰正是行星级一阶武者。

洪荒级智能战机在前面飞行，王级智能战机紧紧地跟在后面。洪、罗峰、妖娆、柳河这四人都坐在洪荒级智能战机之中。

“罗峰，你拥有翻译软件，为什么会在9号古文明遗迹中待了一年零三个月？”洪疑惑地看着罗峰，“你是不是发现了9号古文明遗迹的一些奥秘？”

洪可是世界第一强者，得到过一些遗迹的科技传承，能引起他好奇的事情很少，9号古文明遗迹就是其中一个。

“是的！”罗峰点点头。

“什么奥秘？你能告诉我吗？”洪看着罗峰。

罗峰有些犯难。

那光头水晶人主动删除了罗峰的通信手表中的诸多信息，就是不想让地球上的人知道它的奥秘，只有陨墨星成员有资格知道。

“我的脑域阔度较大，所以触动了一个特殊的死亡考核任务。”罗峰半真半假地说道。

“死亡考核任务？！”

在座的其他三人都很是惊讶。

洪当即又问道：“你成功闯过了9号古文明遗迹，你得到的奖励和其他战神的一样吗？”

在此之前，凡是成功闯过9号古文明遗迹的，一律能得到一套黑神套装。

“有点区别。我不仅得到了一套黑神套装，还得到了一套精神念师的修炼方法。”罗峰说道。

“哦？”洪有些失望。

洪是一名实力极强的武者，精力完全放在武道上。洪对宇宙有所了解，他虽然只达到行星级六阶，但是他在武道上的境界极高，许多恒星级强者都没能拥有自己的领域呢。

洪拥有了领域，在行星级武者中堪称无敌。而且，他的武道境界极高，自然不可能浪费时间去修炼精神念力。

9号古文明遗迹，黑褐色的迷宫中。

全身隐隐泛着光芒的光头水晶人一步步地走着。

“罗峰果然没说出9号古文明遗迹中的事情，他还算守信用。”光头水晶人低叹一声，喃喃自语，“主人，已经5万年了，我都联系不到你。”

5万年过去了，它这个智脑依旧只能服从基本程序，对一些战神进行筛选。

第188章

愤怒到极点

王级智能战机和洪荒级智能战机都悬浮在半空中。

罗峰从王级智能战机中取出一套黑神套装，脚踏遁天梭，而后飞进了洪荒级智能战机中。

“馆主，这是黑神套装。”罗峰将黑神套装放在座位上。

“嗯！”洪点点头。

他苦笑一声。

他卖出的智能战机都是简单的智能战机，听从他的命令的。他命令那王级智能战机听从罗峰的命令，那王级智能战机自然服从。而如果罗峰和洪都下达了命令，那王级智能战机实际上只会服从最高的权限者，也就是洪。

罗峰的死讯传来后，洪收回了王级智能战机和那套黑神套装。而得知罗峰从9号古文明遗迹中活着出来后，洪又将那套黑神套装给放回去了。

老天，他可是世界第一强者，什么时候这么丢脸过？还好，没多少人知道这事。

“罗峰，我们就此分开吧！”洪说道。

“是，馆主。”

罗峰和其他两位打了一声招呼，随即脚踏遁天梭飞了出去，进入了自己的王级智能战机。

“1号，回家。”罗峰下令。

“嗖！”深蓝色的王级智能战机的速度瞬间飙升到10倍音速，朝C国JN基地市Y城飞去。

天灰蒙蒙的，寒风呼啸，落叶簌簌。

明月小区中，不少孩童和少年不顾寒冷，正在进行身体的力量性、敏捷性，以及刀法等训练。明月小区的武风是很浓的，周围站着不少家长，还有一些武者在指点这些孩子。

“看！飞行战机！”

“咦！那战机是深蓝色的，和罗峰战神的那架战机很像。”

“简直一模一样。”

不少人都抬头看向半空中，只见一架深蓝色的三角形战机正在降落。

片刻后，三角形战机降落在草坪上。

“哗！”舱门打开了。

一个青年穿着简单的黑色休闲衫，背着超大的背包，迅速朝一栋别墅跑去。

小区中的许多大人和孩子都愣住了。

“罗峰？！”

“那是罗峰！见鬼了，极限武馆不是早就宣布了罗峰的死讯吗？”

“对啊！JN基地市极限武馆还举行了悼念会。”

这些人完全傻眼了。

“陈哥，回头见。”奔跑中的罗峰对傻愣愣的陈谷微微一笑。

“罗，罗，罗……”陈谷惊讶地看着罗峰，一句话都说不出来。

罗峰的悼念会上，火锤小队的成员都很伤心。

此刻，罗峰竟然活着回来了？！

……

今天，明月小区无比热闹。

罗峰家的院子内，罗华和龚心兰都静静地站着，旁边有一些保镖和用人。

“小峰。”龚心兰激动地喊道。

“妈！”罗峰连忙跑过去。

和一年多前相比，母亲明显老了不少。

而后，罗峰看向罗华，问道："弟弟，这是怎么回事，你没有将千年黑乌根泡酒，让爸妈喝吗？"

罗峰离开家之前，就交代过罗华，让他将千年黑乌根泡酒，他和爸妈一起喝。而龚心兰和罗洪国说不着急，待找到其他亲人，到时候一起喝。

"哥。"罗华摇摇头，"此事我以后再和你解释。"

"爸呢？"罗峰很是疑惑。

一年多没见，父亲应该很想他，按常理，父亲早就出来见他了。

"你爸在屋里。"龚心兰拉着罗峰的手朝屋里走。

安静的房间内，罗洪国正躺在床上，当看到罗峰推门进去的时候，罗洪国显得很是激动。

他以为永远失去罗峰了，而今罗峰竟然回来了，而且就站在他的面前。

看到这一幕，他激动不已，想要从床上坐起身来。

"罗先生，你不能动，小心你的腰。"旁边的两名护士连忙阻止。

"爸，你怎么了？"罗峰脸色大变。

他当即坐到床边，握住罗洪国的手，眉头紧蹙。

"爸，你的脸色很苍白，你到底怎么了，为什么都不能坐起来？"

"没事，医生说，我再休养一年半载就差不多好了。"罗洪国笑笑，又道，"爸能再次看到你，即便再重的伤都不算什么，今天我真的很高兴。"

话落，他的眼眶湿润了。

罗峰的心中却很是疑惑。

不对！

"罗华，这到底是怎么回事？"罗峰看向罗华。

"你们都出去。"罗华朝两名护士一挥手，两名护士当即退出了房间。

顿时，房间中只剩下罗峰一家四口。

罗华歉然地看着罗峰："哥，是我没用。"

"不能怪你弟弟。"罗洪国缓缓说道，"小峰，自从极限武馆宣布了你的死讯，我们家就不得安宁。有人用各种各样的手段对付我们，他们甚至利用明月小区中的一些居民伤害我们，你妈这段时间要吃安眠药才能睡着。”

罗华的脸色铁青。

“罗华。”罗峰的声音低沉，“告诉我，到底是谁这么狠毒？”

“李耀。”罗华深吸一口气，“三个月前，李耀就指使HR联盟的人用各种手段对付我们。他不敢直接对付我们，因为我们是你的家人，受到极限武馆的保护，所以他就指使HR联盟的人用各种下三滥的手段。我想尽办法保护爸妈，甚至拿出了千年黑乌根，通过哥的朋友李达威司令联系到一位大人物，让他转给我价值1200亿的商业银行股票，成为商业银行的第八大股东，这才有权调用国家特殊部门的人保护爸妈。”

“可是，李耀根本没放弃报复我们，各种阴险龌龊的手段都用了。”罗华恨恨地说道，“如今爸妈只能待在家里，我也没有其他办法。爸上次过马路时出了车祸，幸亏有保镖跟着，否则命都没了。”

罗峰听了，脸色更加难看了。

“李耀竟然如此狠毒。”

说起来，这都怪罗峰自己。

之前李耀龟缩在E国，而罗峰功成名就，根本懒得理会李耀。没想到，罗峰的死讯一经宣布，李耀竟然派人来报复罗峰的家人。幸亏罗峰家人有极限武馆的保护，还有罗华机智地想到了其他办法，令李耀不敢亲自动手。如果罗华的能力稍微差一点，那后果……

“浑蛋！”罗峰身体忍不住颤抖。

片刻，罗峰安慰了父母一番，就去了楼上的练武厅。

“我错了一次，不会再错第二次！”

罗峰抚摩着遁天梭，目光冷厉。

“李耀，你以为你一直躲在基地市，我就不敢动你？”

的确，法律规定，禁止武者在基地市中厮杀。李耀可是战神，若是罗峰把李耀给杀了，这可是不得了的大事。

不过，所谓的法律是由国家统治阶层定下的。如今，罗峰的实力极强，达到了行星级一阶，他认真修习遁天，发挥出遁天梭的威力，实力将变得更强，比一般的议员都要强得多。

待他成了超越战神的存在，杀了李耀这位战神，或许会惹起众怒，但是后果并不是太严重，罗峰能承受得住。

“嘀！”辅助光脑启动了战神宫共享系统。

当年李耀夫妇就是靠着这个系统确定了王通等两位战神所在的位置。这是战神宫为了战神们能在危险时刻互相帮助，让每一位战神都安装的系统。

今天罗峰就用这个系统来寻找李耀所在的位置。

“哦？李耀竟然就在JN基地市。”

练武厅上方的玻璃天窗当即打开了。

“嗖！”

身着黑衣的罗峰脚踏遁天梭冲天而起。

遁天梭俯冲向王级智能战机。

王级智能战机的舱门自动打开了。

“金线网！”罗峰看向舱内，心念一动。

他的精神念力如同无形的大手直接将金线网给抓了过来。

罗峰看向西南方，眼中涌现出杀气。

“李耀！”

JN基地市，HR联盟商城第32层。

李耀夫妇正和HR联盟商城的负责人交谈着。

“还有三个小时，飞行客机才起飞。”维妮娜低头看了看手表。

“别急。”李耀淡淡地道，“你慌什么！”

“那罗峰就要回来了。”维妮娜皱眉道，“我早说过，我们乘坐飞行战机回E国。”

“飞行战机？”李耀摇摇头，道，“你说的那架售价100亿的飞行战机根本不行，它在基地市的周围进行短程飞行还可以，长途飞行的话，它根本吃不消，而且到了一些人烟稀少的地带，飞禽类怪兽非常多，一旦出现意外，我们都会丧命。”

想要长途飞行，一般都是使用飞行客机、智能战机，以及价值500亿的飞碟形战机。

“不要慌，这可是基地市，罗峰不敢乱来。”李耀嗤笑一声。

“嗯？”

忽然，李耀透过落地玻璃窗看向外面。

“快看外面！”HR联盟商城的负责人朱先生大吃一惊。

远处，一个人脚踏遁天梭疾速而来。

“是罗峰！”维妮娜惊呼出声。

“罗峰！”

当即李耀的黑神套装变成了黑色战衣和黑色头盔，将李耀的身体紧紧地包裹住了，只露出一双眼睛。

“轰！”落地窗的玻璃被撞碎了。

“罗峰，你竟敢……”

李耀咆哮一声，同时猛地撞向一侧的窗玻璃，跃到了外面。

在李耀看来，他到了外面，会被基地市中的各种监测设备轻易地拍到，罗峰不敢乱来。

“哼！”罗峰冷哼一声。

“唰——”一道道流光疾速射出。

16道流光仿佛16条凶猛的蛟龙，不断地咆哮着，音爆声使得整个豪华的大厅受到剧烈震荡，地板碎裂。

那位朱先生当即翻滚到了角落。

罗峰恨恨地盯着李耀。

那16道流光的速度极快，根本不容李耀闪躲，同时轰击在李耀的身上。

“飞刀？雕虫小技！”李耀的眼中掠过一丝不屑。

"轰！"一股可怕的冲击力瞬间透过黑神套装传递出来，即使冲击力被削弱了九成，威势依旧大得吓人。

一把飞刀的冲击力就很强了，16把飞刀的冲击力更是惊人。虽然16把飞刀的冲击力被削弱了九成，剩下的一成冲击力依旧很强。

也就是说，李耀没有任何防御，要用身体硬扛冲击力。

罗峰在9号古文明遗迹中的时候，面对神秘黑衣人发出的极强攻击力，只能靠盾牌去抵挡，卸去了大量冲击力，然而他的左臂还是骨折了。事实上，单单盾牌就卸去了一半冲击力，手臂骨折的同时也卸去了不少冲击力，真正作用在罗峰身上的只剩下小部分冲击力，依旧让罗峰吐血。

此刻，李耀要承受比罗峰大得多的冲击力。不出意料的话，李耀会活活被震死。

李耀的黑神套装将冲击力分散到全身，加上他是高级战神级巅峰武者，其身体素质比刚进入9号古文明遗迹时的罗峰要强得多。

"噗——"

半空中的李耀脸色涨得通红，猛地喷出一口鲜血。

仅仅一成的冲击力，却让李耀丧失了大半战斗力。

"不可能！不可能！"李耀心中狂吼，"我是高级战神级巅峰武者，还有黑神套装，就算是超越战神的存在，一次攻击最多让我受轻伤。而能将我一次性击杀的，是非常少的。可是，罗峰竟然能让我身受重伤，难道他的修为突破了，他成了超越战神的存在？"

HR联盟商城楼下广场旁的街道上行人很多，不少游客在广场旁边拍照。

"轰隆隆——"广场地面上的一些石板瞬间炸裂开来。

旁边巡逻的军队一阵慌乱。

广场边正在拍照的游客们吓得惊叫起来。

一些四处飞散的乱石砸到了行人，人行道上的行人都大声惊叫起来。

汽车停下，街道堵塞，不少司机愤怒地按着喇叭。

“天哪！”许多行人都震惊地看着广场上空。

只见一个穿着黑色休闲衫的青年悬浮在半空中，而广场地面上的大坑中蹿出一个人，此人正是李耀。

那青年的目光冷厉。

下一瞬，他猛地一挥左手，左手抓着的团成线球的金线网闪电般击中李耀，而后自动展开，将其捆住。

广场上的石板碎裂，乱石飞散。

“金线网？！”当金线网朝李耀罩来的时候，他脸色大变，猛地低吼一声。

只见李耀的黑色双臂竟然猛地变得三四米长，欲抓住金线网的两端，将金线网给撑开。

金线网捆住李耀的瞬间，金线网边缘的8对绳扣猛地系紧。

李耀瞬间爆发，爆发力极强。

“哧哧——”

金线网绷得很紧，李耀根本挣脱不开。

第189章

罗峰死罪

金线网已经完全将他捆住，岂是他能挣脱的？这可是王级怪兽黑寡妇蛛王的金线网，捆缚力极强，专门用来对付王级怪兽的，就算是王级怪兽，都得费好大力气才能挣脱出来。

以李耀的实力，怎么可能挣得开？

“不好！”

李耀眼角余光瞥见脚踏遁天梭的罗峰眼神充满杀意，发出了16道流光。

“轰——”那16道流光直接袭向李耀。

“我不能死！”李耀心中大吼。

关键时刻，李耀做了一件事情。只见他的双脚竟然开始变长，而且变细，变得只有之前的一半粗，细细的长腿穿过金线网的孔洞，踏在广场的地面上。

“轰——”那16道流光再度轰击在李耀的身上。

“啊！”李耀双眸发红，咬牙切齿，“我不能死，不能死！！！”

那可怕的冲击力轰击在李耀的身上，尽管部分冲击力被黑神套装给削弱了，依旧让李耀喷出一口鲜血。

李耀的五脏六腑仿佛碎裂了，可是顽强的意志令他继续坚持着。

“嗖！”

借助那16把飞刀强劲的冲击力，李耀那双细长的腿不停地蹬地。

本来他的速度就很快了，加上16把飞刀的冲击力的助力，他简直就像一颗流星疾速冲出去，将广场上的一座雕像撞得粉碎。

而后，他瞬间改变方向，冲向旁边街道的人群中。

“他竟然还没死？！”罗峰脸色一沉。

“疯了，罗峰疯了，我如今身处JN基地市，而且在HR联盟商城旁边的广场，他竟然敢追杀我，他简直不要命了。看来我只能拿普通人当我的‘盾牌’了，这样一来，我还有一线生机。”李耀想到这点，当即疾速朝街道上的人群冲去。

街道上原本就站着很多人，堵塞了，车无法继续前行，车上的人都下来了。

罗峰追杀李耀的一幕很是震撼。

许多人还没反应过来，李耀已经朝他们冲过来了。

“啊？什么玩意儿？”

李耀一身漆黑，有着近两米长的腿，很是诡异。

他闪电般朝众人冲来，让众人甚是惊恐。

这时，脚踏遁天梭的罗峰的速度瞬间飙升，超过了1300米/秒。

随着一道可怕的音爆声响起，罗峰直接降落在李耀的前方。

“你逃不掉的。”罗峰冷冷地看着李耀。

“罗峰，你不能杀我。”李耀咆哮道。

李耀的嘴角渗出了血。

罗峰发起了两次攻击，让李耀伤得非常重，李耀之所以还能奔跑，完全是靠着强烈的求生欲望。

罗峰冷冷一笑。

忽然，他的表情微变。

只见那满是人和车辆的街道上，一个金发女子举起手中的小型仪器，露出诡异的笑容：“罗峰，你放开我的丈夫！”

“维妮娜？！”罗峰眉头微皱。

他心念一动，当即控制金线网悬浮起来。

李耀被金线网捆得结结实实的，高高地悬浮在半空中，无法挣脱开来。

“维妮娜！”李耀大声喊道。

“你凭什么让我放开你的丈夫？”罗峰看着维妮娜，冷冷地道。

然而，罗峰的心中有点慌，他的直觉告诉自己，如果直接杀了李耀，很可能导致不妙的后果。

对于维妮娜，罗峰一直没把她当回事。在罗峰看来，李耀才是幕后黑手。

然而，当初那天价悬赏是维妮娜发出来的，李耀在澳洲大陆追杀罗峰时使用的激光炮也是维妮娜弄到手的，就连杀害罗峰的家人也是维妮娜提议的。

李耀人称“秃鹫”，这是很多认识李耀的人给他取的外号，说明他很凶残。

而维妮娜人称“毒蝎”，是因为这个女人真的狠毒。

咬人的狗不叫，真正心思缜密、毒如蛇蝎的是维妮娜。

维妮娜站在人群中，遥看罗峰。

“罗峰。”维妮娜手举着小型仪器，“HR联盟旁边的一座住宅小区和这条街道都放置了T111型号炸弹，我只要按动这个按钮……”

听到这话，人群一下子沸腾了。

很多人都尖叫起来，四处乱跑。

“我只要轻轻按动这个按钮，那座住宅小区和这条街道上的人都会没命。”维妮娜宛若来自地狱的恶魔，她的声音回荡在街道上。

罗峰眼睛微眯，紧紧地盯着眼前的维妮娜。

“你够狠！”罗峰轻声说道。

“你要杀我丈夫，那么就全部人一起死吧！”维妮娜的声音轻柔，脸上露出邪恶的笑容。

维妮娜这是狗急跳墙了。她和李耀当年得罪的人很多，幸好李耀拼死进入了9号古文明遗迹并得到了黑神套装，他们夫妇才能过上安稳的日子。

若李耀死了，她的下场将会很惨。

“所有人住手！”

“都住手！”

“放下武器！”

驻扎在HR联盟商城不远处的军队迅速赶来。

国家部门的一些人员也迅速过来了，为首的是一个穿着唐装的中年人。

“哼！三位高级战神竟然打成一团，你们打就打吧，为什么要牵扯到普通人？这样下去，很可能导致数万人伤亡。”中年人心想。

T111型号炸弹的威力可是极为惊人的。

“罗峰战神、李耀战神、维妮娜战神，大家有话好好说。”中年人讨好地笑道。

“我劝你们别去找T111型号炸弹。”维妮娜瞥了中年人一眼，“我将T111型号炸弹放置在隐秘的地方，你们很难找到，就算你们找到了，你们未必能将T111型号炸弹解除，这炸弹的拆卸难度是很大的。而且，一旦你们开始拆卸T111型号炸弹，我就能感受到动静，到时我会直接按动按钮。”

中年人听了，额头渗出了冷汗。

他最怕招惹这种有权有势的人，对方可是高级战神，而且又是HR联盟中华区的执行总裁，即便对方犯了罪，也是很难把其治罪的。

“罗峰。”维妮娜死死地盯着罗峰。

“你放了我丈夫，我就放过这些普通人。你若是执意要杀我丈夫，我就让这些无辜的人给我丈夫陪葬。”维妮娜的声音回荡在罗峰的耳边。

罗峰面无表情，目光越加冷厉。

“罗峰战神，维妮娜战神。”那中年人当即慌了，等他们说完后，心中暗道，“蓝先生怎么还没到啊？”

被毁的HR联盟商城旁的广场上，喷泉下面水池中的水瞬间结冰了，寒气弥漫开来。

本来此时正值冬天，温度已降到了零下。

只见一个有着绿色头发的中年人飞了过来。

“蓝议员。”维妮娜、李耀、罗峰都认出了来人。

“哼！你们有仇，要生死决战，那是你们的事，不要伤及无辜。”蓝议员冷冷地说道。

“蓝议员。”维妮娜摇摇头，缓缓地道，“我没有办法。这是在JN基地市的范围内，罗峰竟然不顾法律条规，执意要杀了我的丈夫，我不是他的对手，我只能选择这一条路。我丈夫若是死了，我就让这些无辜的人陪葬。选择权在罗峰的手里，他只要放了我的丈夫，大家都好过。”

地球上一共有52名议员，其中有C国血统的超越战神的存在就超过10个，虽然完全效忠C国的仅仅三四人，但是有不少如隐士一般生活在国内。他们偶尔会帮军方，也会帮国家，还会帮HR联盟……总之，他们可以左右逢源，又可以安心当隐士。

“冰刀”蓝冉就是隐居在JN基地市的一位超越战神的存在。

不过，只有遇到真正的大事，蓝冉才会出手。这次，非蓝冉出马不可了。

“罗峰。”蓝议员悬浮在罗峰的面前，“罗峰，你应该很清楚国家的法律和战神宫的法规。”

“战神宫的法规中有几条是底线，禁止任何人触犯。杀武者的家属，就是其中一条；公开在基地市中杀武者，也是一条；战神在基地市中相互厮杀，也是一条。”蓝议员沉声说道，“战神级武者是人类社会的财富，每一名战神级武者都很重要。”

“在HR联盟商城旁边的广场上，在成千上万的人的注视之下，你胆敢追杀武者，已经是死罪一条了。此外，你要杀的还是战神宫的战神，更是罪加一等。法规是五位议长所定的，你真的打算用自己这条命去换李耀的那条命？而且，你还要搭上C国的数万无辜的同胞？其中有一些正在成长的少年，还有一些天真的幼童，你真的要这么做吗？”蓝议员紧紧地盯着罗峰。

第190章

罗峰议员

HR联盟商城中的很多武者都通过窗户朝广场看去，那些军队则都紧紧地盯着罗峰。

以罗峰脚踏遁天梭飞行的速度，就连蓝议员都休想从他的手里救走李耀。

此刻，选择权在罗峰的手里。

“对，不能这么做。”罗峰表情平静。

“呼！”

金线网从半空中坠落，同时那些绳扣在精神念力的操控下迅速解开，放出了已经身受重伤的李耀。

金线网迅速缩成线球，飞回罗峰的身边。

罗峰伸手抓住线球，低头看了李耀一眼，又看了看远处的维妮娜，不由得冷笑道：“维妮娜，我承认，我小瞧了你。”

“嗖！”罗峰脚踏遁天梭，而后化作一道流光，疾速飞走了。

在场的军人都松了一口气。

旁边街道上设置了T111型号炸弹，以T111型号炸弹的威力，广场上的他们恐怕到时候也会遭难。

“逃过一劫。”中年人暗自松了一口气。

“呼！”维妮娜也长舒一口气。

维妮娜连忙跑到李耀的身边，扶起李耀，问道：“没事吧？”

“还好，我还没死。”李耀看了看罗峰离去的方向，脸色无比苍白。

罗峰脚踏遁天梭，速度达到1000米/秒，在JN基地市的主市区穿行着。

很快，他就飞出了主市区的范围，进入了主市区和卫城之间的粮食基地。

一个基地市分为主市区和八大卫城。

为什么基地市要分成这么多区域呢？

那是因为主市区和八大卫城之间的大片土地都是粮食基地，给基地市的人供应粮食。

“我真的小瞧了维妮娜，如果一开始就解决了维妮娜，就没这回事了。”罗峰脚踏遁天梭，闪电般地飞过大片稻田，“幸好蓝议员说的一番话提醒了我。战神宫法规？既然我无法亲手杀了李耀，那就利用战神宫法规来对付李耀夫妇。”

一年零三个月内，他都被困在9号古文明遗迹之中，一回到家，就看到父亲躺在床上，他的心中充满了悔恨。

因此他不管三七二十一，直接找到李耀，欲杀了李耀。

可是，蓝议员说的没错。他若是在JN基地市的范围内公开杀死李耀这位战神，这是死罪。

不过，他杀李耀的时候，完全可以展露真正的实力，他现如今的实力堪比超越战神的存在，很快就能成为议员。他心系家人的安危，愤而击杀伤害自己家人的战神，到时最多受到小小的惩罚，即坐几年牢。

战神和议员的地位、权力等是完全不一样的。

如果是议长动手杀了战神，恐怕连惩罚都没有。如果是第一议长洪动手杀了议员或者其他议长，根本没人敢惩罚洪。

“哼！李耀夫妇的命远远没有那几万普通人的命重要。现在这样也好，我没必要冒着坐几年牢的风险去杀李耀。”

此刻，罗峰正在盘算杀李耀夫妇的方案。

“首先，我得让各方势力知道我拥有超越战神的存在的实力，然后……”

明月小区。

“罗华。”罗峰走到弟弟的房间。

坐在电脑前的罗华疑惑地转过头来。

罗峰直接说道：“你当初请的国家哪个特殊部门的人保护爸妈的？你现在立即通知他们，让他们的负责人来我们家一趟。”

“好的。”

罗华虽然不解，但是并没有追问，立即拨打电话。

一刻钟不到，一架飞碟形战机就降落在明月小区，国家特殊部门的三名负责人来到了罗峰家。

“你好，罗峰先生，我们见过面。”白发老者笑道。

“刘彦处长。”罗峰微笑致意，“你是9处的负责人。”

“哈哈！罗峰先生的记性真好。”刘彦和罗峰握手后，又道，“不知道罗峰先生这么着急找我们，有什么事？”

“是这样的。”罗峰的表情变得严肃，“前段时间，李耀夫妇用各种手段对付我的家人，当时我弟弟就是请你们帮忙保护我爸妈的。”

“没错，是有这么回事。”刘彦点点头。

“那你们应该有足够的证据证明李耀夫妇在对付我的家人吧？”罗峰问道。

刘彦微微一笑，道：“这是JN基地市，是我们C国的地盘，他们的大部分举动都在我们的监控中，我们的确有足够的证据可以证明，伤害你家人的诸多行动都是李耀夫妇在幕后主使的。”

“很好，我需要你们提供足够的证据给我。”罗峰道。

“没问题，我们可以给你提供充足的证据。在我们的地盘，我们是拥有绝对掌控权的。”刘彦笑道。

刘彦之所以这么配合，主要是因为他前来罗峰家的途中接到了一个电话。

“老刘，那罗峰可是拥有超越战神的存在的实力。”

C国，JN基地市。

在一个装饰典雅、大气的大厅内，C国的极高级别的几位领导人、军方的几位高层，还有一位超越战神的存在都端坐着。

每一个都是能令C国震荡的大人物。

大厅屏幕的投影上正播放一段视频。

所有人都认真地看着。

一个穿着皮衣的中年人道："你们看，罗峰能同时操控16把飞刀，而李耀是高级战神，身体素质极强，再加上黑神套装，实力也是极强的。然而，罗峰仅仅一次攻击就让李耀受了伤，两次攻击就让李耀整个人几乎没有反抗能力了。显然，那些飞刀的冲击力是极强的。"

"而且，罗峰是高级战神级巅峰的精神念师，这个级别的精神念师操控的飞刀的冲击力是极强的。罗峰同时控制16把飞刀，显然不是故意逞强，这说明他的确能同时控制16把飞刀，且能使得16把飞刀保持最强的冲击力。"中年人顿了顿，继续说道，"依我看，罗峰的实力绝对达到了超越战神的存在的平均水准。"

"没想到，我C国又多了一位超越战神的存在。"

"我建议，立即派人和罗峰接洽。"

……

这个消息的确是C国率先掌握的，可是，HR联盟商城旁边的广场上闹了那么大一出，岂能瞒得住别人？

极限武馆和雷电武馆的首领和C国的领导人通了电话，立即得到了准确的监控录像，那监控录像将当时的场景全面地拍摄了下来。

极限武馆、雷电武馆，甚至连HR联盟，都迅速得到消息。

看了监控录像，各方势力的首领轻易地推测出了罗峰的实力，罗峰能同时控制16把飞刀袭击李耀，这一幕让所有人震惊。

一般来说，高级战神级武者爆发起来，冲击力也是惊人的！然而，罗峰的飞刀的冲击力是他们的10倍，罗峰绝对可以媲美行星级一阶武者。

雷电武馆的一些强者得到这个消息时，气得破口大骂。

“极限武馆真是走了狗屎运，竟然又得了一位议员强者。”

而HR联盟得知这个消息后，针对罗峰、李耀、维妮娜的问题，迅速做出了应对策略。

明月小区很平静，实际上却暗流涌动。

“罗峰先生。”刘彦指着笔记本电脑的屏幕，“证据正在传送，还有10秒钟，各种文件和视频等将全部传送完毕。”

罗峰紧紧地盯着刘彦带来的笔记本电脑的屏幕。

“传送完毕。”刘彦笑道。

“多谢刘老。”罗峰心中顿时轻松了不少。

之前在HR联盟商城旁的广场上，罗峰想到了一个计划。

这个计划主要分成三个步骤实施：

首先，罗峰要得到足够的证据，证明伤害自己家人的幕后主使是李耀夫妇。

其次，公开自己的真正实力，让自己成为议员。

最后，以议员的身份，向战神宫起诉李耀夫妇。

忽然，手机铃声响起。

罗峰从口袋里取出手机。

“喂。”

“罗峰，是我，柳河。”一道亲切的声音传来。

“柳巡察使？！”罗峰很是惊喜。

“哈哈！你还喊我巡察使呢。罗峰，你藏得可真深啊！之前馆主亲自去南美洲那边接你，你都没有说出自己真正的实力。你在JN基地市重伤李耀的视频，刚才我们和馆主都看了……”柳巡察使顿了顿，继续说道，“馆主当时就说，你的实力达到了议员级别呢！”

罗峰闻言一怔。

他本来准备启动计划后，再主动公开真正实力的，没想到，极限武馆的人已经知道了。

他们知道了也好，他已经搜集了充足的证据，打算起诉李耀夫妇。李耀夫妇竟敢对他的家人动手，这还了得？

战神对战神的家属动手，是重罪，而罗峰的实力已经达到了议员的水准，敢对准议员的家属动手，毫无疑问是死罪。

“从今天起，你也是超越战神的存在了！”柳巡察使的声音中充满喜悦，“很快，极限武馆会选一个日子，向全世界公开你成为超越战神的存在的事实，馆主会亲自授予你巡察使的职位，你便是极限武馆的第六位巡察使。”

“罗峰，以后你可是议员，还是巡察使。”

第191章

逮捕

极限武馆的第六位巡察使？！虽然罗峰早有思想准备，但是心情仍旧很激动。

不过，现在他最重要的事情是——将李耀夫妇绳之以法。

“刘老。”罗峰拿出手机，朝刘彦挥手示意。

“好的！那我就先出去了。”

刘彦拿着笔记本电脑，离开了罗峰的书房，书房中顿时只剩下罗峰一人。

“你的房间中还有其他人？”柳巡察使问道。

罗峰走到窗户前，回道：“没错！那是C国特殊部门的负责人，刚刚我向他索要了一些证据，我准备通过战神宫起诉李耀和维妮娜，我要起诉他们幕后指使人谋杀我的父母。柳巡察使，你说，李耀夫妇最后会得到什么判处结果？”

“哦？李耀夫妇竟敢对你的家属动手？！”柳巡察使大吃一惊。

“是的，否则我也不会在大庭广众之下追杀他们。”罗峰回道。

“难怪你恨不得杀了李耀。这两人实在是太放肆、太狠毒了。”柳巡察使的声音显得很是恼怒，“对武者的家属动手可是大忌。”

“柳巡察使，据你估计，李耀夫妇的罪名成立后，会是什么下场？”罗峰追问道。

“死罪，这是毫无疑问的。而且，还得立即执行死刑。”柳巡察使怒道，“罗峰，你放心，现在你的身份不一样了，战神宫会直接将你提升为议员。议员的地位比武者高，权力比武者大，李耀夫妇竟敢幕后指使人伤害议员的父母，当然会得到重判。”

“要知道，战神宫的议会由52名议员和5位议长组成，审判结果是由议会决定的，伤害议员的家人，这是禁忌。这等于是挑衅所有的议员，议员们会重判罪人，这才能震慑所有不法分子。”柳巡察使缓缓地说道，“只要是威胁到任何一名议员的地位和权力的，将会遭到所有议员的一致惩罚。”

“只要你搜集的证据充足，李耀夫妇只有一个结果——死罪。”

罗峰暗松一口气。

果然和自己想的一样。

事实上，李耀夫妇对罗峰的父母动手时，罗峰还不是议员，也不是巡察使。可是，正因为罗峰的身份变了，李耀夫妇的判决结果才会发生变化。

书房中，笔记本电脑的屏幕展示了一份份文件和视频。

罗峰仔细地看着。

“哼！他们竟然这么阴狠，不择手段地对付我的父母。”罗峰的脸色铁青。

他仔细地浏览大量的文件和视频。

李耀夫妇从头到尾的各种手段全部清清楚楚地记录在案。

罗峰心里一阵后怕。

如果他弟弟不够强，他的父母很可能就没命了。幸亏他弟弟够聪明，早就想到了进入商业银行，并成为第八大股东。

须知，在基地市，想要大规模购买C国第一银行商业银行的股票，几乎是不可能的。那些大势力都舍不得卖出商业银行的股票。商业银行的股票是很珍贵的，一般来说，有钱也买不到，唯有用千年黑乌根这种同样有钱都买不到的宝物才能换取商业银行的股票。

“这些证据很充足。事实上，我只要拿出十分之一的证据，就足以证明他们的罪行了。”

罗峰当即关闭了视频和文件，将这些证据全部“打包”，而后进入自己的个人页面，将这些资料传送给战神宫。

发送给战神宫的邮件中写明了起诉对象和罪名等等。

几分钟后。

手机的彩铃声响起，罗峰当即拿起手机。

“罗峰议员，你好。”一道清脆的声音响起，“我们刚刚收到你的邮件，请问是你本人要对李耀夫妇进行起诉吗？”

“是的！”罗峰回道。

“好！待开庭的地点和时间确定，我们会通知罗峰议员的。”

经过电话确认后，战神宫的一些工作人员立即安排开庭的事情。

……

那些文件和视频很多，罗峰全部看完，就花了两个多小时。

而此事传到极限武馆总馆主洪的耳朵里，已经是傍晚了。

极限武馆全球总部。

静室内，洪端着一杯热茶，翻阅着网络上的一些讯息。

“主人！”一道低沉的声音回荡在静室内，“罗峰议员传来了很多文件和视频，起诉李耀夫妇幕后指使人谋杀他的父母。”

“证据可充足？”洪眉头微皱。

“证据充足。”

洪微微点头，道：“你立马通知极限武馆极厉害的三位律师，让他们接受这个案件。另外，安排行星级武者亲自逮捕李耀和维妮娜，并且于明天下午3点30分在极限武馆总部的最高法庭进行审判。”

“罗峰即将担任极限武馆的巡察使，我希望你们能将这个案件办得漂漂亮亮的。”洪吩咐道。

“是！”

下一瞬，静室内再度恢复了安静。

明月小区。

晚上，万家灯火。

罗峰站在阳台上，仰望无尽夜空。

突然，他的手机响了。

罗峰拿出手机一看，是徐欣打来的电话。

他当即接了电话："喂。"

"你怎么都没来接我？"徐欣问道。

"抱歉，我一直在忙其他事情，刚刚忙完，要不，我现在就去J基地市接你？"罗峰歉然道。

他回来后，心思全放在父母身上，忘了去接徐欣的事。

"我到了，就在明月小区的门口。"

"嘟——"电话挂了。

罗峰微微一愣。

徐欣已经从J基地市赶回来了，并且此刻就在明月小区的门口。

"我真是浑蛋！"罗峰咒骂自己一声。

而后，他直接从阳台蹿下。在精神念力的辅助下，他跃出了足足近百米的距离，才缓缓落地，而后再纵身一跃，就到了明月小区大门的不远处。

罗峰一眼就看到，小区门口，昏暗的路灯下，一个略显瘦弱的少女正默默地站在那里。

看到这一幕，罗峰心中很难受。

徐欣成为他的女友后，非但没享什么福，反而吃了不少苦。

他从9号古文明遗迹中回来后，也没来得及去见她，还害得她一个人从数千里之外赶来。

……

徐欣透过明月小区的大门朝里面看着。

她的身体不由得颤抖着。

正值寒冬，又是晚上。

J基地市那边虽然也很冷，但是那里的空气干燥，而JN基地市这边是湿冷。

徐欣之前接到罗峰的电话后，就急忙乘坐最早的火车，花了好几个小时，才抵达Y城，根本没注意到JN基地市这边更冷。

“徐欣。”一道熟悉的声音响起。

徐欣一怔。

那熟悉的身影，正是罗峰。

这一年多来，特别是最近三个月来，徐欣每天都很伤心、难过。

“罗峰！”徐欣的声音有些沙哑。

她话刚出口，就忍不住哭了。

而后，她紧紧地抱住了罗峰。

“对不起，真的对不起。”

罗峰紧紧地搂着徐欣，他感觉到徐欣的泪水浸湿了自己的衣襟。

一年零三个月后，罗峰和徐欣终于再次相见了。

罗峰和徐欣的重逢既伤感又温馨。

另一边，李耀和维妮娜夫妇二人心乱不已。

从JN基地市开往E国P基地市的飞行客机上。

李耀和维妮娜紧紧地握着彼此的手。

“这下麻烦大了。”维妮娜瞥了周围的乘客一眼，而后压低声音说道，“他成了议员，以后要对付我们可就……”

“别怕。”李耀打断维妮娜的话，轻声说道，“我们在JN基地市等飞行客机也有两三个小时，这两三个小时内，罗峰都没来找我们的麻烦。待我们回到P基地市，他更加不可能来找我们的麻烦，那里可是我们的地盘，有HR联盟的议员，还有我那位前辈，没事的，绝对没事的。”

李耀不知道是在安慰维妮娜，还是在安慰自己。

“怎么会这样，他怎么就成了议员呢？”维妮娜咬牙切齿地道。

李耀的双眸中充满了恨意。

“忍，忍，我们只能忍。”李耀压低声音，恨恨地说道。

片刻后，飞行客机终于抵达了E国P基地市。

此刻，天有些昏暗，不过没有全黑。飞行客机缓缓降落在P基地市机场，停稳后，舱门自动打开了，阶梯伸了出来。

乘客逐一走下阶梯。

“回来了。我们终于回到P基地市了。”维妮娜露出了一丝笑容。

李耀也难得地露出了一丝笑容。

这是得知罗峰成为议员后，他第一次露出笑容。

李耀沿着阶梯走了下去。

“李耀，维妮娜。”一道冷冷的声音响起。

李耀夫妇心中一惊。

他们转头看去，只见四个人朝他们走了过来。

为首的两人中有一个穿着黑色长袍的棕色卷发中年人，他的目光冷厉，让人害怕。而他旁边的是一名老者，白色长发披散开来，显得很是诡异。

“颜议员，博尼特议员。”维妮娜很是惊讶。

“前辈。”李耀看着老者。

那老者正是颜海，和李耀有着深厚的交情。

旁边的博尼特议员盯着维妮娜和李耀，冷冷地道：“我们代表战神宫正式逮捕你们，如若反抗，我们有权直接将你们击杀。”

李耀和维妮娜都瞪大了眼睛。

本以为回到他们的地盘了，就安全了，没想到会碰到这种事。

“前辈！！！”李耀看着颜海。

颜海低叹一声，道：“秃鹫，这是战神宫高层的命令，没人帮得了你。你这次实在是太鲁莽了！走吧，不要反抗，或许还有一线生机。”

他们可是以战神宫的名义来逮捕李耀夫妇的，如果李耀夫妇反抗，就是和整个战神宫为敌。而战神宫可是由所有战神和超越战神的存在形成的势力。

反抗？这不是找死吗？

“咔！”李耀夫妇被戴上了特制的手铐。

他们仍旧有些发蒙，根本没有反抗。

“前辈！”李耀乞求地看着颜海。

颜海长叹一口气，没说什么。

“带走。”旁边的博尼特议员淡淡地下令。

当晚，李耀和维妮娜直接被连夜押送到极限武馆全球总部。

第192章

达到行星级的秘法

罗峰和徐欣这对年轻的情侣依偎在一起，倾诉着这一年多来的思念之情。

“今晚在这里睡？”罗峰搂着徐欣，调侃道。

“你想得美。”徐欣娇嗔道，随即低头看看手表，“已经12点了，罗峰，送我回去吧！”

“好！”罗峰笑笑。

两人聊了这么久，情绪都平静了下来。

……

两人乘坐王级智能战机，离开了Y城明月小区，前往JN基地市主市区的徐家。仅仅几分钟，王级智能战机就到了徐家的上空。

高空中的王级智能战机中。

“罗峰，我要你向我保证，以后做危险的事情之前，必须先告诉我。”徐欣紧紧地盯着罗峰，“我不会阻挠你追求事业，可是，我需要知道你的状况……”

“徐欣，你放心。”罗峰连连点头，“我以后会提前告诉你的。之前，我之所以瞒着你，只是不想让你为我担心。”

“我愿意为你担心！我想为你担心！”徐欣紧紧地盯着罗峰，“我心里最怕的是，你什么事情都瞒着我，不告诉我。”

罗峰听了这话，心中暖暖的。

徐欣虽然出身于大家族，但是性子一点都不骄纵，很善解人意。

罗峰曾在网络上看到，有些女人经常黏着男人，不给男人一点空间；而有的女人经常因为一点鸡毛蒜皮的小事就纠缠不休。

徐欣却不是那种人，这让罗峰觉得很庆幸。

“对了，这次你退学了，还能再重新入学吗？”罗峰问道。

“我办的是退学，不是休学，按照正规的渠道是很难再入学的，除非通过家族的一些人脉关系……”徐欣摇摇头，又道，“没事，反正我根本不在乎一纸文凭，在大学两年多的时间，我已经将本专业的知识学得差不多了，也经历过了大学生活，够了。我准备自己创业，开一家公司。”

“开公司？！”罗峰闻言一愣。

“嗯。”徐欣点点头，“家族的长辈准备让我接手一些生意，不过，我并没有这个意愿。无论做什么，还是从小事做起为好。我准备先创业，在实践中总结经验，将来有足够的实力，再接手家族的生意。”

“哦！看来我的女朋友还是个女强人呢。”罗峰笑道。

“你不喜欢？”徐欣紧张地看向罗峰。

“当然喜欢。我作为一名武者，很多时候都不能陪在你身边。即便将来我们结婚了，我也不想你只是做家庭主妇，没有自己的事业。”罗峰说道。

如今年轻人的想法都是这样，夫妻二人一般最好都有工作。没事业的话，人活得很没劲。

“多谢罗议员了解小女子的心思。”徐欣笑笑，当即做出了古时候女子行礼的动作。

而后，她自己忍不住笑了起来。

送徐欣回家后，罗峰的心情很好。

深夜，练武厅中，罗峰盘膝静坐。

“极限武馆的效率真高！”罗峰看着辅助光脑收到的消息，满意地笑了，“这么快就将李耀和维妮娜二人逮捕了，明天下午3点30分，在极限武馆全球总部的最高法庭开审。李耀、维妮娜，明天我和你们就能有一个了断了。”

事实上，现如今的罗峰根本没将李耀夫妇放在眼里，地位不同了，眼界自然也不同了。

当年，李耀夫妇公布了天价悬赏，罗峰在荒野区狼狈逃窜，心中很恐惧。可是，在精英训练营、雾岛、9号古文明遗迹中，经历了一系列事情后，他的身心都变得无比强大。现在，李耀夫妇根本不是他的对手。

“据光头水晶人所说，所谓的古文明遗迹，应该是宇宙中的一些种族留下的，比如9号古文明遗迹是陨墨星的主人留下的，而陨墨星显然是茫茫宇宙中的一颗星球。”罗峰心中暗道。

同时，他莫名地感到不安。如果宇宙中的一些种族真的留下了遗迹，这意味着某一天宇宙中的种族很可能降临地球。到时候，这对地球上的人类来说是福是祸还很难说。

“此外，光头水晶人也说了，将来地球很可能被宇宙中的一些国家发现。而我的实力越高，将来混得就越好，甚至能帮助到自己的国家。”

罗峰的潜意识中，已经不再将地球上的怪兽当成对手，他觉得地球的真正危机是宇宙中的事物。

相较于宇宙中一些强大的国家和种族，地球现在的确很弱，连行星级武者都少得可怜，至于地球上所谓的高科技，在宇宙文明中更是不值一提。

“正如光头水晶人所说，我现在要做的就是努力修炼，以洪和雷神此等高手为目标，争取努力超越他们，成为地球上的最强者！”罗峰的眼神十分坚定。

当初，光头水晶人在罗峰的辅助光脑上留下了突破到行星级的要诀，不过罗峰回来后忙着其他事情，先是对付李耀夫妇，后来又安慰自己的女友，根本没时间看。

现在他空闲下来了，立即开始翻看。

“地球上，现在都找不到突破到行星级的有效方法。”罗峰心中暗道。

很快，他就从辅助光脑中找出了那份要诀，仔细阅读起来。

“茫茫宇宙中，学徒级武者不计其数。从学徒级九阶跨入行星级，这是生命层次跃升的最重要一环，也是最基本的一环。一旦通过这一环，学徒级武者就正式成为宇宙中的基因武者、精神念师。本篇主要介绍成为行星级一阶精神念师的方法。

“精神念力实际上也是精神力、灵魂之力。人体包括肉身和精神，或者说是肉身和灵魂，精神和灵魂其实是一样的，精神（灵魂）又分为精神力（灵魂之力）和意识。精神力足够强大的时候，可以离开识海，控制外界的物质，渗透进其他生物的识海，等等。足够强大的精神力，也就是精神念力。

“那学徒级九阶的精神念力怎么突破到行星级呢？首先，精神念力的强度要达到学徒级九阶的巅峰；其次，意识必须大大增强。

“精神念力遍布整个识海，是有形的存在，而意识是虚无的存在。意识到底是什么？它到底有什么用途？可以这么说，精神念力是小兵，意识就是统帅，整个军队的战斗力取决于两个方面，一是小兵，二是统帅。

“最简单的情况，一个普通人的精神亢奋时，能举起很重的物体，而精神低迷的时候，他能举起的物体的重量只有平常的一半，在这两种情况下，其肉身的力量是一样的，只是意识处于亢奋和低迷两种状态，就导致出现了不同的战斗力。

“也就是说，意识对于武者很重要，同样的道理，意识对于精神念师一样重要。厉害的统帅，调兵遣将的能力更强。

“同样是学徒级九阶武者，意识强大的，可以精确地操控10件暗器，乃至更多的暗器。而意识较弱的，只能控制四五件暗器，这就是意识强弱的区别。

“意识的锻炼方法有很多种，比如武者们吃尽苦头，从而让意志变得坚定。其实，意志变得坚定也是意识强大的一种表现。当然，这是很简单的锻炼意识的方法。宇宙中有很多锻炼意识的秘法，我陨墨星最主流的就是掌控师流派秘传的基础312式和幻术师流派秘传的基础186式。这两种流派正好相反，一为阳刚，一为阴柔，然而秘法的效果都极好。

“当然，学徒们的天赋是不一样的，有的脑域阔度低，有的脑域阔度高，脑域阔度甚至有超过40的。脑域阔度高的，突破难度更高，可是如果拥有强大的意识，他们以后的成就更大。

“当意识和精神念力都达到要求，那么下一步就是突破了。若是其他都达到了界限，随时有可能突破，但是时间是不定的。这时候有三种办法：

“第一种，等待机遇到来，或者遇到某种突发情况，心情一激动，意识突然变得亢奋，就突破了。不过，也有可能等上三五年，都没有突破。

“第二种，继续强化意识。强大的意识可以瞬间让精神念力突破。

“第三种，就是运用本篇讲述的‘九九锻神’，九九锻神分为九九八十一步，每一步都需要一个半小时。进行九九锻神后，中途不能停止，一旦停止，就得从头再来，所以必须一气呵成。一旦完成八十一步，即可突破到行星级。下面就是九九锻神的详细方法……”

罗峰仔细地看着，心中激动不已。

光头水晶人留下的要诀堪称至宝，比洪给自己的《精神念师基础》要好得多。

经过翻译后，要诀的语言很是简单。从根本上解释了精神念师的能力源泉是精神，也就是灵魂，而且精神分为精神力和意识这两个部分。

“意识是统帅，精神念力是小兵？！照光头水晶人所说，我的意识和精神念力都达到了界限，随时有可能突破。可是，我若是傻乎乎地等，谁知道要等到什么时候？”罗峰当即做出了决定，“那就按照这九九锻神来修炼。”

罗峰根本不知道，即便在茫茫宇宙中，能够从学徒级九阶突破到行星级的秘法，都是极其珍贵的。宇宙中的一些强大的种族和国度是不会舍得将这些秘法外传的。

“每一步都要耗费1.5小时，一共是81步，也就是需要耗费5天多的时间。”罗峰深吸一口气，心中暗道，“明天就开庭了，时间不够，待审判结束，李耀夫妇被执行死刑后，我再修炼这九九锻神。”

“现在我再看看遁天秘法。照光头水晶人所说，只有通过遁天秘法，才能真正发挥出遁天梭的威力。或许一夜的工夫，我的修为就能提高不少。”

罗峰心念一动。

他身上立即飞出一本泛着点点星光的秘籍，正是他在9号古文明遗迹中得到的《遁天》秘籍，一直被他藏在黑神套装形成的背心夹层中。

第193章

遁天梭三大形态

罗峰低头看着手中的《遁天》秘籍。

他得到这本秘籍后，还从来没有认真看过。

这本秘籍的纸张是一种黑色的特殊材质制成的，那特殊材质根本不像现如今地球上的任何一种材质。封面上有着点点星光，仔细查看之下，竟带着让人心惊的淡淡气息。

“只是一本秘籍而已，单单外表就这么特别了。”罗峰不由得惊叹。

当即，他翻开第一页。

“此为陨墨星掌控师一脉的秘诀，习练者切不可将此秘诀外传给陨墨星的其他成员，否则将受到惩罚，做苦役60年；若是将此秘诀传给陨墨星外部的人，则杀无赦！！！”

短短的一段话，让罗峰很是震惊。

显然陨墨星是个非常严密的组织，连内部的成员都不能乱传秘诀，至于传到外界，更是禁忌。

“我通过了死亡考核任务，光头水晶人显然就认定我是陨墨星的成员了。”

罗峰当即翻开第二页。

“《遁天》秘籍是关于如何使用遁天梭的独有秘籍。遁天梭是陨墨星主人呼延博所创的念力兵器的一种，唯有配合《遁天》秘籍使用，才能发挥出真正的威力。使用遁天梭，足以让陨墨星一脉的念力掌控师越阶击杀敌人。

“遁天梭一共有三大形态：第一形态，振幅程度达到12，即可修炼；第二形态，振幅程度达到30，方可修炼；第三形态，乃遁天梭的终极形态，需要达到宇宙级，拥有自己的领域，振幅程度达到48，方可修炼。

“《遁天》秘籍讲述的第一形态的内容可以直接翻阅；讲述的第二形态的内容是不能轻易翻阅的，唯有振幅程度达到30，才有能力翻阅；至于讲述的第三形态的内容，精神念力达到宇宙级的武者方可翻阅。下面讲述的是第一形态的秘诀。”

罗峰看完这一页，哭笑不得。

看来，他想要全部翻阅一遍是不可能的。

“先试试看。”罗峰尝试着迅速翻开一页页纸。

黑色的特殊材质的纸张一页页翻过，然而，翻到大概三分之一的时候，罗峰就再也无法翻动了，剩下的三分之二的纸张仿佛牢牢地粘在一起。

罗峰所能翻阅的最后一页纸上有着一幅玄奥复杂的图，旁边还有一行字——精神念力融入图中成功后，即可翻阅遁天梭的第二形态的内容。

“这貌似很玄妙的样子。”罗峰紧紧地盯着这幅图，心中一动，精神念力当即融入图中。

“轰！”瞬间，精神念力宛若陷入了一个宇宙。

这一刻，罗峰仿佛化身为其中的一颗星球。茫茫宇宙宛若陷入了毁灭时刻，无数星球朝罗峰疯狂地飞来。

看到这极具毁灭性的场景，罗峰心中很是惊讶，当即用精神念力控制一颗颗星球，欲将它们移开。

“轰隆隆——”

刹那间，罗峰的身体被无数星球砸得粉碎，他的精神念力直接被摧毁。

“好恐怖！”罗峰的额头冒着冷汗，他看着眼前的图，心有余悸。

“这是什么玩意儿？幻境？”罗峰震惊。

他可是高级战神级的精神念师，可是还从来没听说过谁能弄出如此逼真的幻境。

“看来，果真如秘籍所记载，振幅程度达到30，才能翻阅第二形态的内容。而我现在的振幅程度只达到16，还差得很远。”

罗峰心里很清楚，能够同时控制多少件暗器，同时使得那些暗器保持最强的威力，就代表振幅程度是多少。

如今罗峰能同时控制16把飞刀，振幅程度即为16。

放眼整个地球，现如今还没有精神念师的实力比他强。然而，在茫茫宇宙中，罗峰的这点实力还差得很。

“遁天梭的形态分为攻击形态、防御形态、飞行形态，其中遁天梭的第一形态飞行形态为遁天梭的本体，攻击形态为钻山锥，防御形态为重山盾。第一形态一共分为三层境界，第一层境界，振幅程度达到12，方可修炼；第二层境界，振幅程度达到18，方可修炼；第三层境界，振幅程度达到24，方可修炼。”

遁天梭有三大形态，每种形态都有三层境界，也就是说，一共有九层境界。

罗峰现如今的振幅程度为16，只能修炼第一形态的第一层境界。

“了不得！陨墨星主人呼延博到底是怎么想出来的？”

随着逐渐翻阅秘籍，罗峰对陨墨星的主人越加崇拜。按照秘籍上记载的，遁天梭只是陨墨星主人呼延博所创的诸多念力兵器中的一种而已。

那9号古文明遗迹也是呼延博留下来的。

“遁天梭的365把飞刀上的复杂纹路原来具有这样的作用，那原理是什么呢？”

罗峰看到后面也没看懂。

这就好像使用冲锋枪，秘籍只会教你怎么使用冲锋枪，而不会教你怎么制造冲锋枪。

《遁天》秘籍中就没有讲述遁天梭的制造原理。

“太厉害了。”罗峰心神激荡，“我现在就去荒野区尝试修炼第一层境界。”

深夜时分。

罗峰脚踏遁天梭直接飞出了明月小区，来到了荒野区。

距离Y城300多公里的地方。

一道人影从天而降，而后毫无保留地将精神念力扩散开来，吓得荒凉破败的高速公路上的一些觅食的怪兽慌乱逃窜。

罗峰遥看百米外的丘陵，心念一动。

遁天梭瞬间分解为365把弯曲的飞刀，这些飞刀悬浮在罗峰的面前。

“组合成钻山锥！”罗峰当即下令。

“唰！”

365把飞刀瞬间聚集在一起，形成了一个圆锥。

圆锥的表面有一圈圈螺纹，仿佛工人们用来钻墙的电钻。

“不知道第一次能不能成功。”罗峰脑海中迅速浮现出操控钻山锥的秘法。

“破！”罗峰紧紧地盯着远处的丘陵。

罗峰发出了12股达到极限的精神念力，那12股精神念力立即被钻山锥上面的秘纹催动起来，原本银灰色的遁天梭顿时浮现出道道金色纹路，每一道金色纹路都带着让人胆战心惊的力量。

仿佛要撕裂天地，12道金色纹路从钻山锥的底座弥漫开来，朝钻山锥的尖端延伸，其中一道金色纹路最先抵达。

“哧——”12道金色纹路瞬间消散。

钻山锥又恢复成了原本的银灰色。

“操控失败。”罗峰无奈地摇摇头。

“再来。”

“哧！”12道金色纹路再次消散。

罗峰的境界极高，他现在的极限是能操控16把暗器并使之保持最强的威力，所以现在操控12股精神念力催动钻山锥是比较轻松的，一次性就催动了12道金色纹路。

可是，要让12道金色纹路同时抵达钻山锥的尖端，那就颇有难度了。

幸亏罗峰的振幅达到了16，远远超过了要求，学习第一层境界相对比较容易。

若是振幅才达到12，刚刚达到要求的精神念师，恐怕要花很长时间才能成功。

时间渐渐流逝，罗峰一次次地尝试。

黑漆漆的天空渐渐地有了一丝光亮，雾气弥漫，荒野中破败的高速公路上有着怪兽出没的身影。

这些怪兽看到罗峰，特别是看到他周围散乱着的怪兽的尸身，就远远躲开了。

天蒙蒙亮，渐渐地，东方的云层泛起了红色。

终于，太阳从东方冒出了头。

“破！”罗峰紧紧地盯着眼前的钻山锥。

银灰色的钻山锥表面浮现出了12道金色纹路，12道金色纹路瞬间延伸到了钻山锥的尖端。

当这12道金色纹路聚集在一起的时候，瞬间缠绕在一起，而后旋转。

“呼——”钻山锥化作一道金光，旋转着破空而去，速度瞬间飙升到不可思议的地步。

钻山锥化作的金光直接轰向百米外的丘陵。

“轰隆隆——”顿时烟尘弥漫。

钻山锥从遥远的地方绕了一个圈，而后飞了回来。

远处的烟尘消散，丘陵竟然崩塌了大半。在钻山锥的轰击之下，丘陵只剩下一小半了。

“好快的速度！好强的钻透力！这速度比我平常的攻击速度快了不少。”罗峰心中很是激动，“按照秘籍中的记载，钻山锥的第一层境界的威力是我平常的攻击力的三倍左右，而行星级二阶武者的实力是行星级一阶武者实力的两倍左右，也就是说，凭借钻山锥，我的攻击力就比一般的行星级二阶武者要强。”

这就是有背景的精英和没有师承的武者的区别。

在地球上，几乎所有武者和精神念师都没有师承，一个个埋头苦修，啥也不懂，就算得到了念力兵器，也不会用。

而罗峰成为陨墨星的一员，拥有秘传的基础312式，他的振幅程度从而大大提高了。之后，他又得到了《遁天》秘籍，令攻击力大大提升了。这两方面大大提升之后，他这个学徒级九阶的精英就能越阶和行星级二阶武者一战了。

这就是有师承、有背景的好处。

罗峰花了五个多小时，才修炼成功钻山锥的第一层境界，又花了三个小时，修炼成了重山盾的第一层境界，自此，他就算是和宇宙中的一些大势力的精英学徒相比，也差不到哪里去了。

“我如今拥有陨墨星的传承，待我成为行星级一阶武者后，其他议员对我就根本没有威胁了。”

罗峰意识到自己的实力急速提升了，心中很是激动。

可是，他也莫名地感到担忧。

他仅仅得到陨墨星的入门传承而已，实力一下子就变得这么强。若是宇宙中的强大种族和国家真的来到地球，地球的人有能力反抗吗？

“不想这些了。”

罗峰当即脚踏遁天梭，迅速回到了Y城。

（本册完）

更多精彩尽在《吞噬星空 典藏版5》！